신의 불꽃

신의 불꽃

1판 1쇄 발행 | 2016년 1월 29일

지은이 | 이성수
펴낸이 | 김경배
펴낸곳 | 시간여행
편　집 | 이진의 · 정지은
본문 디자인 | 서진원

등　록 | 제313-210-125호 (2010년 4월 28일)
주　소 | 서울시 마포구 양화로 6길 9-24 (서교동 동우빌딩 3층)
전　화 | 070-4032-3664
이메일 | sigan_pub@naver.com

종　이 | 엔페이퍼
인　쇄 | 천광인쇄

ISBN 979-11-85346-23-6　(03810)

이 도서의 국립중앙도서관 출판예정 도서목록(CIP)은 서지정보유통지원시스템 홈페이지(http://seoji.nl.go.kr)와 국가자료 공동목록시스템(http://www.nl.go.kr/kolisnet)에서 이용하실 수 있습니다. (CIP 제어번호 : CIP2016001289)

* 이 도서는 국제친환경 인증을 받은 천연펄프지(Norbrite 95#)로 제작되었습니다.

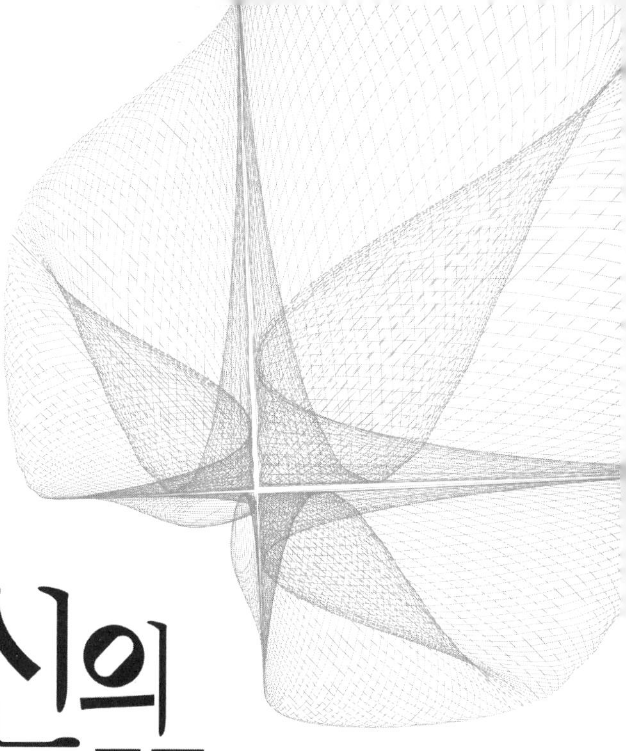

신의 불꽃

이상우 장편소설

시간여행

작가의 말

요즘 세상의 화두는 지구 온난화다. 자꾸 더워져가는 혹성, 지구는 이대로라면 종말을 맞이하고 말 것이다. 이 무서운 미래를 피하는 길은 오직 하나, 친환경에너지 개발로 CO_2 발생을 줄이는 것이다. CO_2가 제로인 원자력발전이 가장 현명한 방법이다. 각국 정부도 그린 성장을 목표로 삼고 있다. 세계는 원자력발전 경쟁시대에 돌입했다. 국가뿐 아니라 글로벌 대기업까지도 생사를 걸고 원자력 개발과 판매 전쟁에 뛰어들고 있다.

무궁무진한 에너지를 인류에게 선사하는 원자력은 양면의 얼굴을 가지고 있다. 방사선의 위험, 인류를 멸망시킬지도 모르는 핵무기는 원자력이 지닌 또 하나의 얼굴이다. 세계 6위의 원자력 강국인 한국은 '핵의 양면' 중에 평화의 얼굴인 원자력발전 시스템 판매 경쟁의 최전선에 나서 있지만, 북한은 다른 한 면인 핵무기 개발에 열중하고 있다. 그 때문에 한국은 비핵화 선언을 했음에도 현재 핵의 소용돌이 속에 있다. 북한은 연일 장거리

미사일을 쏘아 올리고 핵실험을 하고 있다. 미국 본토까지 닿는 핵 미사일이 있다고 허풍을 떤다. 한국, 미국, 중국은 북한 핵 미사일을 막을 수 있는 사드(THAAD, 고고도미사일방어체계)의 한국 배치 문제를 두고 신경전을 하고 있다.

국제적 핵물리학자 한수원은 조국에 대한 마음과 사랑의 미로에서 역경과 싸운다. 원전을 폭파하려는 거대한 국제 테러 조직의 배후를 끈질기게 쫓아가는 한수원의 무기는 인터넷이다. 세계 각국의 네티즌들이 어둠 속에 묻힌 현대사의 파편을 모아 거대한 음모의 실체를 밝혀낸다. 소설에서는 1978년 무르만스크에서 소련 전투기가 쏜 미사일을 맞고 강제착륙한 파리 발 알래스카 경유 서울행 대한항공 여객기 902편의 이야기를 그 파편의 하나로서 재구성하였다.

이 소설은 실제 사건을 바탕으로 상상력을 발휘하여 쓴 것이다. 소설에 등장하는 일부 사건, 회사, 정부 조직 등은 현실감을 주기 위해 실명을 사용했음을 밝힌다. 해당 기관과 회사의 양해를 바란다. 특히 김형욱에 관한 부분은 미확인 상태로, 지금까지 알려진 이야기에 소설적 허구를 가미했음도 밝혀둔다.

TOP SECRET

차 례

OPERATION 신의 불꽃

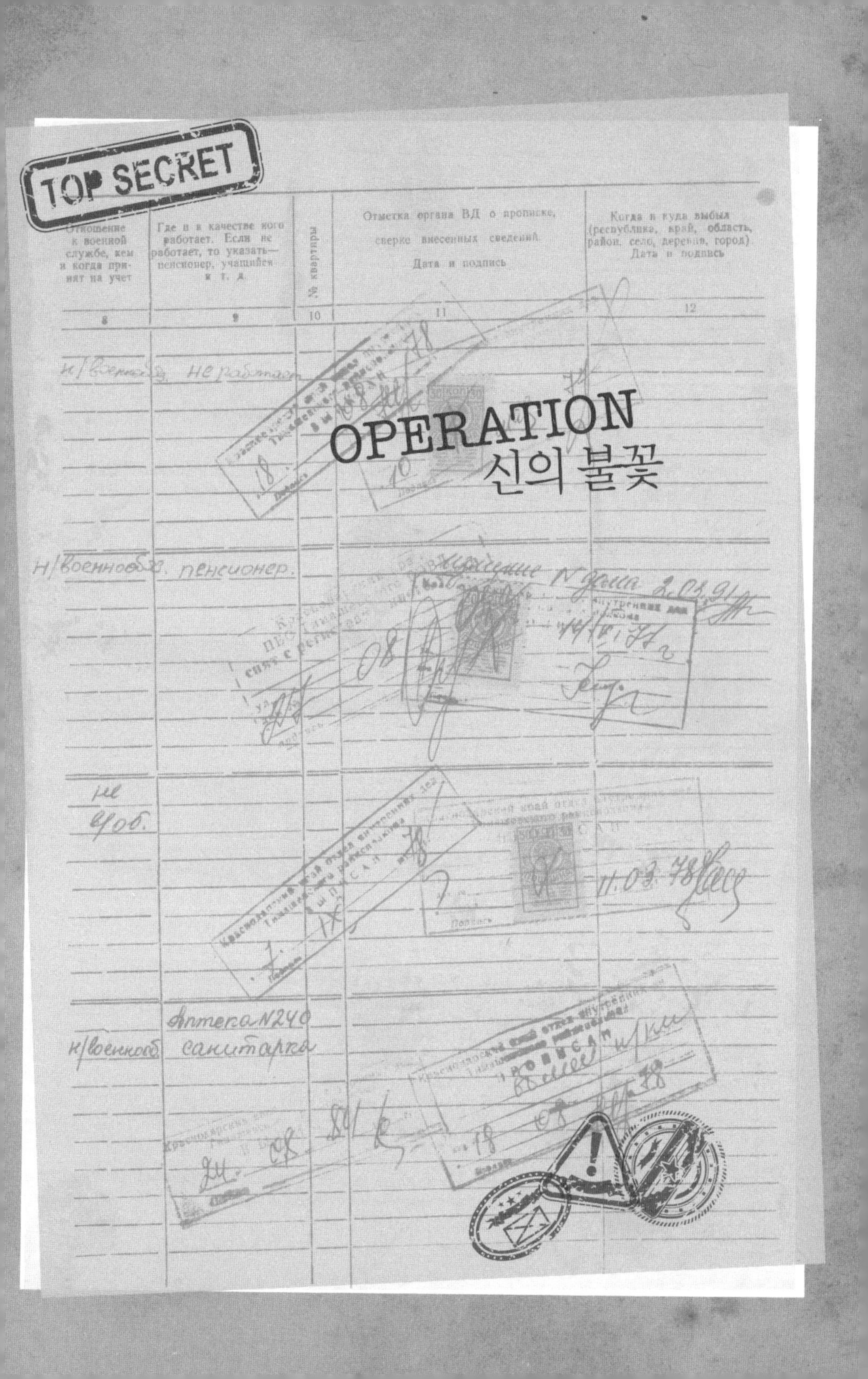

프롤로그

"우리도 핵 주권을 찾아야 합니다."

예비역 중장 출신 김운동 위원이 비장한 얼굴로 말했다.

2009년 5월 25일, 북한이 2차 핵실험을 한 뒤 2시간 만에 소집된 대통령 주재 국가안전보장비상회의. 모두 긴장된 얼굴이었다. 국가정보원장과 한미연합사 부사령관이 북한 지하 핵실험에 관한 브리핑을 마치자 곧바로 김운동 위원이 볼멘소리를 터트렸다. 워낙 다혈질이라 현역 시절 한미연합사에 있을 때부터 미군 장교들과 충돌이 잦기로 소문났던 장군이었다.

"우리나라가 과거 NPT(핵확산금지조약)에 성급하게 서명만 하지 않았더라도 오늘날 입지가 사뭇 달랐을 겁니다. 지금이라도 평화적 이용을 목적으로 하는 핵 주권을 가져야 합니다. 핵 농축 기술과 재처리 기술, 이 두 가지는 반드시 확보해야 합니다."

농축과 재처리는 핵 발전을 하거나 핵무기를 만들 때 꼭 거쳐야 할 단계다. 그러나 우리나라는 미국의 원자력발전 기술을 도입할 때 이 두 분야는 기술 보유를 하지 않는다는 계약을 체결했었다.

원자력 에너지, 즉 핵의 사이클은 천연 우라늄 채광으로부터 시작된다. 채광된 우라늄은 불순물을 제거하는 정련 과정을 거쳐 농축 과정에 들어간다. 이 농축 과정에서 원자력발전에 쓰이는 핵연료와 핵무기를 만드는 재료로 운명이 갈린다.

그러나 우리나라는 핵연료로 사용할 수 있는 우라늄만 수입할 수 있다. 이 원료를 원자로에 넣고 핵분열을 일으켜 그 에너지로 터빈을 돌려서 발전을 하게 된다.

원자로에서 다 타고 난 우라늄의 재를 폐연료봉이라고 한다. 폐연료봉은 또 한 번 핵무기의 재료가 될 수 있는 기회가 있다. 우라늄 함유량을 95퍼센트 이상으로 농축시키는 재처리를 하면 된다. 그러나 우리나라는 한미 조약으로 재처리 기회를 봉쇄당해 그냥 보관만 할 수 있을 뿐이다. 게다가 보관 경비도 만만치 않다.

"농축이나 재처리 기술은 하루아침에 이루어지는 것이 아닙니다. 더구나 미국이 우리나라에 핵우산을 제공하고 있지 않습니까. 또 IAEA(국제원자력기구)의 감시를 벗어날 수도 없고요. 앞으로 있을 한미 정상회담에서 미국이 한국에 핵우산을 제공한다는 것을 명문화시키는 것이 실리를 찾는 길입니다."

비둘기파에 속하는 통일부 장관이 김 의원의 의견에 반박했다. 같은 비둘기파인 외교부 장관도 거들었다.

"맞습니다. 독자적인 핵 개발을 과거 정권에서도 시도했지만, 모두 성공하지 못했습니다. 지금이라고 해서 쉬운 건 아닙니다. 우리는 1970년대에 이미 NPT에서 비핵국가를 자처했습니다. 이제 와서 핵무장을 시도한다면 국제사회에서 입지가 어렵게 됩니다."

"우리는 통일을 목표로 하고 있습니다. 통일된 한국이 핵무장을 한다면 주변국이 위협을 느낄 수밖에 없지요. NPT에서 보장받은 핵의 평화적 이용권마저 위태로워질 수 있습니다."

통일부 장관이 말했다.

"우리나라는 원자력발전소 20기를 보유하고 있습니다.(작가 주–2016년을 기준으로 한국의 원자력발전소는 25기에 달했다) 세계 6위의 원자력 에너지 강국이란 말입니다. 1년에 재처리할 수 있는 폐연료봉만 해도 7백 톤이 넘습니다. 이제 재처리 권한을 미국으로부터 찾아와야 합니다. 꼭 핵폭탄을 만들자는 게 아닙니다. 핵 농축과 재처리, 이 두 가지 기술을 보유해야 한다는 겁니다. 언제까지 미국이나 IAEA에 묶어둘 겁니까?"

김운동 위원은 물러서지 않고 강력하게 다시 주장했다.

"맞습니다. 핵 주권은 꼭 찾아야 합니다."

매파에 속하는 공 박사도 나섰다. 공 박사는 국가안보회의 전문위원이자 핵물리학자였다.

"지금 세계는 원자력발전 르네상스를 맞고 있습니다. 세계 시장 규모가 수백조 원에 이릅니다. 우리나라는 세계 최고 수준의 원자력발전소 건설 기술을 가지고 있습니다. 따라서 원전 수출을 최우선으로 삼아야 합니다."

"그러니까 핵 농축과 재처리 기술을 필히 보유해야 한다, 이 말입니다."

김운동 위원이 다시 한 번 목소리에 힘을 주었다.

"핵 농축과 폐연료봉 재처리를 할 수 있다면 폐기물 처리 등의 문제가 해결되니 경제적 가치가 높은 건 사실이지요. 그러나 진행 과정에서 핵무기와 관련이 없다는 것을 증명해야 합니다. 그게 가능하겠습니까?"

외교부 장관이 조금 물러선 태도로 말했다.

"물론 대외적으로는 핵무기와 관련이 없다는 걸 강조해야 합니다. 우리가 핵폭탄을 만드는 것은 북한의 망상을 깨는 일이고 국방비를 가장 절약하는 길입니다. 우방을 믿고 손 놓고 있어서만은 안 됩니다. 우리나라는 우리가 지켜야 합니다."

국방부 장관도 은근히 매파를 편들었다.

"정치권에서도 여야 할 것 없이 자위용 핵무기를 개발해야 한다고 목소리를 높이고 있습니다."

그 기세를 몰아 김운동 위원이 다시 침을 튀기며 열변을 토했다.

"미국을 너무 자극하면 불리해집니다."

외교부 장관이 김운동 위원을 건너다보며 고개를 흔들었다.

"그래도 최소한 일본 정도의 핵 주권은 가져야 하는 것 아닙니까? 일본이 우리보다 훨씬 폭넓은 자율권을 가지고 있다는 것, 다 알고 계시지 않습니까? 북한이 이미 핵을 가진 상태에서 우리가 핵을 가지면 중국이나 러시아도 북한을 견제하는 정책을 쓰게 될 것입니다."

"문제는 미국입니다. 우리가 딴 생각을 품지 않을까 항상 신경을 곤두세우고 있습니다."

국정원장이 나직한 목소리로 말을 이었다.

"실은, 기밀 정보가 들어와 확인 중입니다. 미국 정보기관들이 한국에서 독자적인 핵무기 개발 움직임이 있는지 사찰하기 위해 비밀요원을 침투시켰다고 합니다."

"정말입니까?"

김운동 위원이 가장 놀라는 표정이었다.

"그런 일이 있어서는 안 되지요."

듣고만 있던 대통령이 입을 떼었다. 미국의 사찰을 지칭하는 것인지, 독자적 핵무기 개발 움직임을 가리키는 말인지 모호했다.

"우리가 독자적으로 핵무기를 개발한다는 오해를 티끌만치라도 받으면 안 됩니다. 외국 정보원이 사찰 활동을 하고 있는지 정확히 확인해서 다시 보고하십시오. 원자력발전소와 관련 연구소를 잘 살펴보시기 바랍니다."

대통령이 굳은 표정으로 일행을 돌아보며 다시 말했다.

"이 문제는 확인될 때까지 국무회의에 상정하지 않겠습니다. 모두 기밀을 엄수하십시오."

끓는 바다

바다가 부글부글 끓고 있었다. 수면 위로 하얗게 반짝이는 수없이 작은 빛살. 그 정체는 고기 떼의 은빛 비늘이었다.

"아니, 저게 고기 떼 맞나요?"

한수원이 발걸음을 멈추고 원자력발전소 제방 아래 바다를 내려다보았다.

"맞아요. 숭어 떼입니다."

나란히 걷던 주영준 차장이 싱긋 웃으며 대답했다.

"따뜻한 물을 좋아해서 수온이 3, 4도만 올라가도 이렇게 모여듭니다. 돔 종류와 고등어 떼도 많이 몰려든답니다. 그야말로 여기는 물 반, 고기 반입니다."

작은 키에 단단한 어깨, 꾹 다문 입술이며 네모반듯한 이마가 규칙으로 똘똘 뭉친 사람 같았다. 안전부 차장이라는 직책과 걸맞는 인상이었다.

남쪽 동해안의 울산 바닷가. 바닷바람이 기분좋게 불어왔다. 수원의 긴 목에 감긴 보라색 머플러와 물결무늬 스커트가 바람에 팔랑거렸다. 잔파

도처럼 파득거리는 숭어 떼의 은빛 물결과 잘 어울렸다.

"숭어가 좋아하는 온도가 몇 도인데요?"

수원이 영준을 내려다보며 물었다. 하이힐을 신은 것도 아닌데 수원의 키가 영준보다 약간 더 컸다.

"여기 배수구에서 나오는 해수가 섭씨 12도에서 25도 정도 됩니다. 보통 바닷물이 3, 4도니까 엄청 더운 물이지요."

"그렇다면 다른 고기는 뜨거워서 도망가는 것 아닌가요? 사우나에 들어가는 것 같을 텐데……."

수원이 걱정스럽게 물었다.

"그렇습니다. 다른 어종이나 미역, 다시마 같은 해초류는 살기 힘듭니다."

"그럼 지역 어민들의 피해가 크겠군요."

한수원은 한국수력원자력 주식회사의 고리 원전본부로 부임한 지 얼마 되지 않았다. 현지 사정을 잘 모르는 터라 질문이 많을 수밖에 없었다.

"없어지는 것보다 들어오는 어종이 더 많습니다. 수지를 따진다면 손해는 아닙니다."

"물고기가 저렇게 바글거리니 탐내는 사람이 많겠네요?"

발전소 근방은 사람들의 출입이 자유롭지 못할 거라고 짐작하면서도 수원은 많은 물고기를 그냥 두는 것이 아까웠다.

"원전 주변 560미터는 제한 구역입니다. 허가 없이는 접근할 수가 없습니다."

영준이 단호한 어조로 말했다.

"가끔 높은 사람들이 낚시 좀 하자고 엉뚱한 요청을 해오긴 합니다만."

영준은 소리도 내지 않고 웃었다.

"이곳을 관리하는 부서가 주 차장님이 속한 안전부인가요?"

"안전부라는 이름이 그래 보일 것 같기도 합니다만, 우리 부서에서 하는 게 아닙니다. 이곳은 행정실 보안부서가 맡고 있습니다. 주로 청원경찰이 경비를 합니다."

"아아, 그렇군요. 그럼 안전부에서는 어떤 일을 하시나요?"

"우리 부서의 정식 명칭은 방사선 안전부입니다. 주로 원자로와 시스템의 안전을 보살핍니다. 경비 업무와는 완전히 다릅니다."

영준이 어깨를 쭉 펴면서 말했다.

"폐연료봉의 재처리를 감시하는 것도 그 업무 중 하나겠군요."

"그 부분은 IAEA가 워낙 엄중하게 감시하고 있어서 크게 신경 쓰지 않습니다. 우리가 핵무기라도 만들까 봐 어찌나 신경을 쓰는지……."

"북한의 전례 때문에 그런 것 아닐까요? 이제 내놓고 핵무기 세소를 하고 있잖아요?"

"북한이 잘못이라고 생각하십니까?"

"글쎄요……."

뜻밖의 질문에 수원은 고개만 갸웃하는 것으로 답을 대신했다.

"저는 솔직히 우리도 핵무장을 해야 한다고 생각합니다. 요즘 핵 주권이라는 것, 정말 절실하지 않습니까?"

영준은 답을 구하는 듯 수원의 눈을 뚫어져라 하고 쳐다보았다. 수원은 그 시선을 피해 바다 쪽으로 눈길을 돌렸다.

"우리 회사에 비밀 정보원이 투입됐다는 소문이 있습니다. 핵무기 개발을 감시할 목적으로."

"예? 설마 원자력발전을 하고 있는 회사에서 핵무기 개발을 할 리가요?"

수원이 걸음을 멈추고 영준을 쳐다보았다.

"확인된 이야기는 아닙니다."

영준이 뱉은 말을 주워 담듯이 황급히 말했다.

"그런데, 우리 원자력발전소 때문에 고기를 못 잡는 어부들에게 무슨 보상이라도 있나요?"

수원은 얼른 말을 돌렸다.

"물론입니다. 우리 발전소가 관리하고 있는 바다는 어부들한테서 어업권을 샀다고 보면 됩니다. 그리고 이곳 매출의 0.25퍼센트는 주민들을 위해서 쓰고 있습니다."

"매출이라뇨?"

수원은 발전소와 전혀 어울리지 않는 단어를 듣고 의아해했다.

"우리 발전소에서 생산한 전기를 도매상에 판매하고 있습니다."

"도매상이요?"

"예. 전기를 공급하는 한국전력이 바로 도매상인 격이지요."

그때였다. 수원이 갑자기 바다 한 곳을 가리키며 소리를 질렀다.

"어머! 저게 뭐예요?"

수원이 가리킨 곳에서 붉고 푸른색의 물체가 수면 위로 솟았다가 금방 들어갔다. 두 사람이 서 있는 곳에서 30미터도 떨어지지 않은 곳이었다. 물체는 한참 동안 다시 나타나지 않았다.

"앗, 사람 같습니다."

잘못 본 것이 아닌가 생각하는 순간 다시 그 물체가 물 위로 떠올랐다. 칙칙한 붉고 푸른색이 은빛으로 반짝이는 숭어 떼 사이에서 유난히 도드라져 보였다.

"스킨스쿠버 복장에 산소통을 메고 있는 것 같습니다."

영준이 다시 외쳤다.

"움직임이 이상합니다. 그냥 물결에 흔들리고 있습니다."

영준은 심각한 얼굴로 물체에서 시선을 떼지 않았다.

"죽은 걸까요? 혹시 R.E(방사선 오염)가 아닐까요?"

수원이 걱정스러워하며 말했다. 근방 수역이 원자로 냉각수가 들락날락하는 곳이기 때문이었다.

"그럴 리 없습니다. 여기는 절대 안전한 수역입니다. 만약 사람이 죽을 정도로 오염되었다면 수많은 감시 장치에 의해 벌써 원자로 가동이 중단됐을 겁니다. 저것 보십시오. 여전히 배수구에서 물이 콸콸 쏟아져 나오지 않습니까."

영준은 자신 있게 말하면서도 재빨리 핸드폰을 열고 어디론가 연락을 취했다. 1분도 지나지 않아 초소에 있던 경비원 두 사람이 달려왔다.

"주 차장님, 어딥니까?"

제복을 입은 경비원이 다급하게 물었다.

"저기! 붉은색과 푸른색 물체. 아무래도 사람 같습니다."

"정말이네요. 어디서 흘러들어 왔을까요?"

경비원은 여기 저기 전화를 걸었다. 5분도 안 되어 작은 배 한 척이 요란한 소리를 내며 나타났다. 마치 바다 모퉁이에 숨어 있다가 나온 것처럼 신속했다.

"이곳을 담당한 해양경찰대입니다."

영준이 수원에게 나직하게 설명했다.

금세 방파제 위로 사람들이 쏟아져 나왔다. 해양경찰선에서 구조 경찰 서너 명이 바다로 뛰어들었다. 잠수복을 끌어당겼지만 아무 반응이 없었다.

"거 참 희한한 일이야. 어떻게 여기 들어왔지?"

"혹시 간첩 아닐까?"

구경삼아 모여든 직원들이 한마디씩 했다.

해경 대원들은 능숙한 솜씨로 물체를 배 위로 끌어올렸다. 짐작대로 잠수복을 입은 사람이었다. 등에는 산소통을 메고, 옆구리에는 갈고리 같은 장비와 배낭처럼 생긴 백을 차고 있었다. 산소호흡기 마스크가 벗겨져서 가슴께에서 덜렁거렸다. 멀리서 보아도 죽은 것이 분명했다.

그 순간 바다 위 먼 곳에 떠 있던 요트 한 척이 조심스럽게 움직이기 시작했다. 아무도 눈치채지 못했다. 오직 수원만이 눈살을 찌푸린 채 그쪽을 응시했다.

한수원. 나이 스물여덟. 파리 제6대학 핵물리학 박사과정 졸업. 프랑스의 프라마톰 원자력 회사에서 1년간 근무한 후 미국 샌프란시스코의 민간 원자력 연구소에서 핵 발전을 연구하던 중 한국수력원자력 주식회사의 초청으로 귀국, 한국에서 가장 먼저 건설된 고리 원자력발전본부 제2발전소에 배치돼 한국형 원자로 주제어 시스템 개발을 맡고 있었다.

눈에 확 띄는 미인은 아니지만, 큰 키에 둥그스름한 얼굴, 단정한 이목구비가 볼수록 호감이 가는 형이었다. 어린 나이에 국제원자력 학술지에 독특한 방식의 제어 시스템 논문을 발표해 세계의 관심을 끌고 있는 재원이었다. 미국, 프랑스, 일본 등 곳곳에서 스카우트 제안을 했지만 수원이 선택한 곳은 대한민국이었다. 한국수력원자력의 강병욱 정책처장이 연락을 취했을 때 수원은 조금도 망설이지 않고 수락했다.

사무실에 돌아와서도 수원은 일이 손에 잡히지 않았다. 점심 때 바다에 떠오른 시체의 모습이 계속 머릿속에서 떠나지 않았다.

퇴근할 무렵 사무실 전화벨이 울렸다.

"아까 많이 놀라셨지요? 괜찮으십니까?"

주영준 차장이었다.

"괜찮을 리가 있나요? 아까 본 모습이 자꾸 눈앞에 어른거리네요."

"저도 마찬가집니다. 술이라도 마실까 하는데, 어떠십니까?

"좋은 생각이시네요."

수원은 서류 가방을 챙겨들고 영준이 기다리고 있는 현관으로 나갔다.

"초대에 응해주셔서 감사합니다."

영준은 어색할 정도로 깍듯이 예의를 차렸다.

"제 차로 움직일까요? 간절곶에 한 번 가보죠. 대한민국에서 해가 가장 먼저 뜨는 곳입니다."

수원은 영준의 권유대로 지프 옆자리에 앉았다.

차는 곧 해변을 달리기 시작했다. 바다와 반대쪽 나지막한 산등성이에 해가 뉘엿하게 넘어가고 있었다.

"낮의 그 사람은 어떻게 되었대요?"

"죽어 있었답니다. 익사라고 합니다. 그런데 이상한 점이 한두 가지가 아닙니다."

영준은 로봇처럼 꼿꼿한 자세로 앞만 바라보고 운전하며 대답했다.

"이상한 점이라니요?"

"단순 사고사가 아닌가 봅니다. 장비가 모두 프로급이었답니다. 아주 계획적으로 인테이크에 접근한 것 같습니다."

인테이크란 원자로의 냉각수로 쓰기 위해 바닷물을 빨아들이는 취수구를 말한다.

"원자로에 침입하려고 했다는 건가요?"

"그렇습니다. 스톱 로그와 스크린 바까지 뚫을 수 있는 수중 강력 절단기를 갖추고 있었답니다."

스톱 로그는 큰 물고기 같은 이물질이 들어오지 못하게 바다 밑에 촘촘히 세운 쇠기둥을 일컫는다.

"인테이크를 통해 원자로로 가는 수로를 찾으려다가 스톱 로그에 장비가 끼어 꼼짝 못하게 됐나 봅니다. 쇠기둥 틈에서 허우적대다가 숨이 끊어진 후 수면 위로 떠오른 것 같습니다."

"그랬군요. 근해에서 잠수한 걸까요?"

"산소통 용량이 4시간짜리였다고 하니 수천 미터 떨어진 뭍이나 배, 소형 잠수정을 통해 들어왔을 겁니다."

"무슨 일로 침입하려 했을까요?"

"수사팀도 전혀 감을 못 잡고 있습니다."

"폐연료봉이라도 훔치려 했나?"

수원이 농담처럼 말을 던지자 영준이 힐끗 쳐다보았다.

"어쨌든 방사선 계측 결과 ND(Not Detectable)로 나왔다고 합니다."

영준은 조그만 횟집 마당에 차를 세웠다. 바다가 잘 내려다보이는 곳이었다.

"야, 두 재원이 어쩐 일이신가?"

두 사람이 홀에 들어서자 누군가 반갑게 손을 흔들었다. 방사선 안전부 김승식 부장이었다. 총무과의 조민석 보안과장과 마주 앉아 소주잔을 주고받고 있었다.

김승식 부장은 주영준 차장의 직속상관이었다. 곰처럼 커다란 덩치에 목이 두툼하여 믿음직스러워 보였다. 사람이 좋아 남의 어려운 일을 도맡아 해주었다.

"합석하지. 한 차장, 이쪽으로 앉아요. 술은 미인과 함께 마셔야지."

김승식 부장이 너털웃음을 터뜨리며 수원을 향해 손짓했다.

"그게, 보통 일이 아니야."

술이 한 순배씩 돌자 곧 화제가 낮에 있었던 변사체로 옮겨갔다. 김 부장이 새로운 정보를 내놓을 태세로 말을 꺼냈다.

"그 사람이 가지고 있던 물건 중 미심쩍은 게 있었는데, 그게 우리와 관련이 있더라고."

"그래요?"

수원은 눈을 동그랗게 떴다.

"고리에 있는 발전소 두 곳의 인근 지도와 서생면 해류도를 가지고 있었거든."

"서생면이라고요?"

영준의 눈이 휘둥그레졌다. 서생면은 신 고리 발전소 3, 4호기가 건설되고 있는 지역이었다. 한국형 대용량 원자력발전소의 건설지이기도 했다.

"가만 있어봐. 내가 그걸 해경에서 복사해 가지고 왔는데……."

김승식 부장이 옷걸이에 걸어둔 양복 안쪽에서 A4 용지 몇 장을 꺼냈다.

"서생면 지도 맞지? 이건 근방 해류도이고……."

김 부장이 복사본을 영준에게 건넸다. 영준은 고개를 끄덕였다. 해류도는 수산 관계 기관에서 어업용으로 만든 것이었다. 수심이 자세히 기록되어 있었다.

"뒷면이 더 흥미로워. 무슨 소리인지 모를 단어가 잔뜩 적혀 있거든."

김승식 부장이 복사본을 뒤집어 펴보였다. 낙서 같은 글씨와 사람 얼굴 같기도 한 그림이 있었다. 워낙 희미해서 알아보기가 쉽지 않았다. 종이를 여러 번 접어서 오랫동안 가지고 다녔는지 닳아 없어진 부분도 있었다.

"저도 한번 볼게요."

수원이 종이를 받아들었다. 수원은 어릴 적부터 암호풀이와 숨은 그림 찾기를 좋아했다. 그러나 복사본 뒷면의 그림과 글자는 생소해서 무슨 뜻인지 알 수가 없었다. 여러 글씨 중에서 알파벳으로 된 단어 하나가 눈에 들어왔다.

"아나톨리? 아나토미?"

알파벳 한 자가 잘 보이지 않았다. 종이의 접힌 부분이었는지 닳은 자국이 복사본에도 그대로 나타났다.

Anato * y.

글자 대신 세로 선 같은 게 희미하게 남아 있었다. 어떻게 보면 l자 같고 달리 보면 m자 같았다. L자라면 '아나톨리'이고, M자라면 '아나토미'였다.

"무슨 뜻일까요?"

수원이 세 사람을 돌아보았다. 모두 고개만 갸웃했다.

"아나톨리는 잘 모르겠고, 아나토미는 해부, 분석이란 뜻이잖아."

김 부장이 혼잣말처럼 중얼거렸다.

수원은 핸드폰으로 영어 사전을 불러내 Anatoly를 찾아보았다. 그런 단어는 없었다. 다시 Anatomy를 찾아보았다. 역시 '해부학, 해부, 분석' 말고는 별다른 뜻이 없었다.

'아나톨리, 아나톨리라…….'

영어 사전에는 없지만 어쩐지 귀에 익은 단어였다.

"꼭 러시아 작가 이름 같네."

조민석 과장이 불쑥 말을 던졌다. 그러자 어떤 단어가 수원의 머릿속을 번개처럼 스쳐 지나갔다.

'아나톨리 케레포프!'

수원은 너무 놀라 숨을 헉 몰아쉬었다.

아나톨리 케레포프는 소련 공군의 전투기 수호이(SU) 15의 조종사였다. 1978년 4월 20일, 승객과 승무원 109명(일부 보도로는 110명)을 태우고 파리에서 출발해 서울로 향하던 대한항공 707 여객기 902편에 미사일을 쏘아 무르만스크 아만드리 호수에 강제착륙시켰다. 이 사건으로 비행기의 일부가 파손되고 사상자가 여러 명 나왔다. 그는 여러 매스컴과 정보기관에 사건에 대해 증언함으로써 세계적으로 유명해졌다.

아나톨리 케레포프는 대한항공 902편이 자국 영토를 침범했기 때문에 미사일을 쏘았다고 주장했다. 그러나 증언에 미심쩍은 부분이 많았고, 진실은 현재까지 속 시원히 밝혀지지 않았다.

수많은 단체와 매스컴이 사건의 진상을 캐내기 위해 노력해 왔다. 특히 프랑스, 러시아, 미국, 일본, 한국 등에서는 30년이 지난 지금까지 은밀히 정보 교환을 해오고 있다. 최근에는 이 사건이 핵 물질 운반과 관계있었다는 설이 대두됐다.

수원은 일찍부터 이 사건에 관심을 갖고 진상 파악에 나섰다. 파리 제6

대학에 입학한 것도, 저명한 핵물리학 교수가 있어서이기도 했지만, 그보다 더 절실한 이유는 아버지 죽음의 미스터리를 캐기 위해서였다. 아버지의 최종 근무지가 파리였기 때문이다. 아버지와 파리 발 서울행 대한항공 902편 강제착륙 사건에 뭔가 연관성이 있는 것으로 보였다.

'아버지!'

아버지는 수원이 태어나기 3년 전에 돌아가셨다.

판도라의 상자를 여는 자는 망한다

수원은 밤늦게 해운대 오피스텔로 돌아왔다. 머릿속에서는 아나톨리인지 아나토미인지 하는 단어가 계속 맴돌았다.

방에 들어서니 컴퓨터 책상 위의 전화기 불빛이 반짝거렸다. 메시지가 두 개 녹음돼 있었다. 첫 번째는 미국에 있는 어머니가 보낸 것이었다. 두 번째 메시지는 완전히 뜻밖이었다.

"수원아, 나 배성민이야. 한국에 있다는 말 듣고 연락했어."

목소리를 듣는 순간 수원의 가슴이 쿵쿵 뛰었다.

수원은 메시지가 끝날 때까지 멍하니 서 있다가 자기도 모르게 다시 듣기 버튼을 눌렀다. 낮고 부드러운 목소리가 한밤의 공기를 휘감았다. 목소리를 들으니 성민과 이별할 때의 기억이 떠올랐다.

'생각하지 말자.'

수원은 고개를 가로로 세차게 저었다.

수원은 성민에 대한 생각을 떨쳐버리려 웹스터 영어 사전을 꺼냈다. 하도 오랫동안 가지고 다녀 표지가 너덜너덜했다. 중학교 입학식 날 어머니가 선물해준 것이었다.

수원은 사전을 열어 Anatoly를 다시 찾아보았다. 역시 표제어로 나오지 않았다. 그렇다면 보통명사가 아니라 고유명사라는 뜻이었다.

'역시 아나톨리 케레포프란 말인가?'

수원은 문득 고유미가 생각났다. 파리에 유학하면서 만난 친구였다. 파리대학의 서클 중에 무르만스크 대한항공 여객기 902편 강제착륙 사건의 진실을 규명하려는 모임이 있었다. 거기서 만난 회원이었다.

외국어, 특히 일본어에 유창한 고유미는 파리 제2대학에서 동양철학을 공부하고 있었다. 그 시절 가장 가깝게 지낸 친구였지만 지금은 소식이 끊긴 상태였다.

수원은 침대에 누웠다. 도무지 잠을 이룰 수 없었다.

인테이크에 침입하려다 익사한 사람, 그가 갖고 있던 지도와 암호 같은 그림과 글자, 아나톨리, 옛 애인 배성민의 전화.

갑자기 모든 게 뒤죽박죽 얽히며 생각이 많아졌다. 하지만 내일은 한국형 대용량 원자력발전소 개발에 대한 설명회에 참석해야 했다. 수원은 억지로 눈을 감았다.

다음날 오후. 설명회가 열리는 서울 삼성동의 콘티넨탈 호텔 컨벤션홀은 많은 사람들로 붐볐다. 대부분 알제리 상공인들이었고, 국내 참석자들은 전부 소장이나 본부장급 이상이었다. 수원은 연구원이 아니라 통역원으로서 참석했다. 2차 대전 전 프랑스 식민지였던 알제리 사람들이 프랑스어를 쓰기 때문에 프랑스어를 능숙히 구사하는 수원이 멤버로 배정되었다.

"갑자기 홀이 환해진다 했더니 우리 한 박사님이 오셨네."

리셉션 테이블 근처에서 사람들과 인사를 나누고 있던 강병욱 정책처장이 반갑게 손을 들었다. 키가 작고 날렵한 인상을 가진 강 처장은 영어 실력과 사교 매너가 뛰어나 국제 관계 업무를 도맡아 하고 있었다. 한국수력원자력에 수원을 스카웃한 사람이기도 했다. 수원은 뉴욕에서 열린 원자력발전 세미나에서 강 처장을 처음 만났다.

"안녕하셨어요? 바닷가에 내려가 있느라고 자주 뵙지 못했네요."

수원이 공손하게 인사했다.

"아, 오늘 배성민 박사도 온다고 했는데 끝나고 한잔 할까?"

강병욱 처장이 사방을 휘 둘러보며 말했다.

"네?"

수원의 목소리가 순간적으로 커졌다. 배성민이라는 말에 너무 민감하게 반응했다는 생각에 얼굴이 저절로 붉어졌다.

"몰랐나 보군. 미국 컨버스천 엔지니어링에 적을 두고 지금은 코펙에 파견 나와 우리 회사 일을 돕고 있어."

코펙(KOPEC)은 원자력발전소의 기술 및 설계 업체의 약칭이다.

강 처장은 배성민과 한수원의 관계를 알고 있었다. 강 처장이 협력 업체인 미국 웨스팅하우스에 장기 출장 가 있을 때 두 사람을 자주 보았기 때문이었다. 배성민은 웨스팅하우스의 연구원이었고, 한수원은 샌프란시스코 연구소에 있었다. 강 처장은 먼 거리에서도 두 사람이 자주 만나는 것을 유심히 보았었다. 이후 둘의 관계가 소원해진 것도 어느 정도 눈치채고 있었다.

사회자의 참석자 소개가 끝나자 한국수력원자력 조병민 사장이 인사말을 했다. 수원도 옆에 나란히 서서 마이크를 잡았다. 전문 통역사는 아니었지만, 원자력발전 전문 용어를 통역하기에는 적격이었다.

"여러분, 골프 좋아하시죠?"

조 사장의 느닷없는 첫마디에 수원은 당황했다. 혹시 잘못 들은 것 아닌가 하고 조 사장을 쳐다보았다. 그러자 조 사장이 빙그레 웃으며 두 팔로 골프 치는 시늉을 해 보였다. 그제야 수원은 재빨리 통역을 했다.

"물론이죠."

알제리 상공회장이 크게 웃으며 프랑스어로 대꾸했다.

"그런데 생각해 보십시오. 다른 종목에 비해 공이 매우 작지 않습니까?"

조 사장이 손으로 동그라미를 그려 보이며 말을 이었다.

"그 작은 골프공만한 재료로 이산화탄소를 배출하지 않고 석유 9백 드럼에 맞먹는 에너지를 만들 수 있는 게 뭔지 아십니까?"

그제야 사람들은 골프 이야기가 왜 나왔는지 알고 소리 내어 웃었다.

"네, 우리 모두 답을 알고 있습니다. 바로 원자력이죠!"

모두 고개를 끄덕였다.

"전 세계 원자력발전소 플랜트 규모는 막대합니다. 2030년까지 신규 건설될 원자로가 총 3백 기입니다. 돈으로 환산하면 8백조에 달할 것으로 전망하고 있습니다."

조 사장은 수원의 통역이 채 끝나기도 전에 말을 이었다.

"현재 우리 회사는 알제리를 비롯해 요르단, 모로코, 터키, 루마니아, 아랍 국가들, 중국, 인도네시아, 베트남 등에 원전 플랜트 수출을 모색하고 있습니다."

알제리 상공인들의 눈빛이 빛나기 시작했다.

"대한민국은 지금 150만 킬로와트 급의 대형 토종 원전 개발을 눈앞에 두고 있습니다. 이미 'APR 1400' 'APR+' 같은 친환경적 한국형 원전 개발에 성공했지요. 이미 아랍에미리트에서는 시공 중에 있습니다."

조 사장의 말에 박수가 터져 나왔다.

"루마니아에 캔두(CANDU), 즉 중수로 방식 원전 건설 계약도 타진하고 있습니다. 이 기술도 한국수력원자력의 자랑입니다."

조 사장은 자신에 찬 어조로 연설을 계속했다.

"우리는 2030년까지 국내 발전의 59퍼센트를 원전으로 대체할 계획입니다. 지금까지 수출로 18억 달러의 매출을 올렸지만, 앞으로는 훨씬 많아질 것입니다. 한국은 30년 전 미국에서 원전 기술을 전수받았지만 지금은 더욱 발전된 기술을 역수출하고 있습니다. 가만 있자, 두산의 김 부사장님 어디 계십니까? 그 이야기 좀 하시지요"

조 사장이 갑자기 협력업체 전문가를 불러 일으켰다. 헤드 테이블 쪽에서 두산중공업의 김태우 부사장이 미소를 지으며 일어섰다.

"우리 회사는 이번에 미국 팔로버디 2호기의 헤드와 제어봉 수출 계약을 했습니다. 순수한 국내 기술로 개발한 제품입니다. 뭐 대단한 일은 아닙니다."

김 부사장은 머리를 쓸어 넘기며 자리에 다시 앉았다.

"겸손의 말씀이지요. 헤드와 제어봉은 간단한 기술이 아닙니다. 수백만의 희생자를 낸 소련의 체르노빌 원전 사고가 이 헤드의 문제로 일어났다는 건 다 알고 계실 겁니다. 또한 제어봉 구동 장치의 부식을 방지하는 획기적 기술이 국내에서 개발되었다는 것도 말씀드립니다. 한국의 기술이 세계를 놀라게 할 날이 머지않았습니다."

조 사장의 연설은 큰 박수로 마무리되었다.

설명회가 끝난 후에는 만찬이 진행되었다. 수원은 조 사장과 알제리 상공회의소 회장 옆에 앉아 통역을 했다. 조 사장은 식사를 하면서도 한국 원자력 기술에 대해 자랑을 아끼지 않았다.

"한국 기술을 배우기 위해 전 세계에서 매년 수만 명이 우리나라를 찾고 있습니다."

"수만 명이나?"

알제리 상공회장은 놀라는 기색을 감추지 못했다.

"처음 원자력발전에 뛰어들었을 때 비판적인 사람들은 '판도라의 상자를 여는 사람은 망한다'고 경고하기도 했었지요."

"하하하."

회장이 웃음을 터뜨렸다. 그러나 수원은 깜짝 놀라 움찔했다. 파리대학에 있는 대한항공 902편 강제착륙 사건의 진상을 조사하는 모임 이름이 '판도라의 상자를 열지 말라(Pandora, let it be)'였기 때문이었다. 반핵을 주장하며 출발한 사이트였지만 점차 세계적인 환경 운동이나 테러 조직에까지 관심을 넓혀 나갔다. 그러다보니 종종 터무니없는 음모론이 올라오기도 하고 허무맹랑한 창작성 이야기가 게재되기도 하였다. 그래서 수원은 흥미를 잃고 판도라 사이트에 발길을 끊었다.

만찬이 끝난 후에도 수원은 알제리 상공회장과 동행했다. 회장이 숙소인 워커힐 호텔로 가는 동안 한국 소개를 해주기로 되어 있었다.

"오늘 설명회 인상적이었습니다. 한국 원자력발전, 대단합니다."

회장은 감탄을 연발하더니 조 사장에게 워커힐 호텔에서 한잔 하자고 제의했다. 조 사장은 흔쾌히 응했다. 강병욱 정책처장이 조 사장을 모시고 합석하기로 했다.

호텔 현관 앞에는 설명회 참석 귀빈들의 차가 줄지어 대기하고 있었다.

"잠깐, 이동하는 동안 궁금한 것 좀 물어봐야겠어요."

회장이 자신의 차에 타려다 말고 조 사장 차로 걸어갔다. 동승하려던 수원도 차 문을 도로 닫고 회장의 뒤를 따랐다.

"회장님이 사장님 차로 함께 가고 싶어 하십니다."

수원이 통역하자 조 사장은 껄껄 웃으며 환영했다. 운전석 뒷좌석으로 옮겨 앉으며 회장에게 자리를 내주었다.

"그럼, 한 차장이 앞에 앉아 통역하고, 강 처장은 회장님 차로 바꿔 타야겠군."

조 사장이 손수 자리 정리를 해주었다. 강 처장은 앞에 선 알제리 상공회장 차에 올랐다.

알제리 상공회장과 조 사장, 수원을 태운 차가 앞서 출발하고 강 처장이 탄 회장 차가 그 뒤를 천천히 따랐다. 그때였다.

―콰쾅.

뒤에서 폭음이 터졌다. 돌아보자 강 처장이 탄 차에서 화염이 솟고 있었다. 운전석에서 운전사가 비틀거리며 걸어 나왔다. 강 처장이 탄 뒷좌석에서는 움직임이 없었다. 뒷좌석에서 폭발물이 터진 듯, 차의 뒷부분에 불길이 맹렬했다. 세 사람은 급히 차에서 내렸다.

"빨리 소화기를!"

누군가 소리침과 동시에 호텔 경비원 둘이 소화기를 들고 달려왔다.

"어서 사람부터 구해."

"앰뷸런스 불러."

"추가 폭발이 있을지 몰라. 모두 물러서."

모여든 사람들이 저마다 한마디씩 소리쳤다.

불길이 어느 정도 잡히자 경비원들이 깨진 차창을 통해 강 처장을 끌어냈다. 몸이 축 처진 강 처장의 얼굴은 피투성이였다.

옛 연인

"한수원!"

익숙한 목소리가 병원 복도에 울려 퍼졌다. 배성민이었다.

"성민 씨!"

수원은 잠시 말을 잃었다. 짧은 순간에 여러 가지 생각이 머리를 스쳤다.

"여길 어떻게?"

강 처장은 배성민도 설명회장에 올 거라 했었다. 그러나 그는 만찬이 끝나도록 나타나지 않았었다.

"일이 늦어져서 만찬이 끝나고서야 설명회장에 도착했어. 강 처장님께 인사라도 하려고 갔는데 사고가 났다는 말을 들었지 뭐야."

성민은 달라진 게 없었다. 감색 양복에 분홍빛이 도는 고급 실크 넥타이. 180센티미터가 넘는 큰 키에 흰 얼굴, 깔끔하고 세련된 분위기가 옛 모습 그대로였다.

"처장님은 어떠셔?"

"나도 결과를 기다리는 중이에요."

수원이 근심 어린 표정으로 대답했다.

얼마 후 수술실에서 중년 여인이 나왔다. 소식을 듣고 달려온 강병욱 처장의 부인이었다.

"이제 응급조치가 끝났어요. 파편으로 찢어진 곳을 여러 군데 꿰맸어요. 다행히 치명적인 부상은 없대요."

강 처장 부인이 눈물을 훔치며 말했다.

"천만다행이네요. 의식은 회복하셨어요?"

"예, 한 차장님을 찾으시네요."

수원과 성민은 수술실로 들어갔다. 간호사들이 수술 도구를 거두고 있었다. 환자가 미리 부탁해 놓았는지 두 사람의 출입을 막지 않았다.

"아, 배 박사도 왔군."

강 처장이 몸을 일으키려다 얼굴을 찌푸리며 도로 누웠다.

"예, 소식 듣고 깜짝 놀랐습니다."

"알제리 상공회장을 노린 것 같아. 차를 바꿔 타는 바람에 내가 당했지. 다행이지 뭔가. 하마터면 원전 수출에 큰 장애가 생길 뻔했어."

강 처장다운 말이었다. 폭발 사고로 만신창이가 된 몸으로 원전 수출 걱정부터 하는 강 처장을 수원은 새삼 존경스러운 눈길로 바라보았다.

강 처장은 일에 대한 신념이 강한 사람이었다. 한국의 원전에 대한 자부심과 열정이 대단했다.

처음 수원에게 연락을 취해왔던 날도 똑같았다.

"한수원 박사시죠?"

"네. 그렇습니다."

"저는 한국수력원자력 주식회사의 강병욱 정책처장입니다."

강 처장은 구구한 설명 없이 본론으로 들어갔다.

"단도직입적으로 말씀드리겠습니다. 이번에 발표하신 주제어 시스템 논문을 보고 우리 대한민국에 꼭 필요한 분이라 생각해서 연락드렸습니다."

강 처장은 '우리 대한민국'이라는 말에 힘을 주어 말했다.

"고국을 위해 일하시지 않겠습니까? 이준 열사가 말씀하시기를, '땅이 크고 사람이 많은 나라가 큰 나라가 아니다. 땅이 작고 인구가 적어도 위대한 인물이 많은 나라가 위대한 나라다'라고 하셨습니다."

우리 대한민국, 고국이라는 말에 수원은 가슴이 뭉클해졌다. 강 처장의 확신에 찬 권유에 수원은 그 자리에서 수락을 했었다.

"처장님, 몸은 좀 어떠십니까?"

사고 현장 수습을 맡은 본부 직원이 땀을 흘리며 뛰어 들어왔다.

"프랑켄슈타인이 된 기분이야."

강 처장의 말에 수원과 배성민은 쿡 웃었다.

"그래, 조사는 좀 해봤나?"

"네. 알제리 상공회장 차는 우리 회사에서 알선해준 렌터카였습니다. 운전사도 렌터카 회사에서 나왔습니다. 그런데 그게……."

"그게 어쨌다는 말인가?"

강 처장이 몸을 일으켜 세웠다. 통증이 오는지 얼굴을 찌푸렸다.

"원래 배치된 운전사는 기사 대기실에 곯아떨어져 있고, 엉뚱한 자가 운전을 했나 봅니다."

"뭐야? 폭발 차에는 운전사도 함께 타고 있었는데……. 그 운전사는 어떻게 됐어?"

"병원으로 오는 도중 사라졌습니다."

"알제리 상공회장을 노린 것이 틀림없군. 누가 무엇 때문에 그런 짓을?"

"폭발 규모가 작은 것으로 보아 목숨까지 노린 것은 아니고, 겁을 주는 차원이었던 것 같습니다. 경찰도 그렇게 보고 수사하고 있습니다."

"아, 배고프다."

병원 밖으로 나오면서 성민이 배를 손으로 쓰다듬었다.

"아직 저녁 식사 못 했어요?"

"응. 함께 가줄래?"

성민이 수원의 어깨를 슬그머니 감싸 안았다.

"그래요."

수원은 어깨에 얹혀 있는 성민의 손을 떼어내며 대답했다.

성민은 수원과 함께 무역회관 지하에 있는 와인 바로 갔다. 넓은 공간, 고풍스러운 실내 장식, 어슴푸레한 조명, 마치 중세 살롱에 들어선 듯했다.

성민은 칸막이가 있는 구석 자리로 성큼성큼 걸어갔다.

"어때? 가끔 혼자 오는 곳이야."

테이블에 놓인 조명의 불빛이 성민의 얼굴에 그림자를 수놓았다. 와인 바의 분위기와 조각처럼 이목구비가 뚜렷한 성민의 얼굴이 잘 어울렸다.

"좋네요. 숙소는 어디죠?"

"스타타워. 외국인 장기체류 전문 호텔이지."

성민이 수원을 넌지시 건너다보았다.

성민은 미국에서 둘이 자주 마시던 빌라 엠 로쏘 두 잔을 시켰다. 맛이 순해 홀짝홀짝 마시기는 좋지만 일정한 시간이 지나면 감당할 수 없이 취하는 술이었다. 저녁 식사 겸 안주로는 수제 소시지 볶음을 주문했다.

성민은 미국에서도 비교적 호화로운 생활을 했다. 어릴 적부터 미국에서 자라 사고방식이 미국인이나 다름없었다.

미국에 있을 때, 같은 계통에 종사하다 보니 두 사람은 세미나에서 자주 마주쳤다. 미국인이 다 된 배성민이었지만, 동족인 한수원이 마음에 끌렸는지 먼저 접근해 왔다. 얼마 후 두 사람은 안개 낀 샌프란시스코의 어느 언덕길에서 처음으로 키스를 나누었다.

그 후로 두 사람은 시간이 날 때마다 금문교에서 함께 태평양을 내려다 보곤 했다. 거기서 101번 하이웨이를 달려 도시 북쪽 노브힐 지역 정상의 샌프란시스코 대성당에도 자주 갔다. 고딕식 순수함과 장엄함이 서려 있어 파리의 노트르담 성당과 비슷한 이미지를 풍기는 곳이었다. 대리석 벽, 파란색 장미 문양의 창, 모든 것이 파리 유학 시절의 향수를 불러일으켰다.

두 사람은 비탈길에 깔린 낙엽 위에 앉아 정담을 나누었고, 봄꽃이 만발한 샌프란시스코 시내 골목길을 함께 걸었다.

수원은 여자를 배려할 줄 아는 성민의 자상함과 세련된 분위기에 매료되었다. 그러나 두 사람의 사랑은 1년도 가지 못해 깨지고 말았다.

2년 전 그날, 수원과 성민은 웨스팅하우스의 비오피(BOP) 세미나에 나란히 참석했다. 비오피란 밸런스 오브 플랜트(Balance of plant)의 약자로 원전의 터빈을 돌리는 수증기 공급 계통을 말한다. 원자로에서 핵분열로 발생하는 열을 간접 전달받은 제2회로 공급순환수는 섭씨 270도가 넘는 어마어마한 온도로 증기를 만들어 발전 터빈을 돌린다.

"내일 한국에 들어가. 아마 한 달쯤 있다 올 거야."

세미나가 끝나고 복도를 걸어 나올 때 성민이 불쑥 말했다.

"갑자기 무슨 일로?"

수원은 평소와 달리 통보하는 듯한 성민의 말투에 약간 심사가 뒤틀렸다.

"집안 일로 송사가 걸려 있어."

성민이 어깨를 으쓱하고는 사연을 말했다.

"우리 할아버지는 1930년대에 일본 작위를 받은 귀족이었어. 그런데 패전 후 정부에 재산을 몰수당했지."

성민의 관점이 이상하다. '해방'이 아니라 '패전'이라니. 수원은 자신도 모르게 미간을 찌푸렸다. 그러나 성민은 이야기를 마저 이어갔다.

"그래도 재기하셨어. 자유당 시절 중요 간부까지 지내셨지. 4 · 19 때는 비록 낙선했지만, 야당 소속으로 국회의원 선거에 출마하셨어."

이후 국내에서 친일 인사에 대한 비판이 커지자 성민의 가족은 모두 미국으로 이민을 온 것이었다.

"억울하게 빼앗긴 할아버지의 재산을 내가 되찾을 거야."

성민은 주먹을 쥐어보였다.

수원은 요즘 친일파 후손들이 국가에 환수된 조상 땅을 돌려받기 위해 열심이라는 신문기사가 기억났다. 성민도 그 일에 적극 나서려는 모양이었다.

"청담동에 있는 그 땅만 되찾으면 어느 나라에서든 귀족으로 살 수 있어. 그쪽은 아파트 한 채가 40억도 넘는다고 하더군."

성민은 할아버지의 삶에 대해 아무런 비판 의식이 없는 듯했다. 조국에 대한 애정도 전혀 없었다. 항상 고국을 먼저 생각하는 수원과 정반대였다.

수원은 외국에서 태어났지만 언제나 한국을 그리워했다. 외국 생활에 따른 소외감 때문이기도 했지만, 어머니 김윤실의 영향이 더 컸다.

"할아버지는 독립군이었어. 만주 벌판에서 조국 광복을 위해 목숨을 바치셨어. 만석꾼 살림살이를 다 팔고 후손에겐 아무 것도 물려주지 못하셨지만, 더 큰 것을 물려주셨지. 바로 조국에 대한 자부심이야."

어머니는 할아버지와 할머니의 삶을 자랑스러워했다. 아버지 없이 태어난 수원에게 자신의 뿌리에 대한 자긍심을 심어주려는 듯했다.

"아버지도 조국을 위해 일하셨어. 정부 비밀요원으로 목숨을 걸고 활약하다 돌아가셨지. 아버지 죽음에 의혹이 많지만 그게 비밀요원의 운명 아니겠니?"

틈만 나면 해주는 이야기였다.

"일제시대에 귀족이었다면 친일파 아녜요?"

참고 있던 수원이 마침내 입을 열었다.

"친일파면 어때! 할아버지는 남보다 빨리 일본 문물을 받아들인 진보주의자였어."

수원의 부정적 반응에 성민이 반박했다.

"게다가 지금이 어떤 시대인데. 조국이니 민족이니 하는 개념은 이제 구시대의 유물일 뿐이라고. 친일을 하든 친미를 하든 각자 소신대로 살면 돼. 내가 살고 있는 곳이 내 나라이고, 함께 어울려 사는 사람들이 내 민족인 거라고."

신대륙을 차지해 급성장한 다민족 국가 미국의 시민권자다운 논리였다.

수원은 새삼스러운 눈으로 성민을 바라보았다. 그동안 쌓아온 친밀한 감정이 눈 녹듯 스러지는 느낌이 들었다.

이 일로 두 연인이 갈라선 것은 아니었다. 진짜 사건은 다음날 일어났다.

웨스팅하우스 부속 도서관. 서가 코너의 후미진 곳에서 두 남녀가 은밀하게 이야기를 주고받고 있었다. 둘의 거리가 매우 가까웠다. 자세히 보니 스킨십을 나누고 있었다.

별 생각 없이 복도를 지나치던 수원은 이상한 예감에 도서관 창문으로 다가섰다.

'아니!'

놀랍게도 남자는 배성민이었다. 한국에 들어가야 한다더니 그곳에 있었다.

상대 여자는 어제 세미나에 참석했던 연구원이었다. 아토믹캐나다 회사에서 왔다고 했다. 어제는 처음 만난 것처럼 인사를 나누었던 두 사람이 지금은 진한 스킨십을 나누고 있었다.

수원은 피가 멎는 듯한 느낌이 들었다. 현기증을 느껴 벽에 가까스로 몸을 기댔다.

두 사람은 서로 허리를 껴안은 채 도서관 밖으로 나왔다. 건물 로비에 이르자 무슨 말인가를 주고받은 뒤 역시 서로 모르는 사람들처럼 각기 다른 길로 걸어갔다. 무슨 일이 일어나는 건지 알 수가 없었다. 어떻게 그동안 성민에게 다른 여자가 있었다는 걸 한 번도 알아차리지 못했을까. 수원은 정신이 아득했다. 배신감과 분노로 심장이 터질 것 같았다.

그날 수원은 성민에게 이별을 통고하는 메일을 보냈다. 그러나 성민은 '한국에 한 달 머무르는 동안 매우 바쁠 것'이라는 말을 증명이라도 하듯 메일을 확인조차 하지 않았다. 며칠을 기다리던 수원은 보낸 메일을 취소했다. 그리고 이메일 아이디를 바꾸었다. 전화번호와 핸드폰 번호도 바꾸었다.

그로부터 한참 후에 성민이 수원과 연락하기 위해 애쓴다는 말을 전해 들었다. 수원은 모른 척했다. 오해를 풀고 싶어 한다는 이야기도 들렸다. 그러나 수원은 연락하지 않았다.

"무슨 생각을 그리 골똘히 해?"

빌라 엠 로쏘를 입안에 머금고 맛을 음미하던 성민이 수원을 넌지시 건너다보았다.

"우리가 헤어진 지 2년도 넘었지?"

수원은 와인 잔을 들어 한 모금 마시고는 입을 떼었다.

"내 전공은 핵융합, 그쪽 전공은 핵분열. 말하자면 나는 융합하려는 사람이고 그쪽은 분열하자는 사람이지. 그렇지 않아? 우리 사이를 끝낸 것도 그쪽이지."

"그럴듯하네요."

수원은 2년 전 웨스팅하우스 도서관에서 목격했던 일을 꺼낼까 하다가 말을 삼켰다.

"코펙 소속으로 있다고요? 무슨 일 해요?"

수원은 착잡한 심정을 애써 억누르며 물었다.

"가르쳐줄 수 없겠는데. 내 방에 잠깐 들른다면 몰라도."

성민이 은근한 눈길로 제안했다. 수원은 눈을 흘기는 것으로 답을 대신했다.

"우리, 다시 시작하자."

성민이 와인 잔을 내려놓고 수원의 손을 감싸 쥐었다. 부드럽고 따뜻했다. 익숙한 감촉이었다.

“할아버지 땅 되찾는 것, 성공할 것 같아.”

성민이 눈빛을 빛냈다.

“그거 찾으면 연구하느라 골몰하며 살지 않아도 돼. 태평양 한가운데 섬 하나 사서 우리만의 왕국을 세워볼까?”

순간 수원은 사그라들던 이질감이 되살아났다.

‘여전하구나.’

이제 와서 도서관에서 본 여자는 별일 아닐 수 있었다. 문제는 서로 너무도 다른 가치관이었다.

뜻밖의 한 쌍

두 사람은 무역센터 지하상가로 나왔다. 꽤 늦은 시간인데도 여전히 사람들로 북적거렸다. 환한 불빛 아래로 지나다니는 사람들 대부분이 쌍쌍이었다.

“이대로 헤어지자고?”

배성민이 아쉬운 눈으로 물었다.

“차라도 한잔 더 할까?”

성민은 수원의 손을 잡고 주변을 두리번거렸다.

그때 맞은편에서 촌스러워 보이는 남자와 지나칠 정도로 화려하고 활기차 보이는 여자가 팔짱을 끼고 걸어왔다. 남자는 유행이 지난 양복 차림이었고, 여자는 깊게 파인 헐렁한 상의와 광택이 도는 스키니 바지를 입고 굽 높은 부츠를 신고 있었다. 여자의 모델 같은 분위기 때문에 남자가 더 초라하게 보였다. 도무지 어울리지 않는 두 사람의 조합이 주변의 시선을 끌었다. 수원도 무심결에 그들을 쳐다봤다.

"어, 한수원!"

시선이 마주치자 여자가 눈을 휘둥그레 뜨며 발걸음을 멈췄다.

"유미? 고유미!"

여자가 반갑게 뛰어와 수원의 손을 덥석 잡았다.

"어머, 너……."

수원은 다음 말을 잇지 못했다. 오랜만에 본 모습이 너무도 변해 있어 낯선 느낌까지 주었다. 파리대학 시절 동양철학을 공부하며 사색을 즐기던 모습은 간데없었다.

"우리 진짜 인연이다. 파리가 아닌 한국에서 이렇게 만나다니. 언제 들어왔어? 무슨 일 하고 있는 거야?"

고유미는 속사포처럼 질문을 쏟아 부었다.

"들어온 지 얼마 안 됐어."

"어머, 내 정신 좀 봐. 인사해요. 여기는 한수원 박사. 파리대학 친구."

유미가 남자에게 수원을 소개했다.

"정세찬입니다. 이름처럼 세찬 사람은 아니고요."

세찬은 까무잡잡한 얼굴에 조금 고집스러운 인상이었다. 굵은 테 안경과 손에 든 낡은 가방이 영락없는 학자 스타일이었다.

"이쪽은 배성민 박사. 미국 근무할 때 만난 연구원이야."

수원의 간략한 소개에 성민은 섭섭한 얼굴빛을 지었다.

"이렇게 만났으니 함께 자리를 옮길까요? 두 분 시간 괜찮죠?"

유미가 활기차게 말하자 세찬이 어색하게 주위를 두리번거렸다. 이미 시간이 자정이 넘어 문을 닫는 가게가 많았다.

"제 숙소가 여기서 가까운데……."

성민의 제안에 일행은 스타타워 호텔로 발걸음을 옮겼다. 유미가 파리 유학 시절처럼 얼른 수원의 팔짱을 꼈다. 둘은 금세 남자들 뒤로 처졌다.

"어쩜 넌 그대로다."

유미가 수원의 옆구리를 쿡 찌르며 생긋 웃었다.

"넌 좀 많이 변한 것 같다?"

"그래? 더 예뻐졌다는 말씀?"

유미의 애교는 여전했다.

"사귀는 사람이야?"

"세찬 씨? 음, 말하자면 그렇지."

유미가 망설이는 듯하다가 대답했다.

"보기엔 저래도 외국에서 박사학위까지 땄어. 외국에 남으려 했는데 일이 좀 안 풀려서 귀국했대. 지금은 한국에서 대학 강사로 뛰고 있어. 부모님도 친척도 모두 외국에 있어서 좀 외로울 거야. 척 보기엔 고지식해 보여도 은근히 재미있는 구석이 많아. 야심도 있고. 그런 면에선 나랑 잘 맞지."

"네가? 야심가라고?"

"몰랐니? 난 너도 그런 줄 알았는데! 국제정치에도 관심이 많았잖아."

"아, 그거?"

'판도라' 사이트 활동을 말하는 것 같았다.

"그건 핵에 관한 관심이었지."

"흐응, 그랬구나."

유미가 콧소리를 내며 고개를 끄덕였다.

성민은 스타타워 호텔 15층의 객실 하나를 오피스 겸 거처로 사용하고 있었다. 생각보다 훨씬 널찍했다. 시원하게 트여 있는 거실에는 편안해 보이는 가죽 소파와 심플한 컴퓨터 책상이 놓여 있었다. 거실 한쪽에 미니바와 주방이 있었고, 거길 지나면 아늑한 침실과 욕실이 연이어 있었다.

"야, 정말 좋은데요."

성민의 숙소를 둘러보던 유미가 감탄사를 연발했다.

"에드워드 호퍼네요?"

유미가 벽에 걸린 그림을 가리켰다.

"예. 그렇습니다."

"외국인 장기 체류자의 객실과 고독을 그리는 화가! 기가 막히는 조합이군요."

예전이나 지금이나 유미는 문화 예술 쪽에 관심이 많았다. 유미는 지긋한 눈으로 그림을 한동안 바라보았다.

"자, 편하게 앉으세요. 술 한잔 하셔야죠?"

"좋습니다."

정세찬이 소파에 몸을 푹 파묻고 앉으며 대답했다.

"술은 뭘로 할까요? 로제 바바리안과 샤토 오브리옹이 있어요. 룸서비스로 다른 것을 시킬 수도 있지만……."

"샤토 오브리옹이 있다고요? 멋져라, 파리가 생각나네요."

유미가 두 손을 모으고 호들갑을 떨었다.

"그럼 샤토 오브리옹으로 하겠습니다. 안주는 치즈와 호두가 있습니다."

몸에 밴 친절함을 내보이며 성민이 물었다. 곧이어 작은 술자리가 마련되었다.

"두 분은 이 시간까지 뭐하고 계셨습니까?"

성민이 잔을 건네며 유미에게 물었다.

"그냥 데이트죠, 뭐."

유미가 정세찬을 돌아보며 동의를 구했다. 정세찬은 멋쩍은 듯 그냥 미소만 지었다. 웃는 얼굴이 선해 보였다.

"두 분도 데이트?"

"우린 업무상 만난 거야."

성민이 그렇다고 말하려는 순간 수원이 얼른 나서서 대답했다. 성민은 머쓱한 표정을 지었다.

"난 파리에서 돌아온 뒤 고생 많이 했어. 이곳저곳 알아봐도 마땅한 일자리가 없더라고. 전공이 동양철학이라 연구소밖에 갈 곳이 없었어. 그런데 번듯한 연구소는 자리가 나지 않고, 조그만 연구소는 월급이 너무 적고."

고유미가 한탄하듯 말하며 머리를 쓸어 올렸다. 연한 갈색으로 물들인 구불구불한 머리가 성숙미를 풍겼다.

"저런."

수원이 안타까워하며 한숨처럼 말했다.

"그러다 바이오 과학 계통의 잡지사에서 기자를 모집한다는 광고를 보고 응시했어. 뜻밖에 채용이 됐지."

"과학 기자가 아니라 패션잡지 기자 같으신데요?"

성민이 유미의 옷매무새를 훑어보며 말했다.

"멋있다는 말씀이시죠?"

유미는 간드러지게 웃으며 말을 이었다.

"전공에서는 완전히 빗나간 호구지책이지만 일은 재미있어요. 과학과 국제 정치 문제에 관한 인터뷰를 하러 갔다가 이 사람을 만나게 됐어요.

세찬 씨는 한국 대학에서 국제정치학 강의를 하고 있어요."

유미가 열심히 이야기하는 동안 정세찬은 줄곧 빙그레 웃고만 있었다.

"그럼 진도는 어느 정도 나갔나요?"

성민이 유미와 정세찬을 바라보며 짓궂게 물었다. 세찬이 무슨 말인지 모르겠다는 듯 애매한 표정을 짓자 유미가 얼른 대답했다.

"이제 고속도로 램프까지 진입했어요."

"램프라고요? 하하하. 빨리 속도를 내셔야겠네요."

성민이 과장되게 웃었다.

"그쪽은 진도가 얼마나 나갔는데요?"

이번에는 유미가 역습을 했다.

"우린 고속도로 지나온 지 한참 됐어."

수원이 재빨리 대답했다. 성민이 수원을 쳐다보았다. 미묘한 분위기를 눈치챈 유미가 황급히 화제를 바꾸었다.

"그러고 보니 세 사람이 비슷한 일을 하고 있네요."

유미는 수원과 성민, 세찬을 둘러보며 말했다.

"세 사람이요?"

"네. 세찬 씨도 핵과 관계가 있답니다."

"국제정치학을 가르치신다면서요?"

성민이 물었다.

"맞습니다. 제 마지막 논문 주제가 '박정희 정부와 미국의 핵 마찰에 대한 연구'였거든요."

"아, 그랬군요."

수원이 고개를 끄덕였다.

"대통령 중, 박정희만큼 핵을 열망했던 인물은 없었을 겁니다. 선견지명이 있었지요. 앞으로 국제 정치와 외교, 무역에서 핵이 최우선 화두가 될 것입니다."

핵 이야기가 나오자 조용히 있던 세찬이 신이 나서 대화를 주도해 나갔다.

"노태우 대통령이 한반도 비핵화 선언을 한다면서 국제 조약에 덜컥 서명한 것이 실수라고 말하는 학자들이 많습니다. 김정일 보세요. 핵을 국제 정치의 무기로 활용하고 있지 않습니까. '핵은 정치'라는 말이 있습니다. 나는 정치라기보다는 힘이라고 생각합니다. 우리나라도 빨리 핵 주권을 찾아야 합니다."

"박정희 말씀을 하셨는데 당시 박 대통령이 지미 카터와 신경전 벌인 것이 핵 때문이란 것 맞나요?"

수원이 눈을 빛내며 질문했다.

"그들의 갈등이 표면적으로는 인권 문제라고 했지만 실은 핵을 둘러싼 국익 싸움이었습니다. 지금 북한과 오바마가 싸우는 주제와 같은 것이지요."

"박정희가 핵폭탄을 만들려고 했나요?"

수원이 다시 물었다.

"틀림없이 그랬을 겁니다. 박통이 늘 외치던 유비무환, 자주국방의 목표를 실현하는 가장 빠른 길이 핵무장이었으니까요."

"하지만 미국의 비위를 거스르기 어려웠던 시절 아닙니까?"

성민이 게슴츠레한 눈으로 물었다. 이미 술을 해서 그런지 와인의 취기가 빨리 도는 모양이었다.

"당시, 미국의회는 인권보고서에서 한국에 몹시 나쁜 점수를 주었습니다. 소위 개발 독재가 한창인 유신시대였으니까요. 카터는 자기 선거 공약

대로 미군을 철수시키겠다고 으름장을 놓았지요. 박정희를 막다른 골목에 몰아넣은 것입니다. 그래서 박 대통령은 '살 길은 핵이다' 하고 생각했을 겁니다."

수원은 침을 꿀꺽 삼키며 세찬의 다음 이야기를 기다렸다.

"그해 4월 20일 무르만스크에서 대한항공 902편이 강제착륙 당했습니다. 이 사건과 한국의 핵 유입 문제가 관계 있다는 말이 최근 국제정치학회에서 떠돌고 있습니다. 또 그해 5월 19일에 동해에 침투한 북한 무장 간첩선을 해군이 격침시키고 북한 선원 8명을 체포한 일이 있었습니다. 조선인민 무력부 직속 제612전차 수리대 군용 수송선이었습니다."

"수송선을 간첩선이라고 하기는 좀 무리가 있는 것 아닌가요?"

성민이 끼어들었다.

"어쨌든 그들을 포로로 다루고 있는 한국한테 미국이 간섭을 해왔습니다. 사건 후 열흘쯤 지난 6월 1일 미 대리대사가 외무부를 찾아와서 생포한 북한 사람들을 조속히 송환하라고 했습니다. 그때 미국 측에서 쓴 용어가 'innocent intruder'였습니다."

"무고한 침입자라는 주장이군요. 미국이 왜 그렇게까지 나선 걸까요?"

"공산 종주국 소련을 자극하지 않고 무르만스크의 한국 여객기를 돌려받으려는 계산이었을 겁니다."

그때까지 소련은 강제착륙시킨 대한항공 902편 여객기를 억류해 놓고 있었다.

"저기, 원자력발전소에서 일하는 건 위험하지 않아? 방사선 때문에 피부 다 상하는 거 아니야?"

갑자기 유미가 수원을 돌아보며 화제를 바꿨다. 유미도 술기운이 도는

지 발음이 조금 새는 것 같았다.

"노 프라블럼. 세상의 모든 물질에서 조금씩 방사능이 발산되고 있다는 것은 알고 있지? 원자로 곁에 있으면 자연 환경에서 나오는 방사능까지 완벽하게 차단돼."

"하하하. 어련하시겠습니까."

정세찬이 너털웃음을 터뜨렸다. 술을 마시더니 태도가 호방해졌다.

"어쨌거나 이제 그곳은 세계의 주목을 받게 될 겁니다."

"네? 세계의 주목이라니요?"

수원이 말뜻을 되짚어 물었다.

"아, 핵무기를 개발하거나 핵발전소를 전 세계에 수출하거나 둘 중 하나는 할 것 아닙니까? 하하하."

세찬이 혀 꼬부라진 소리로 말했다.

시간을 초월해 태어난 아이

수원은 이튿날 오후 늦게 고리 원전본부로 돌아왔다. 하루 내내 배성민에 대한 생각을 떨칠 수가 없었다. 매력과 혐오스러움을 함께 지닌 남자, 그것이 수원의 마음에 비친 배성민이었다.

사무실에 돌아온 수원은 우선 주영준 차장의 방으로 갔다.

"큰일 치르느라 수고 많으셨습니다."

영준이 자리에서 일어서면서 인사를 했다.

"폭발 사고만 없었으면 행사는 대성공이었지요."

"그렇잖아도 강 처장님께 전화 드렸습니다. 파편 뽑아내고 찢어진 곳 몇 군데 꿰맨 정도니 걱정 말라고 하시더군요."

영준은 퇴근 후 병문안을 할 계획이라고 말했다.

"어떻게, 수사에 진척이 있나요?"

"본래 알제리 상공회장 차를 운전하기로 배정됐던 렌터카 운전사는 대기실에 있을 때 다른 운전사가 권하는 음료수를 먹고 그대로 곯아떨어져 잤다는군요. 음료수를 건넨 사람의 인상착의를 확인한 결과 폭발 시 자동차를 운전하던 사람과 동일인이었습니다."

"병원 가던 도중 사라졌다는 그 사람 말인가요?"

"네. 폭발물은 뒷좌석 밑에 설치돼 있었고, 폭발 강도가 약해 운전사에게는 거의 영향을 미치지 않았을 거라는 게 경찰 의견입니다."

"그렇다면 그 사람이 범인 맞겠군요. 저도 그 차에 타기로 돼 있었는데, 알제리 상공회장이 갑자기 마음을 바꾸는 바람에 사고를 면했어요."

"아, 그랬군요. 어느 좌석에 타기로 돼 있었습니까?"

"운전사 옆 좌석이요."

"질문 하나 해도 되겠습니까?"

영준이 잠시 뜸을 들이다 조심스런 표정으로 입을 열었다.

"예. 얼마든지."

"한 차장님은 왜 이곳으로 오신 겁니까?"

"네?"

수원은 질문의 뜻을 몰라 되물었다.

"한 차장님은 세계적으로 인정받는 학자이시잖습니까? 그런데 이곳에 와 있는 게 궁금해서 말입니다. 뭔가 더 큰 목적이라도 있으십니까?"

"하하하."

영준은 질문을 하면서 눈썹이 치켜 올라가고 입술이 실룩였다. 그 모습을 보는 순간 수원은 웃음이 터져 나왔다. 속내를 전혀 숨기지 못하는 순박한 사람이라는 생각이 들었다. 폭발 차량의 앞좌석에 타기로 돼 있었다는 말에 운전사와 공모라도 한 것으로 추리한 듯싶었다.

"폐연료봉 빼내 핵폭탄 만들려고 왔죠."

"예에?"

영준은 입을 딱 벌리고는 다물지 못하다가 뒤늦게 농담인 줄 알아챘다.

"놀리지 마십시오."

영준이 머리를 긁적였다. 그러면서도 질문에 답하지 않고 슬쩍 넘어가는 수원에 대해 미심쩍은 표정을 풀지 않았다.

"변사체 사건은, 다른 이야긴 있나요?"

수원은 화제를 바꾸었다.

"본부에서 취수구의 장애물 시설을 다시 점검했습니다. 스톱 로그와 스크린 바, 회전 스크린 등 모두 매일 두 번 이상 점검하기로 했습니다. 담배꽁초 하나도 다 적발될 겁니다."

"그랬군요. 그것보다 그 다이버는 대체 누구였죠?"

"낚시용품 소매상을 하는 사람이랍니다. 이름은 장 안토니오고요. 해군에 근무한 이력이 있고요. 나이는 30대 후반, 허황한 꿈에 젖어 일주일에 로또 복권을 10만 원어치씩 사는 사람이랍니다."

"이름이 안토니오라고요? 한국 사람 아니었던가요?"

"그러게 말입니다. 주민등록상에도 그렇게 돼 있다고 합니다."

"그 사람이 왜 침투하려 했을까요?"

수원은 도무지 이해가 되지 않았다.

"해양경찰이 더 조사를 하고 있다니까 곧 밝혀낼 겁니다."

"어디서 어떻게 왔는지도 모르고요?"

"그 시각에 제한구역에 나타난 배는 없었답니다. 보안부서 사람들의 추측으로는 누군가의 심부름꾼일 거라고 합니다."

"사실 그날 바다 먼 쪽에 요트가 떠 있는 것을 봤어요."

"그랬습니까? 보고서에는 그런 내용이 없던데."

"분명 봤어요. 너무 멀어서 확신할 순 없지만 선체의 흰색과 푸른색이 기억나요. 해양경찰선이 나타나자 곧 사라지더군요."

"그랬군요."

수원의 말에 영준은 입술을 꾹 다물며 생각에 잠겼다.

수원은 집으로 돌아와 오랜만에 '판도라의 상자' 사이트를 열어보았다. 한동안 잊고 있었던 대한항공 902편 강제착륙 사건에 대한 새로운 정보를 입수하기 위해서였다. 당시 미사일을 쏜 소련군 조종사의 이름이 아나톨리였다. 해변 변사체의 지도에서 나온 단어 아나톨리. 둘 사이에 뭔가 연관성이 있으리라는 확신이 들었다.

'판도라의 상자를 열지 말라' 사이트의 인터넷 주소는 'pandora.co.nz'이었다. 국가명의 'nz'은 뉴질랜드의 약자였다. 파리에서 만들어진 판도라 모임은 핵에 관심을 가진 각국 유학생이 중심이었다. 처음에는 인터넷 사이트가 없었으나 뉴질랜드에서 온 데이비드가 자기 나라로 돌아가 사이트를 만들어 뉴질랜드 도메인을 쓰게 되었다.

수원은 'Anatoly' 게시판을 열어 보았다. 무르만스크 대한항공 여객기 강제착륙 사건과 관련된 정보만 모아 두는 방이었다. 수원은 게시판에 떠 있는 여러 가지 정보를 대충 훑어보았다.

파리, 김형욱, 무르만스크.

눈에 띄는 제목이었다. 수원은 두근거리는 마음으로 마우스를 클릭했다.

> 무르만스크 대한항공 902편 강제착륙 사건에는 대한민국 중앙정보부장을 지낸 김형욱이 개입돼 있다.

첫 문장부터 흥미로웠다. 수원은 다음 문장을 읽기 전에 포털사이트에서 김형욱에 대해 알아보았다.

김형욱. 1925년 황해도 신천 출신. 육사 8기. 1963년 제4대 중앙정보부장. 최고회의 위원. 국회의원. 박정희의 신임을 가장 많이 받는 심복이었으나 배신, 1973년 미국으로 망명하여 여러 차례 박정희에 대해 공격성 발언을 했다. 이후 어느 날 파리에서 쥐도 새도 모르게 자취를 감추었다.

김형욱의 행방불명에 대해서 수많은 설이 나돌았다. 그 가운데 가장 많이 거론되는 것은, 배신자를 응징하라는 박정희의 명령에 한국의 정보기관이 '파리 암살 사건'을 공작했다는 설이다. 즉, 한국의 유명 여배우 C와 Y에게 미국에 있는 김형욱을 파리로 불러내도록 한 후, 파리에 대기하고 있던 요원들이 김형욱을 마취시켜 파리 교외로 끌고 가서 암살한 다음 닭 사료 분쇄기에 넣어 사료와 함께 갈아버렸다는 것이다.

또 하나는 김형욱을 청와대 지하실로 끌고 가 박정희가 직접 사살했다는 설이었다. 이밖에, 파리로 유인한 김형욱을 1979년 10월 7일 오후 7시 르그랑 세르클 카지노에서 정체불명의 청년 둘이 끌고 간 뒤 소식이 끊겼다는 구체적 상황이 담긴 설도 있었다.

수원은 다시 판도라 사이트의 아나톨리 게시판으로 돌아왔다.

열강들의 이권 다툼, 김형욱, 박정희. 이 삼각관계의 수수께끼를 풀면 무르만스크의 진실을 알게 된다.

글을 올린 사람은 자신을 1978년 덴마크 주재 소련 대리대사의 딸이라고 밝혔다. 사건 직후 자신의 아버지는 기자들에게 중요한 정보를 많이 제공했다는 설명도 덧붙였다.

그날 항로를 알려주는 로렌스테이션 전파는 항공기가 통과하고 있던 지점이 아닌 다른 곳에서 발송되고 있었다. 바로 그린랜드와 아이슬랜드의 기지였다.

그때 이들 기지는 KGB가 장악하고 있었다. KGB는 고의적으로 항공기를 잘못된 방향으로 유인해 소련 영토를 침범하게 했던 것이다.

인터넷을 보는 동안 수원은 갑자기 아버지 생각이 간절해졌다. 어느 날 홀연히 자취를 감추었다는 아버지. 아버지가 사라진 해도 1978년, 장소도 파리였다.

그때 전화벨이 울렸다. 미국에 있는 어머니였다.

"거기, 괜찮니?"

어머니가 대뜸 걱정스런 목소리로 물었다.

"뭐가요?"

"북에서 핵 미사일을 쏘았다며? 여기선 한국에서 전쟁난다고 야단이다."

"무슨 말씀이신가 했네요. 아무 문제없어요. 북한이 여러 차례 쏜 미사일은 핵 미사일이 아니에요. 오히려 미국 경제 때문에 교포들 굶지나 않을까 걱정인데요."

"정말이니? 어쨌든 몸조심해라. 네가 어떻게 해서 이 세상에 나온 아이인데……."

어머니의 말대로 수원이 이 세상에 태어난 것은 기적 같은 일이었다.

수원은 아버지가 실종되고 3년 후에 태어났다. 상식적으로 불가능한 일이었다. 그러나 수원은 상식을 뒤엎고 세상에 태어났다.

수원의 아버지 한용국은 1970년대 중반 한국 정보기관의 워싱턴 주재원으로 일했다. 원래는 외무부 소속이었으나 국방부로 파견된 뒤 다시 정보기관으로 소속을 옮겼다. 남편을 따라 외국 생활을 시작한 김윤실은 한국에서 영어 교사를 했던 터라 별다른 어려움 없이 현지에 적응했다.

한용국과 김윤실 부부는 금슬이 좋았다. 단지 결혼한 지 10년이 되도록 아이가 없다는 게 문제라면 문제였다.

1977년 겨울, 한용국에게 파리 전근 명령이 떨어졌다.

"여보, 이번엔 나 혼자 따로 가는 게 좋겠소. 당신은 당분간 여기 남아 있어요."

윤실은 무슨 임무냐고 묻지 않았다. 그것이 정보원 아내의 도리라고 생각했다. 하지만 본능적으로 이번 임무가 중차대하다는 것을 알아챘다. 그만큼 위험하다는 것도 알았다.

윤실이 남편의 소식을 들은 것은 이듬해인 1978년 5월이었다. 주미 대사관으로부터 한용국이 파리 출장 중 사망했다는 통지를 받았다.

언젠가 이런 날이 올지도 모른다고 각오는 했지만, 막상 일이 닥치니 하늘이 무너지는 것 같았다. 사망 경위가 무엇인가 대사관에 문의했으나 대답이 시원치 않았다. 윤실은 자세한 내막을 알기 위해 파리로 날아갔다.

그러나 파리 대사관에서도 한용국의 사망 원인이나 과정에 대해서 전혀 알지 못했다. 놀랍게도 거기서 근무했다는 사실조차 모르고 있었다.

윤실은 서울로 돌아와 한용국이 소속돼 있던 정보기관을 찾아갔다. 그러나 기관에서는 한용국에 관한 기록 공개를 거부했다. 구체적인 소속과 업무 내용에 대해서도 마찬가지였다. 한용국의 죽음은 업무 수행 중 순직으로 처리되었으며 그에 따른 절차가 있을 것이라는 답만 들을 수 있었다. 결국 김윤실은 남편이 어디서 어떻게 죽었는지, 시신은 어디에 있는지 확인도 못 한 채 답답한 가슴으로 30여 년을 살아왔다.

윤실은 미국으로 돌아가 언니가 있는 워싱턴으로 갔다. 그곳에서 언니 가족과 함께 살면서 교포들이 자주 모이는 교회에 나가는 것으로 절망을 이겨냈다. 주위에서는 자꾸 재혼을 권했다. 외로움에 마음이 움직일 때도 있었다. 그러나 윤실은 모든 제의를 거절했다. 의문사를 한 남편이 언젠가 살아 돌아올 것만 같은 막연한 희망이 있었기 때문이었다.

그러던 어느 날 박정무가 찾아왔다. 그는 한용국과 절친한 사이로 같은 부서에 함께 근무한 적이 있다고 했다.

김윤실은 지푸라기라도 잡는 심정으로 박정무의 이야기를 들었다. 그러나 박정무 역시 한용국의 죽음에 대해서는 아는 게 없었다. 대신 박정무는 전혀 다른 이야기를 들려주었다.

"만약 내게 무슨 일이 생기면 아내가 혼자 남게 될 것이 걱정이야. 자식도 없이 쓸쓸하니……. 그래서 말인데, 실은 정자 은행에 내 정자를 보관해 두었어."

박정무는 한용국의 말을 농담으로 돌렸지만, 혹시나 하는 마음에 찾아왔다고 한다.

박정무가 다녀간 뒤 윤실은 머리가 혼란스러웠다. 남편이 한 번도 그런 말을 꺼낸 적이 없기 때문이었다. 아이가 없는 것에 대해서도 별다른 신경을 쓰지 않는 것 같았었다.

'자신이 죽게 된다는 것을 알고 있었을까?'

'정자를 보관한 사실을 왜 나한테는 말하지 않았을까?'

'위급 상황이 되면 알려주려 했는데 짐작보다 죽음을 빨리 맞게 된 것 아니었을까?'

윤실이 몇 달을 미몽 속에 헤매고 있을 때, 박정무가 다시 찾아왔다.

"제 말, 오해하지 말고 들어주십시오."

박정무가 윤실의 눈치를 살피면서 조심스럽게 말을 꺼냈다.

"저, 한 형의 마음을 알아주실 수는 없는지요?"

"무슨 말씀이신지?"

"아이를 가질 생각이 없으신가 해서요."

그제야 윤실은 박정무의 말뜻을 알아차렸다. 보관시킨 정자로 아이를 갖는 게 어떠냐는 의견이었다.

"하지만…… 가능할까요?"

윤실이 망설이다가 되물었다.

"현재 인공수정 기술이 눈부시게 발전했습니다. 가능한 일입니다."

"보관하고 3년이나 지났는데도요?"

"몇십 년이 지나도 가능합니다. 섭씨 5도 정도에서는 몇 달밖에 못 버티지만, 마이너스 960도로 냉동 보관하면 몇십 년도 가능하다고 합니다."

"그래도, 제 나이가 벌써 마흔인데요."

"미국의 블레이크라는 심리학자도 마흔 살에 수정을 받았는데, 세 번 만에 성공했다고 합니다."

윤실이 최종 결심을 하기까지 몇 달이 흘렀다. 언니와도 상의하고 다니는 교회 목사와도 의논했다. 결국 윤실은 산부인과 의사를 찾아갔다.

"지금 나이로는 쉽지 않습니다. 그러나 가능성은 높습니다."

윤실은 의사의 말에 용기를 얻었다.

"기형이나 다른 부작용은 없을까요?"

"전혀 없는 것은 아닙니다만, 거의 문제가 없습니다. 다만……."

윤실은 의사의 입을 뚫어지게 쳐다보았다.

"산부인과학회 윤리규정에는 반드시 배우자의 허락을 받게 되어 있습니다. 그런데 지금은 배우자가 사망한 경우라……. 어떻게 되나? 이런 경우는 처음이라서……."

의사는 학회 윤리위원회에 전화를 걸어 문의했다. 한참 동안 통화한 후 의사가 밝은 표정으로 말했다.

"가능하답니다."

정작 문제는 다른 데서 발생했다. 한용국이 정자를 어디에 보관했는지 알 수가 없었던 것이다. 박정무도 보관했다는 사실만 들었지 보관 장소가 어디인지는 모르고 있었다. 며칠 동안 노력한 끝에 박정무가 워싱턴DC와 버지니아 주의 정자은행 목록을 가져왔다. 50개가 넘었다.

윤실은 언니와 함께 병원마다 전화를 걸어 가능성 있는 병원을 가려냈다. 다섯 군데로 좁혀졌다. 그러나 그곳에서도 한용국이라는 이름은 찾을 수 없었다.

며칠 뒤 박정무가 상기된 표정으로 다시 찾아왔다.

"찾았습니다."

"예! 찾았다고요?"

윤실은 벌떡 일어섰다.

"병원이 아니라 '인류보안계획센터'라는 연구소에 보관돼 있었습니다. 그곳에 한 형의 후배가 있었어요."

박정무는 흥분에 들떠 말을 더듬었다.

"인류보안계획센터라고요?"

"로버트 그레이엄 박사라고 이 방면의 세계적인 학자가 만든 연구소랍니다. 그곳에서 운영하는 '천재 정자은행', 영어로 'The Sperm Bank for Genius'라는 곳에 있었어요. 우량인종, 즉 천재들의 정자를 보관하는 연구소예요."

김윤실은 마침내 인공수정 시술 허가를 받았다. 놀랍게도 첫 번째 시도에 성공하여 임신을 했다. 1981년 여름이었다. 윤실은 기적처럼 태어난 딸의 이름을 수원이라고 지었다. 빼어날 수(秀)에 우아하다는 뜻의 원(媛)자였다. 특별하게 태어난 수원은 지능도 특별했다. 초등학교에 들어가자 영재성을 발휘했다. 아이큐가 1만 명에 한 명 있을 정도로 높았다.

"빨리 영재 학교에 보내는 것이 좋겠어요. 뛰어난 아이에요."

담임선생은 만날 때마다 강조했다.

윤실은 마침내 결심을 하고 일곱 살 수원을 데리고 미국 버지니아 주로 이사를 갔다. 워싱턴DC 다운타운에서 1시간 거리에 있는 페어팩스 카운티라는 작은 시티였다. 한국 교포가 많이 사는 조용한 곳이었다. 페어팩스 시티는 넓은 페어팩스 학군으로 분류되어 미국에서 공교육 시설이 가장 좋은 곳으로 손꼽혔다. 그래서 한국 교포들은 이곳을 미국의 8학군이라고

했다. 여기서 초등학교와 중학교를 다니는 동안 수원은 여러 차례 월반을 했다. 영재성을 인정받은 수원은 전국의 영재들이 모인 '토머스 제퍼슨 과학기술고등학교'에 입학했다. 동양인이 40퍼센트 정도 다니는 학교였다. 이곳에서도 두각을 나타내 수업료를 면제받았고, 별도로 구성된 영재 클래스에서 따로 교육을 받았다.

물리, 수학 등 자연과학에 뛰어난 소질을 보인 수원은 열일곱 살에 파리 제6대학에 입학했다. 세계적으로 유명한 공과대학이었다. 퀴리 부부의 이름을 따 '피에르와 마리 퀴리 대학'으로도 불렸다. 대학을 조기에 마친 수원은 석·박사 과정을 한꺼번에 수료해 23세의 어린 나이에 박사 학위를 받았다.

수중 폭발

월요일 아침, 한국수력원자력 고리 본부 대회의실. 정기적인 확대간부 회의가 열리고 있었다.

이종문 본부장의 일상적인 훈시가 끝나고 운영실 부서인 발전부, 방사선 안전부, 화학 기술부, 정비 기술부, 계통 기술부, 전기부, 계측 제어부가 차례로 현황 보고를 했다. 마지막으로 성능 개선 팀의 보고가 이어졌다.

폐회될 무렵, 이종문 본부장이 좌중을 둘러보며 물었다.

"인테이크 침입자 사건은 어떻게 되었습니까?"

회의에서 논의하기로 한 안건은 아니었다.

"진상이 전부 파악된 것은 아니지만……."

안전부장이 말문을 열었다.

"사고 며칠 전부터 본부 홈페이지 게시판에 수상한 글이 계속 올라왔다고 합니다. '원전 폭파'에 대한 경고였답니다. 장난이라고 생각해 삭제해버렸다는데 혹시 변사 사건과 관계가 있는 게 아닌가 싶어서 백업 파일을 통해 추적하고 있습니다."

"다른 건 없습니까?"

"사건 당일 아침, 장 안토니오가 외지인 셋과 함께 낚싯배를 타고 나갔다고 합니다. 죽을 때 지니고 있던 물건들은 모두 본인 소유라고 합니다."

"그들이 원전시설에 접근한 이유는 밝혀졌나요?"

"경찰에서 조사를 하고 있는데, 아직 그들의 신원은 파악하지 못했습니다. 낚시 가게 근처의 콘도에 안토니오가 들락거린 정보를 추가로 입수한 것으로 알고 있습니다."

"그럼 배후에 무슨 조직이 있다는 것 아닌가요? 예사롭게 넘기지 말고 수사기관과는 별도로 조사를 해 보십시오. 모든 보안시설을 다시 점검하시고요."

말을 마치려던 본부장이 한 가지 더 지시를 내렸다.

"특히, 카드키 소지자를 철저히 확인하고 점검하세요. 최근 우리 본부에 드나든 사람 중에 미심쩍은 사람이 있는지 일일이 체크하십시오."

본부에서 사무실로 돌아가려면 대개 차를 타고 가지만 수원과 영준은 걸어서 갔다. 함께 걸어가자는 영준의 제안을 수원이 받아들인 것이다.

"한 차장님은 핵폭탄 제조에 관해서는 관심이 없나요?"

영준이 느닷없는 질문을 던졌다. 수원은 영준을 돌아보았다. 표정이 매우 진지했다.

"지난번에 한 말 때문에 묻는 거예요?"

수원은 '폐연료봉 빼내서 핵폭탄 만들러 한국수력원자력에 왔다'고 했던 농담이 생각났다.

"그건 아닙니다."

영준이 심각한 얼굴을 풀지 않고 말을 이었다.

"가령, 우리 회사에서 맘만 먹으면 할 수 있지 않을까요?"

"핵폭탄을 만들 연료를 갖고 있기는 하지만 우리가 사용하는 연료에는 4퍼센트 정도의 농축 펠렛이 있을 뿐이잖아요. 폐연료봉에도 플루토늄 238은 1퍼센트 정도인데 핵폭탄을 만들려면 95퍼센트 이상이 필요하고요. 더구나 우리나라는 핵 농축이나 핵 재처리를 하지 않겠다고 국제사회에 선언했잖아요."

수원은 고개를 가로저었다.

"맘먹기에 달린 것 아니겠습니까? 북한이 핵무기를 만든 판국에 국제적 체면이나 지키고 있다는 건……."

한담을 나눌 때 연구원들끼리 간혹 이런 말을 주고받곤 했다. 그러나 북한 핵 문제가 불거질 때면 단골 안주처럼 나오는 얘기일 뿐이었다. 영준처럼 정색을 하고 묻는 경우는 처음이었다.

"주 차장님 생각은 그러면?"

수원이 묻자 영준은 입을 꾹 다물었다. 두 사람은 한동안 발만 바라보며 걸었다.

"안토니오라는 사람 말이에요."

수원이 먼저 말문을 다시 열었다.

"범죄 조직에 연루된 사람 아닐까요? 일본의 야쿠자 같은……."

"야쿠자요?"

영준은 다시 입을 다물었다. 생각이 많은 얼굴이었다.

"우리 안토니오가 운영하던 낚시 가게에 한번 가볼까요?"

수원이 뜻밖의 제의를 하자 영준은 우뚝 멈추어 섰다.

"예? 우리가 말입니까?"

"왜 싫으세요? 본부장님께서도 경찰과 별도로 회사에서도 조사를 하라고 하셨잖아요."

"그럼 가보죠."

두 사람은 토요일 오후에 가기로 약속을 했다.

한 주일이 끝난 토요일 오후, 퇴근을 위해 책상을 정리하는데 고유미가 명랑한 목소리로 전화를 걸어왔다.

"하이, 수원. 아이디어가 하나 있는데 협조 좀 해줄래?"

"시간과 돈만 많이 안 든다면 들어줄게."

"돈은 필요 없고 시간만 조금 내면 돼."

"뜸 들이지 말고."

"다음 달 우리 잡지에 핵 문제에 관한 특집을 다룰 생각이야. 그래서 말인데, 너하고 세찬 씨하고 '핵 주권과 국제 역학'을 주제로 대담을 한번 했으면 해. 장소는 고리 원전 건설 현장. 그림이 멋지지 않아?"

"그건 좀 곤란하겠는걸. 난 핵 연구원이잖아. 핵 주권이니 뭐니 하는 정치적인 문제는 잘 몰라."

수원이 딱 잘라 말하자 유미는 금세 물러섰다.

"아이고 좀 도와주지. 이제 누굴 대담자로 해야 하나."

유미는 엄살을 부리며 전화를 끊었다.

도로변의 수국이 탐스럽다.

"한 차장님은 꽃이 좋으십니까?"

영준이 굽은 길을 능숙하게 운전하면서 물었다. 핸들을 꽉 잡은 채 앞만 보면서도 수원이 수국에 시선을 주고 있는 것을 알아챈 듯했다.

"꽃보다 남자를 더 좋아하지요."

수원의 대답에 영준의 근엄한 표정이 잠시 풀렸다.

지프가 달맞이 고개를 넘어서자 멀리 모래사장이 길게 펼쳐졌다. 안토니오의 낚시점은 찾기 쉬운 곳에 있었다.

영준은 모퉁이 공터에 차를 세웠다. 그러나 가게에는 두터운 철문이 내려져 있었다. 건물을 다 둘러보았으나 열린 문은 없었다.

"주인이 죽었는데 쉽게 문을 열겠습니까?"

영준이 실망스런 표정으로 말했다.

"하긴 그렇군요. 그럼 잠깐 바닷가나 거닐면서 뭔가 새로운 방법을 생각해볼까요?

수원과 영준은 방파제를 넘어 조그만 배 여러 척이 정박해 있는 곳으로 갔다.

두 사람은 나란히 서서 바다를 바라보았다. 바다는 잔잔한 파도를 일으키고 있었다. 은빛 나뭇잎을 무한히 깔아놓은 듯이 보였다.

"아니, 저건?"

수원이 쇠줄에 묶여 있는 작은 요트 한 척을 가리켰다.

안토니오 2.

푸른색 바탕에 흰 페인트로 그렇게 쓰여 있었다.

영준이 벌떡 일어나서 배 쪽으로 달려갔다. 수원도 황급히 뒤따라갔다.

배는 누구나 올라갈 수 있도록 개방되어 있었다. 두 사람은 배에 올라갔다. 갑판에는 아무 것도 없었다. 비좁은 선실에는 마시고 난 맥주병 몇 개와 어망 두어 개가 아무렇게나 놓여 있었다. 선실 가운데 테이블이 하나 놓여있고 테이블 다리 옆에 검은 비닐봉투가 하나 떨어져 있었다. 언뜻 보아 쓰레기봉투 같았다.

수원은 검은 봉투를 열어 보았다. 핸드폰처럼 생긴 물건이 들어 있었다. 영준이 안 보는 사이에 슬쩍 핸드백에 집어넣었다. 고지식한 영준이라면 바로 수사팀에 넘기자고 할 것이다. 수원은 자신이 먼저 살펴본 다음 넘겨주어야겠다고 생각했다. 경찰이 몇 번이고 여기를 수색했을 텐데 이걸 발견하지 못한 것이 이상했다. 경찰의 수사팀이 다녀가고 난 후, 누군가가 떨어뜨린 것이다. 수원은 이런 저런 가능성을 추측해 보았다.

"이 배를 이용했을지도 모르겠군요. 낚시를 가장해서 발전소 인근까지 접근한 다음 잠수했을 겁니다. 함께 이 배를 탔던 사람은 안토니오가 시체로 떠올랐다는 소식을 듣고 자취를 감추었을 것이고요."

영준이 손바닥에 묻은 먼지를 털어내며 그럴 듯한 추리를 했다.

"아, 가게 문이 열리는 것 같아요."

고등학생처럼 보이는 소년이 낚시 가게 문을 열고 있었다. 두 사람은 얼른 배에서 내려 가게로 갔다.

"무슨 일로 오셨어요?"

두 사람의 차림새를 위아래로 훑어보던 소년이 심드렁한 목소리로 물었다. 복장으로 봐서 낚시하는 사람 같지 않다고 생각한 모양이었다.

"그냥 구경 좀 하려고요."

수원은 주저 없이 안으로 들어섰다. 낚시에 쓰이는 각종 도구가 가게 안을 꽉 메우고 있었다. 겉에서 보기보다 매장이 훨씬 넓었다.

"학생이 장 사장 아들인가?"

영준이 소년을 보고 물었다.

"알바생인데요. 우리 사장님을 아세요?"

소년이 퉁명스럽게 되물었다.

"응. 좀 아는 분인데. 안 계셔?"

영준이 대답하기도 전에 수원이 능청스럽게 말을 받았다. 영준은 그 모습을 보고 어이가 없다는 듯 입을 벌렸다.

"안 계세요. 멀리 나가셨어요."

소년이 힘없이 대답했다.

"그럼 언제 오시는데? 우리도 멀리서 왔거든."

수원이 다시 능청을 부렸다.

"당분간 안 오실 거예요."

"그럼 여기서 같이 낚시 다니던 손님들은 다 어디로 갔지?"

소년은 잠시 머뭇거리다가 대답했다.

"서울 손님들요?"

"으, 응."

"해운대 조선빌라호텔에 있었는데 지금은 어디 있는지 잘 몰라요."

소년의 말에 두 사람은 동시에 서로 얼굴을 쳐다보았다.

두 사람은 다시 지프를 타고 조선빌라호텔로 갔다. 수원은 사건을 하나 하나 풀어나가는 것 같아 점점 흥미로워졌다.

호텔에 다다르자 영준이 앞장서서 프런트로 걸어갔다.

"낚시 클럽 회원들, 몇 호실에 묵고 있습니까?"

"안토니오 낚시 클럽 말씀이신가요? 외국 분들과 함께 온."

프런트 직원은 금세 알아들은 듯 대답했다.

"외, 외국 사람이요?"

영준이 말이 막히자 수원이 얼른 나섰다.

"네. 그 팀, 아직도 있나요?"

"아뇨. 예약을 취소하고 모두 떠났어요."

직원이 고개를 갸웃거리며 대답했다.

"어디로 갔는지는 모르시겠죠?"

"당연하죠."

"명단을 좀 보여줄 수 있나요? 미국서 온 지인이 그 클럽 회원인데 이름 좀 확인하려고요."

수원이 거짓말을 하자 영준이 슬그머니 한 걸음 물러섰다.

"예. 잠깐만요."

직원이 컴퓨터에서 명단을 검색했다. 곧 화면에 명단이 떴다. 수원은 목을 길게 빼고 컴퓨터 화면을 들여다봤다. 제일 앞의 이름이 영어로 돼 있었다.

"아, 클라크 혼자 왔구나."

"찾는 분 맞나요?"

"예. 맞아요. 그 명단 좀 출력해주세요."

수원은 당당하게 요구했다.

"그건 좀 어렵겠는데요. 고객의 인적 사항을 노출시켜선 안 됩니다."

직원은 난처한 표정을 지었다.

"그래요?"

수원은 건성으로 답하며 몇 초 동안 컴퓨터 화면을 뚫어지게 응시했다.

"그럼 할 수 없죠."

수원은 직원을 향해 살짝 미소를 지어 보이고는 자리를 떴다.

"자, 그럼 주 차장님. 가볼까요?"

수원이 기분 좋은 목소리로 외쳤다.

"이대로 가자고요?"

"네, 알아낼 건 다 알았으니 가야지요."

"뭘 알아냈다는 말씀입니까?"

"안토니오 낚시 클럽 회원들 신상정보 말이에요. 제가 사진으로 찍은 것처럼 화면을 기억하는 능력이 있거든요. 영상 기억법이라고나 할까요?"

"아, 대단하십니다. 거짓말도 수준급이시고요."

영준은 두 손 드는 시늉을 해 보였다.

"발전소 안전에 도움이 된다면 그 정도 거짓말이야 문제가 되겠어요?"

수원은 당당하게 말했다.

운전석 옆자리에 오르자 수원은 핸드백에서 메모지를 꺼냈다. 그 위에 조금 전 호텔 컴퓨터 모니터에서 본 세 사람의 신원을 메모했다.

"그 사람들이 장 안토니오와 한패일까요?"

영준이 두 손으로 핸들을 잡고 물었다.

"분명 연관이 있을 거예요."

수원과 영준이 사무실로 돌아와 보니 당번 직원 외에는 모두 퇴근한 뒤였다. 영준도 수원을 태워다주고는 볼일이 있다며 가버렸다. 결국 수원만 홀로 사무실에 남았다.

수원은 조선빌라호텔에서 알아낸 투숙객 명단을 적은 메모지를 꺼냈다. 모두 세 명이었다. 한 사람은 미국 국적의 클라크 테일러, 나머지 두 사람은 조명진, 이경만이었다. 모두 30대였다.

수원은 매우 중요한 단서를 입수했다고 생각했다. 안토니오 2호에서 가져온 봉투도 꺼내 보았다. 휴대폰 비슷한 물건을 이리저리 돌려 보았다. 분명 휴대폰은 아니었다. 숫자 버튼이 있는 것으로 보아 물건을 작동할 때 쓰는 물건인 것 같았다.

수원은 물건이 들어 있던 봉투를 털어 보았다. 명함만한 쪽지가 팔랑거리며 떨어졌다. 쪽지에 무언가 쓰여 있었다.

동그라미 안에 알파벳 첫 글자 A가 적혀 있고, 숫자가 함께 쓰여 있었다.

'87452'

다섯 자였다.

수원은 한참 이리저리 궁리를 해 보았다. A는 안토니오의 약자인 것 같았다. 안토니오 낚시 클럽을 말하는 것일 수도 있었다. 그때 장 안토니오가 가지고 있던 지도 뒷면에 'Anatoly'라고 적혀 있던 게 머릿속에 떠올랐다. 그 단어 역시 같은 A자로 시작되고 있었다. 수원은 생각에 잠긴 채 자신도 모르게 쪽지에 적힌 숫자대로 버튼을 눌렀다.

- 쾅! 쾅!

갑자기 밖에서 굉장한 폭음과 함께 섬광이 번쩍였다. 엄청난 폭발이었다. 사무실 안에 있는 수원의 귀가 멀 정도였다.

수원은 밖으로 뛰어나갔다. 화약 냄새가 코를 찔렀다. 건물 입구 바닥에 바닷물이 흥건했다. 죽은 물고기가 현관에까지 튀어 내동댕이쳐져 있었다.

"저깁니다."

경비를 하고 있던 청원경찰이 원전 2호기 바로 앞의 취수구 쪽을 가리켰다. 아직도 바닷물이 부글부글 들끓고 있었다. 크고 작은 생선들이 허옇게 배를 뒤집은 채 둥둥 떠다니고 있었다.

다른 청원경찰들이 무장을 하고 여기저기서 뛰어나왔다.

"물기둥이 백 미터쯤 솟았습니다. 취수구 입구 쪽 바다 밑에서 폭발물이 터졌습니다."

수원은 너무 놀라 숨도 제대로 쉴 수가 없었다.

"괜찮으십니까?"

청원경찰이 숨을 가쁘게 몰아쉬는 수원에게 물었다.

"아, 저는, 저는……."

수원은 말을 더듬으며 무심결에 자신의 손을 내려다보았다. 그리고 자신의 손에 들려 있는 이상한 물건을 보고 소스라치게 놀랐다. 그 이상한 물건이 폭발물을 터뜨린 리모컨이라는 것을 수원은 뒤늦게 알아차렸다.

"청색경보! 청색경보!"

스피커에서 다급한 목소리가 울려나왔다. 여기저기서 푸른색 경광등이 번쩍이기 시작했다.

토요일 늦은 오후라 근무자가 많지 않았다. 그러나 모두들 비상시 근무 규칙에 따라 신속하게 움직이고 있었다.

"저는 오늘 근무 중인 발전부장입니다. 방금 제2발전소 취수구 앞에서 원인 모를 폭발물이 터졌습니다. 방사선 누출 우려가 있습니다. 방사선 비상 규칙에 따라 17시 08분 현재로 청색 비상령을 선포합니다. 모든 사원은 규칙에 따라 즉시 비상 태세를 갖추기 바랍니다. 대회의실에 비상 대책실을 설치하니 담당 부서장들은 즉시 집결하시기 바랍니다."

제1, 2발전소의 발전부장은 모두 세 사람이었다. 셋이 24시간 교대 근무를 하기 때문에 토요일이나 휴일에도 부장석이 공백일 경우는 없었다.

즉시 취수구 앞에 비상 바리케이드가 설치되고 총을 든 청원경찰이 그 앞을 지키기 시작했다.

발전소 내에 비상사태가 발생할 때 단계별로 백색, 청색, 적색의 비상령이 내린다. 청색은 제2단계 비상령으로, 방사능 유출 가능성이 단 1퍼센트라도 있으면 내려지는 경보였다. 방사능이 실제로 유출될 때 내려지는 적색경보의 전 단계였다.

청색경보가 발령되면 방사선 안전부를 중심으로 발전부, 정비기술부, 계측 제어부 등의 정예 요원들이 비상 업무에 들어간다. 동시에 발전소의 안전과 관계있는 해양 경찰서와 관할 경찰서인 해운대 경찰서, 소방서, 심지어 인근 주둔 군부대에까지 상황을 통보한다.

적색경보가 내려지면 그때부터는 국무총리가 사태를 지휘한다.

비상령은 꼭 방사능이 유출되었을 때만 발동되는 것은 아니다. 태풍이 초속 33미터 이상 불 때는 백색 비상령이 내린다. 발전소 건물에 태풍의 영향이 미칠 수도 있기 때문에 대비하는 것이다.

"오토매틱 콜 온! 오토매틱 콜 온!"

마이크에서 다시 다급한 목소리가 흘러나왔다. 퇴근했거나 출장 중인 청색경보 해당자들에 대한 자동 연락 시스템이었다. 핸드폰 연락이 우선이고 무선이 불가능할 때는 유선전화 통보를 이용한다.

수원은 비상 대책실이 마련된 회의실로 뛰어갔다. 김용소 발전부장과 김승식 안전부장이 전화기를 들고 어디론가 연락을 취하고 있었다. 다른 사람들도 전화기를 붙들고 있었다. 벽에 걸린 상황판이 어지러웠다. 모두들 분주하게 움직이는 모습이 마치 전쟁터의 막사 같았다.

수원은 안전부장의 통화가 끝나기를 기다렸다가 앞으로 다가갔다.

"아, 한 차장. 빨리 왔군요."

굳은 얼굴을 잠깐 펴면서 안전부장이 미소를 지어 보였다.

"부장님, 이거요."

수원은 손에 쥐고 있던 물건을 안전부장에게 내밀었다. 안토니오 2호에서 가져온 리모컨이었다.

"이게 뭡니까?"

안전부장이 얼떨결에 리모컨을 받아 들면서 물었다.

"그게 폭파범입니다. 더 정확하게 말씀드리면 제가 바로 폭파범입니다."

"예? 그게 무슨 말입니까?"

안전부장이 놀라 입을 딱 벌렸다.

"무심코 번호를 눌렀더니 폭발이 일어났어요. 경솔하게 번호를 누른 제 잘못입니다."

"도대체 무슨 말인지 모르겠군요. 앉아서 차근차근 이야기해 보세요."

손가락을 가늘게 떨며 수원이 자리에 앉자 여러 사람이 주위로 몰려들었다. 수원은 전후 과정을 짧게 설명했다.

"그 암호 쪽지는 어디 있습니까?"

이야기를 듣고 난 발전부장이 물었다.

"제 책상 위에 있습니다."

"왜 보안팀에 신고하지 않았습니까?"

발전부장이 질책조로 질문했다.

"그냥, 제가 먼저 좀 살펴보려다가……."

수원의 목소리가 기어들어갔다.

"큰일을 저지르셨군요."

발전부장이 고개를 흔들었다.

"한 차장님. 그 쪽지와 봉투를 볼 수 있을까요?"

안전부장이 나섰다.

수원은 안전부장이 모는 차를 타고 제2원전 발전소 사무실로 갔다가 문제이 쪽지와 봉투를 가지고 비상 대책실로 돌아왔다. 어느새 주영준 차상도 와 있었다. 수원이 굳은 표정으로 쪽지를 발전부장에게 내밀었다.

"배에서 언제 이런 걸 챙기셨습니까?"

옆에 섰던 영준이 물었다. 수원은 영준 몰래 가져온 것이 죄라도 지은 것 같아 대답할 말을 찾지 못했다. 모든 게 자기 잘못인 것 같아 괴로웠다.

"지금 본부장님은 출장 중이십니다. 발전소장님이 나오시기 전까지 오늘 당번인 제가 지휘를 맡겠습니다. 모두 자리에 앉으십시오."

발전부장이 가운데 자리에 앉았다.

"한수원 박사께서 설명을 좀 하시지요."

김 부장의 말이 떨어지자 모두 수원을 쳐다보았다. 수원은 벌떡 일어섰다.

"그냥 앉아서 이야기하셔도 됩니다."

발전부장이 권유했다. 그러나 수원은 선 채로 오후에 있었던 일을 다시 설명했다.

"한수원 차장은 모르는 사이에 범행을 대신 저지르는 결과를 가져왔습니다."

김 부장이 심각한 얼굴로 수원의 경솔함을 나무랐다.

"너무 나무라지 마십시오. 한 차장이 그것을 챙겨왔기 때문에 큰 불상사를 막았을지도 모릅니다."

안전부장이 수원을 변호해주었다.

"추가로 폭발할 가능성도 있겠군요."

발전부장이 심각하게 말하며 지시했다.

"모두들 그 리모컨 번호를 함부로 누르지 않게 조심하세요. 87452라고 했던가."

"팔찌사오리……."

주영준이 중얼거리자 모두 웃었다. 팽팽하게 긴장했던 분위기가 조금 누그러졌다. 수원만 굳은 표정을 펴지 못했다.

그때였다. 행정실 허인기 총무부장이 들어왔다. 청원경찰을 지휘하는 실질적인 경비 책임자였다.

"아직까지 추가 폭발은 없었습니다. 방사능 유출도 ND(Not Detectable) 상태입니다."

방사능 유출이 전혀 감지되지 않았다는 말에 모두 안도의 숨을 내쉬었다.

"제어 센터에서도 이상이 감지되지 않았다고 합니다. 정상 가동 중입니다."

"인테이크 쪽 회전 스크린에 이상 물체는 없었나요?"

안전부장이 조민석 보안과장을 향해 물었다.

"죽은 물고기가 좀 걸려 있을 뿐 이물질은 없었습니다."

회전 스크린이란 취수구 쪽의 이물질을 걸러내는 장치였다. 가장 바깥쪽에 스톱 로그, 그 다음에 스크린 바, 또 그 다음에 촘촘한 스크린이 설치돼 있었다. 스크린은 지상과 수중을 돌면서 이물질을 걸러내는 작업을 했다. 회전 스크린이 물속에서 지상에 올라왔을 때는 육안, 또는 감시 카메라로 그 안에 있는 조그만 이물질도 확인할 수 있었다. 마치 어부들이 촘촘한 그물로 바다 속에서 잔고기를 걷어 올리는 것과 같은 역할을 했다.

"애애앵!"

밖에서 사이렌 소리가 울렸다. 수원은 창밖을 내다보았다. 쾌속정 두 척이 발전소 앞 바다에 들어왔다.

수원은 멀리 수평선 쪽을 바라보았다. 지난번처럼 수상해 보이는 요트는 없었다.

"해경이군. 폭발이 더 있나 보려는 것인가?"

누군가가 혼잣말을 했다.

"한수원 차장님."

조민석 보안과장이 수원을 불렀다. 수원은 대답 대신 돌아섰다.

"조금 있으면 해운대 경찰서 수사팀이 올 겁니다. 같이 이야기 좀 해주세요. 주영준 차장님도요."

수원은 고개를 끄덕여 동의를 표하고 밖으로 나왔다.

폭발이 일어난 제2발전소 취수구 앞에 많은 사람이 모여 있었다. 폭발 지점 바로 앞에 해양경찰청 배 두 척이 떠 있었다.

"지금 뭘 조사하는 것인가요?"

수원이 안면 있는 청원경찰을 보고 물었다,

"무인 탐색기를 내려보내 물속을 살피고 있는 중입니다."

"무인 탐색기요?"

수원이 의문을 표하자 청경이 다시 설명했다.

"또 폭발할지 모르니까 사람 대신 기계를 내려보내는 거죠."

수원은 지난 월요일 확대간부회의 때 들었던 보고가 생각났다. 분명 장 안토니오의 시체를 건진 뒤에 취수구를 점검했다고 했다. 그때는 아무 이상이 없다고 했다. 그렇다면 그때는 폭발물이 설치되어 있지 않았다는 말인가? 아니면 발견할 수 없었던 것인가? 수원은 귀신에 홀리듯 머리가 멍해졌다.

날이 어두워지자 비상 조명 차 여러 대가 몰려와서 사고 현장을 대낮처럼 밝혔다. 한 시간 정도 지나자 어수선한 분위기가 가라앉기 시작했다.

"더 이상의 폭발은 없을 것 같습니다."

언제 왔는지 주영준 차장이 수원의 곁에서 속삭이듯 말했다.

"폭발물은 더 없대요?"

"예. 스톱 로그 두 개가 약간 휘었을 뿐이랍니다."

"그때 안토니오가 폭발물을 설치한 것일까요?"

"설치한 게 아니라 사건 당일에 엉겁결에 떨어뜨린 것 같습니다. 설치를 했다면 그 후 점검할 때 발견됐을 겁니다."

수원이 고개를 끄덕였다.

"왜 이런 일이 일어나는 걸까요?"

수원의 질문에 한참 생각을 고르던 영준이 천천히 입을 열었다.

"크게 두 가지로 추측할 수 있습니다. 하나는, 원자로를 폭파시켜 방사능 유출을 기도했거나."

"또 하나는요?"

"저런 정도로 원자로의 격납고가 부서지지 않는다는 것은 그들도 알 것입니다. 그렇다면 우라늄 연료나 폐연료봉 감시 장치를 파괴시키고 플루토늄을 훔치려 했거나."

"감시 장치라면 IAEA 감시 카메라 말인가요?"

"그렇죠."

핵연료와 폐연료봉이 저장된 곳에는 IAEA가 설치한 24시간 감시 카메라가 작동하고 있었다.

"청색경보를 백색경보로 낮추겠습니다."

발전부장이 화상 스크린을 통해 서울에 있는 본부장한테 사건 보고를 하고 있었다.

"백색경보! 백색경보!"

곧이어 방송과 함께 경광등이 하얀색으로 바뀌었다.

비상 대책실에 와서 상황을 파악한 경찰 수사팀은 수원과 인사를 나누었다.

"중요한 수사 단서를 제공해주셨더군요. 저는 해운대 경찰서 문동언 경위입니다."

이마가 조금 까지고 입이 넙죽한 점퍼 차림의 수사관이 수원에게 자기소개를 했다. 문제의 리모컨으로 폭발물을 터뜨린 일을 말하는 것 같았다. 수원은 민망했다.

"한수원이라고 합니다. 잘 부탁합니다."

주영준 차장, 조민석 보안과장과 함께 수원은 해운대 경찰서로 갔다.

"밤중이라서 대접할 게 별로 없습니다."

문동언 경위는 손수 자판기에서 커피 석 잔을 빼왔다.

수원은 오늘 겪었던 일을 빠짐없이 자세히 진술했다. 문 경위는 비닐봉지에 든 리모컨을 책상 위에 꺼내 놓고 물었다.

"이것을 만진 사람은 한 차장님 말고 또 있습니까?"

"제가 만졌습니다. 발전부장님과 보안부장님도 만졌고요."

수원 대신 영준이 대답했다.

"그렇습니까? 거 참. 지문을 떠 보려고 했더니. 한 차장님, 다른 번호는 눌러 보지 않으셨죠?"

"한두 숫자를 눌러보기는 했는데 연속적으로 누르기는 87452가 처음이었어요."

"누르자마자 폭발했습니까?"

"시간차는 잘 모르겠는데 곧이어 폭발 소리가 들린 것 같아요."

"쪽지에 있는 글자 A에 대해서는 알고 계신 게 있나요?"

"안토니오 낚시 클럽의 약자가 아닐까요? 아니면……."

수원이 주저하자 문 경위가 다잡아 물었다.

"아니면요?"

"원자라는 Atomic일 수도 있고요, 그것도 아니면……."

"그것도 아니면요?"

"아나톨리의 이니셜이기도 하지요."

"아나톨리라니요?"

문동언 경위는 잘 알아듣지 못했다.

"네. 장 안토니오가 갖고 있던 지도 뒤에 적혀 있는 단어 중 하나지요."

"그래요? 그런 것이 있었나?"

문동언 경위가 열심히 메모를 하고 있는 경찰관에게 물었다.

"아나톨리요? 잘 모르겠는데요. 그런 게 있었나……"

수사팀은 그 단어에 대해 전혀 관심을 갖지 않고 있는 것 같았다.

"그보다 조선빌라호텔에서 입수한 명단에 대해 좀 설명해주시지요."

그것에 대해서는 수원도 특별히 할 말이 없었다. 화면을 보고 외운 인적 사항만 말해주었다.

이런 저런 문답이 끝나갈 무렵, 수원이 궁금한 것을 물었다.

"장 안토니오가 왜 원전을 폭파하려고 했을까요?"

문동언 경위가 고개를 갸웃 하다가 답했다.

"우리도 동기를 캐고 있는 중입니다. 장 안토니오라는 사람이 특이한 경력을 가지고 있긴 한데."

"이름부터 특이하지 않습니까."

주영준이 말을 거들었다. 벌써 12시가 넘은 시간이라 눈에 피곤이 내려앉아 있었다.

"그 사람은 이탈리아에서 어느 상사 요원으로 근무한 적이 있다고 합니다. 그런데 이탈리아 사람이 조상이라는 이상한 책을 읽고 그것을 믿기 시작했다는군요. 거기에는 코리아라는 성을 가진 사람들이 모여 사는 마을도 있다고 합니다. 한국에 돌아와서는 법정 싸움까지 하면서 이름을 안토니오라고 바꿨답니다. 처음에는 성을 바꾸려고 했는데 법원 허가를 받지 못했답니다."

"정말 특이한 사람이군요."

"못 말리는 사람이지요."

"서울에서 반핵운동 단체에 가담한 적도 있습니다. 그것으로 미루어 반핵 단체의 테러일 가능성도 있어서 그 방향으로도 수사하고 있습니다."

새벽 한 시가 넘어서야 수원과 영준은 경찰서에서 나왔다. 발전소 본부에서는 백색경보도 해제됐다는 통보가 왔다.

아버지의 흔적

수원은 이튿날 열 시가 넘어서야 눈을 떴다. 늘어지게 잔 것 같았지만 전날 밤 한 시가 넘어 들어와 두 시 경에 잠들었으니 그렇게 늦잠을 잔 것도 아니었다. 거울 속 얼굴이 약간 부어 있었다. 수원은 잠옷과 속옷을 모두 벗고 샤워실로 들어갔다. 그리고 오랜만에 거울에 자신의 몸을 비추어 보았다. 전보다 야위었다. 울산으로 내려온 후 정신없는 나날을 보낸 탓인 듯했다.

수원은 손에 비누 거품을 듬뿍 냈다. 그리고 아기 몸을 쓰다듬듯 자신의 온몸을 정성껏 마사지했다. 세월을 초월해 탄생한 나, 한수원. 수원은 자신이 자기 하나만의 것이 아니라는 생각을 항상 했다. 무언가 더 숭고하고 의미 있는 목적에 쓰이기 위해 태어났다는 사명감을 느끼며 살아왔다.

그때 핸드폰 벨이 울렸다. 수원은 물을 뚝뚝 흘리며 맨몸으로 뛰어나가 핸드폰을 집어 들었다.

"나야. 뭐해?"

배성민이었다.

"웬일이에요?"

"이번 토요일에 고리 본부에 가게 될 것 같아. 고유미 씨가 그곳에서 나와 정세찬 씨가 진행하는 대담을 하기로 했어."

수원에게 부탁했던 그 특집 건인 듯했다. 수원이 거절했더니 대담자를 배성민으로 바꾼 모양이었다.

"원전 폐기물 문제와 관련한 취재도 하는 모양이야. 원전 시설 취재는 어렵게 홍보실과 얘기가 됐나 봐. 어때, 수원이 시간 좀 훔칠 수 있을까?"

"내가 그냥 줄게요. 먼 곳까지 오는데."

"끝나고 나서 해운대 호텔에서 술도 한잔 하자고."

성민은 쾌활하게 웃으면서 전화를 끊었다.

샤워를 마친 수원은 상쾌한 기분으로 컴퓨터를 열었다. 판도라 사이트에 먼저 들어가 보았다. 아나톨리 게시판에 새로운 정보가 몇 개 올라와 있었다. 그 가운데 눈에 띄는 제목이 있었다.

탑승객 명단의 미스터리가 풀리다.

수원은 기도하듯 두 손을 가슴에 모았다. 두근두근 뛰는 심장의 박동이 손에 느껴졌다.

무르만스크 대한항공 여객기 강제착륙 사건 당시 언론마다 탑승객 숫자를 달리 보도했다. 어떤 신문은 탑승객이 109명이라고 했고, 어떤 신문은 탑승객이 110명이라고 했다. 어쨌든 사건이 마무리되면서 돌아온 사람은 사망자를 포함해 109명이었다. 이 가운데 2명이 사망했고 13명이 부상을 당했다.

그런데 사건 이후 소련군 정보부대 출신에게 흘러나온 정보에 따르면, 당일 대한항공 902편 탑승객은 한국인 36명, 일본인 48명, 그 외의 나라 승객 13명 등 97명과 승무원 13명이었다. 모두 110명이 탑승한 것이다. 부상자는 알려진 대로 13명이 맞으나 사망자 또는 실종자가 한 명 더 있어 모두 3명이라는 것이다.

그 한 사람이 누구일까?

한국인 승객이 한 명 더 있었다는 설이 유력시되고 있다. 정보부대원들이 한국인의 이름은 '용국 한'이라고까지 거명하는 것으로 보아 매우 신빙성 있는 것으로 판단된다.

여기까지 읽은 수원은 가슴이 뛰어 주체할 수가 없었다.

용국 한. 한용국!

아버지였다. 수원이 수년간 찾아 헤맸던 아버지의 흔적이 지금 드러나고 있었다. '파리, 1978년'이라는 두 가지 단서만 갖고 추적해 왔던 막연한 사실이 현실이 되어 나타나고 있었다. 수원은 눈을 감고 한참 동안 심호흡을 했다. 아랫배까지 깊이 숨을 들이쉬고 내쉬기를 몇 번 하자 어느 정도 마음이 진정되었다.

용국 한은 공식적인 탑승객 명단에는 들어 있지 않았다. 그러나 그가 902편에 탑승한 것은 분명한 사실이다. 탑승객 숫자 발표 시의 혼란, 함께 탑승한 사람의 기록, 이후 소련 정보원들의 증언 등이 그 근거다.

무엇 때문에 용국 한은 탑승객 명단에 이름을 올리지 않았을까? 무엇 때문에 소련 측은 그의 존재를 비밀에 붙였을까? 그는 죽은 것일까, 살아있을까. 아니면 누구도 모르게 사라진 것일까?

글을 올린 사람은 파리의 장 폴이었다. 파리 주재 소련 대사관에 근무한 적이 있다고 했다. 장 폴은 연이어서 글을 한 개 더 올려놓았다.

유령 승객의 정체

이어진 글 역시 아버지 한용국에 대한 것이었다.

사건 당시에도 이후에도 존재가 묘연한 유령 승객 용국 한. 그는 한국 정보요원인 것으로 밝혀졌다. 당시 파리에 파견돼 밀약 중이었다.
용국 한은 대한항공 902편이 파리를 떠나기 하루 전날인 1978년 4월 19일 한국의 전 중앙정보부장 김형욱과 만났다. 이는 동영상 자료로 직접 확인했다(첨부 파일 참조).
망명 중인 한국의 전 정보기관장과 현직 정보원의 밀회. 예사로운 만남이 아닌 게 분명했다. 게다가 두 사람 모두 이 만남 이후 연기처럼 사라져버렸다. 온갖 의혹을 남긴 채.
이는 무엇을 뜻하는 것일까?
두 사람은 어디서, 어떻게, 왜 사라졌을까?

수원은 장 폴의 게시글에 첨부된 동영상 파일에 커서를 갖다 놓았다. 제목이 'kimhan19780419'인 파일이었다.

'정말 이 동영상 자료에 아버지 모습이 담겨 있을까?'

수원은 조금 전보다 가슴이 더 뛰었다. 아버지의 모습을 볼 수 있다는 기대와 함께 혹시 엉뚱한 자료라 실망하게 될까 봐 두려웠다. 한참을 망설이고 있던 수원은 마침내 검지로 마우스를 두 번 두드렸다.

건물 밖에서 한 남자가 서성이고 있었다. 두툼하면서도 다부진 체격이었다. 뒷모습이라 얼굴은 보이지 않았다. 시계를 들여다보던 남자가 주변을 두리번거렸다. 누군가를 기다리는 듯했다. 카메라에 얼굴이 잡혔다. 중년의 신사. 이마가 훤하고 약간 살이 찐 얼굴. 김형욱. 그 사람이었다. 인터넷 검색으로 찾아본 사진 속의 모습과 똑같았다.

김형욱의 시선이 길 건너로 고정되었다. 그쪽에서 젊은 남자가 걸어왔다. 키가 크고 호리호리하다. 검정 바탕에 가는 체크무늬가 있는 재킷을 입었다. 바로 수원의 책상 앞에 놓인, 아버지가 파리로 떠나기 며칠 전 어머니와 함께 찍은 사진, 그 사진 속에서 아버지가 입고 있는 그 옷이다. '아버지!' 수원은 마음속으로 외쳤다. 말이 밖으로 나오진 않았지만 동영상 속의 아버지가 자신의 외침을 알아들을 것만 같았다.

아버지는 남자 앞에 멈추었다. 두 사람은 처음 본 듯 악수를 나누고 이내 같은 방향으로 걷기 시작했다. 걸으면서 김형욱이 아버지의 어깨를 감싸고 무엇인가를 속삭였다. 아버지는 계속 고개를 끄덕이며 들었다.

두 사람은 그렇게 인파 속으로 사라졌다. 카메라가 잠시 흔들리더니 동영상이 끝났다.

수원은 아쉬움과 감동으로 가슴이 벅찼다. 아버지를 동영상으로 보다니

꿈만 같았다. 마치 아버지가 살아 돌아온 기분이었다. 정부의 기관원인 아버지가 무엇 때문에 조국을 배신한 김형욱을 만난 것일까? 서로 어깨를 나란히 하고 걷는 것으로 보아 다툼을 하려고 만난 것 같지는 않았다. 그러나 한번 의문이 들자 끊임없이 생각이 떠올랐다.

아버지도 김형욱처럼 박정희를 배신한 걸까? 아니야, 박정희의 경고를 전달하러 간 것일 수도 있어. 그것도 아니라면 알지 못할 모종의 임무를 띠고 있었을 수도 있고. 여러 가지 생각에 골똘히 빠져 있던 수원은 어머니에게 전화를 걸었다.

"엄마, 아버지의 동영상을 구했어요. 아버지가 맞나 확인해주세요."

수원은 동영상을 이메일로 보냈다. 어머니는 무슨 얘긴지 감을 잡지 못하는 듯했다. 그러나 잠시 후, 전화벨이 울렸을 때는 무척 놀랍고, 반가운 목소리였다.

"아버지가 맞다, 맞아."

"맞아요? 정말 맞지요?"

어머니의 확인을 받으니 수원은 더욱 감격스러웠다.

"체크무늬 재킷도 그렇고, 안에 입은 하늘색 셔츠도 내가 사준 거야. 얼굴이며 체격, 네 아버지가 틀림없어."

"그렇구나. 우리 아버지구나."

수원은 동영상에서 아버지가 나타나는 모습을 보고 또 봤다.

"세상에, 너희 아버지 모습을 볼 수 있다니. 이게 정말 꿈이니, 생시니."

어머니는 감격에 겨운 듯 목이 잠겼다.

"동영상을 어떻게 구했니? 더 자세한 이야기는 없어? 어디서 어떻게 돌아가셨는지 알 수 없을까? 어디에 묻혔는지라도 알았으면 좋겠다."

"좀 더 알아볼게요. 기다려 보세요."

수원은 전화를 끊고 컴퓨터 자판을 두드리기 시작했다.

한국의 Onesil입니다.

수원은 능숙한 프랑스어로 메일을 썼다. onesil은 수원의 아이디였다. 자신의 이름 끝 자와 어머니의 이름 끝 자를 따서 합성한 것이었다.

무슈 장 폴, 안녕하십니까.

대한항공 여객기 강제착륙 사건에 대한 새 정보 반갑게 보았습니다. 작성하신 글에 나오는 용국 한이 아무래도 저의 아버지 같습니다. 인적사항과 동영상 속의 모습이 일치합니다.

저는 그동안 아버지 죽음의 미스터리를 풀기 위해 다방면으로 노력해왔습니다. 저의 어머니도 아버지 죽음의 의혹이 밝혀지기를 열망하며 살아왔습니다. 앞으로 관련 정보를 입수하면 꼭 알려주시기를 부탁드립니다. 그리고 이번 동영상 자료를 어떻게 구하셨는지 알려주시면 도움이 될 것 같습니다.

메일을 보내면서 수원은 책상에 놓인 부모님 사진을 스캔하여 첨부했다. 동영상 속에서와 같은 옷을 입은 아버지 사진을 보내면 장 폴이 자신의 말을 신뢰할 것이라고 생각해서였다.

그 다음 수원은 아나톨리 게시판에 공개적으로 도움을 요청하는 글을 올렸다. 영어와 프랑스어 두 가지 말로 작성했다.

용국 한에 대한 정보를 부탁드립니다.

무르만스크 대한항공 여객기 강제착륙 사건에 관심 갖고 계시는 분들께 말씀드립니다. 파리의 장 폴이 올린 글에 등장한 유령 탑승객 용국 한이 아무래도 저의 아버지인 것 같습니다.

뒷부분은 장 폴에게 보낸 메일과 비슷하게 썼다. 수원 모녀가 아버지 죽음의 의혹을 풀기를 간절히 원한다는 내용이었다. 새로운 정보가 있으면 게시판에 올리거나 자신의 이메일로 보내 달라는 부탁도 덧붙였다.

그 사이 점심시간이 훌쩍 지나 있었다. 배가 고팠다. 왠지 사람이 그립기도 했다. 동영상으로나마 아버지를 만난 감동을 누군가와 나누고 싶은 마음이 들었다.

수원은 휴대폰에 입력된 전화번호부를 불러왔다. 가나다순으로 하나씩 이름을 훑어보았으나 마땅한 사람이 없었다.

주영준. 주영준이란 이름에 이르자 수원은 통화 버튼을 눌렀다.

"쉬는 날 웬일이십니까?"

영준은 당황한 목소리로 말했다. 그러나 반가움이 약간 묻어 있었다.

"휴일인데 어디 안 나가셨어요?"

"웬걸요. 아침부터 경찰에 가서 수사를 돕다가 조금 전에 왔습니다."

"점심은요?"

"아침을 늦게 먹어서 아직."

"잘 됐네요. 저도 아직이거든요. 고생 많으셨는데 제가 살게요."

얼마 후 두 사람은 해운대 해변 뒷골목의 유명한 복요릿집에서 만났다. 건물은 허름했으나 소문대로 맛이 뛰어났다. 담백하면서도 깔끔했다.

"주 차장님, 아버님은 무슨 일 하세요?"

수원이 후식으로 나온 매실차를 마시면서 물었다.

"초등학교 교장선생님이십니다."

"그래서 주 차장님이 이렇게 반듯하군요."

영준은 일요일임에도 깨끗한 양복 차림이었다.

"뭘요. 어려선 개구쟁이라고 야단 많이 맞았습니다. 수원 씨 아버님은요?"

꼬박꼬박 성에 직책을 붙여 부르던 영준이 수원의 이름을 불렀다.

"저희 아버지는 제가 태어나기 3년 전에 돌아가셨어요."

"예?"

수원은 자신이 태어난 과정과 자라온 이야기를 해주었다. 그리고 아버지 죽음에 대한 미스터리, 조금 전에 본 동영상에 관해서도 말했다.

"흥미진진한 이야기로군요. 인터넷 타고 온 아버지를 만나신 소감이 어떤가요?"

"뭐라 형언할 수 없는 기분이었어요. 살아계신 분을 만난 것 같이 감격스러웠어요. 왠지……."

수원은 잠시 뜸을 들이다가 말을 이었다.

"아버지가 어딘가에 살아계실 것 같아요."

수원의 눈에 물기가 서렸다.

"정부 기관에서는 돌아가셨다고 했다면서요?"

"예. 그냥, 저의 막연한 예감이죠. 불가능한 소망이라고나 할까."

식사를 마치고 두 사람은 해운대가 내려다보이는 이층 찻집으로 장소를 옮겼다. 영준은 경찰에서 들은 이야기를 수원에게 전해주었다.

"호텔에 있던 클라크 일행 세 사람을 쫓고 있다고 합니다. 클라크는 한국에 영어 강사로 들어왔다가 반핵연대 활동을 하고 있답니다. 나머지 두 사람도 해외에 자주 드나들며 환경 운동과 반핵운동을 했다고 합니다. 어떤 단체에 속해 있는지는 아직 파악되지 않았고요."

"폭발 사건에서 밝혀진 건 더 없나요?"

"폭발물은 바다 바닥에 떨어져 갯벌 속에 묻혀 있었던 것으로 추정된답니다."

"폭약 종류는 무엇이래요?"

"테러에 흔히 쓰이는 군용 C4라는 폭약이랍니다."

"C4라고요?"

"보통 콤포지션 C4라고 하는데요, 성능이 아주 강력합니다. 그날 터진 것은 2킬로그램 정도고 뇌관을 무선으로 작동하게 해 놓은 것이라고 합니다."

"그러니까 그걸 폭파시킨 범인이 저인 게 틀림없네요."

수원이 침통하게 말했다.

"하하. 폭파범과 함께 있으니 떨립니다. 그 일이 오히려 수사에 도움이 되었으니 너무 자책하지 마십시오."

영준이 일부러 우스갯소리를 하며 위로했다.

"장 안토니오가 이탈리아에 있을 때 반핵운동을 했을 것이라고 수사팀이 이야기하더군요. 그런데 최근 가게를 확장하고 해외여행도 자주 다니는 등 씀씀이가 커졌답니다. 지금 경찰이 그 돈의 흐름을 추적하고 있지요."

"장 안토니오가 가지고 있던 지도와 관련해서는 밝혀진 게 있나요?"

“장 안토니오의 집과 가게를 수색해 보니 신 고리 3, 4호기 근방 해류도뿐만 아니라 울진, 월성, 광양 등의 신설 원자로 근방 지도도 나왔답니다.”

“우리나라에 있는 원자력발전소와 신설 후보지를 모두 공략 대상으로 삼고 있는 것 같네요?”

“그러게 말입니다.”

“대체 무엇 때문일까요?”

“장 안토니오가 낚시 가게를 운영하는 것으로 봐선 원전 근방에 모여 드는 특수 어종을 탐낸 것 같기도 하고…….”

“그건 너무 약한 이유인데요. 물고기 잡자고 폭발물 설치까지?”

수원이 고개를 흔들면서 영준의 말을 끊었다.

“두 번째로는 반핵운동의 하나로 원자력발전소 건설 현장이나 근방에서 소란을 일으켜 공사를 포기하게 하려는 의도일 수도 있고…….”

“그럴 법도 하네요.”

“세 번째로는 사회 질서를 흔들려고 하는 테러 조직의 공격 준비일 수도 있습니다.”

영준의 얼굴이 점점 심각해졌다.

“그럼 북한이 개입돼 있다는 말인가요?”

“북한만이 우리 적이 아닙니다. 이제 이념의 적은 별 의미가 없습니다.”

“그럼요?”

“경제가 먼저입니다. 경제적 이익 앞에서는 국가도 민족도 이념도 없는 게 현 국제정세입니다.”

“그럼 경제 상황에 따라 어제의 우방이 오늘의 적이 될 수도 있겠네요.”

수원의 말에 영준은 고개를 끄덕였다.

집으로 돌아와 컴퓨터를 열어 보니 장 폴로부터 메일이 와 있었다. 프랑스어로 쓴 메일은 이렇게 시작되었다.

우선 동영상을 얻게 된 경위부터 말씀드리겠습니다.

저는 1970년대 파리 주재 소련 대사관에서 현지인으로 근무했습니다. 저는 여권 심사를 담당하는 부서에 있었고 제 친구 로렌은 무관 비서실에 근무했습니다. 여기서 무관은 소련의 정보기관인 KGB의 파견원을 말하는 것입니다.

로렌은 뒤에 프랑스 정보기관인 해외안전국, 약칭 DGSE로 옮겨가서 미·소 정보기관의 움직임을 파악한 기록물을 보존 관리하는 업무를 했지요.

기록들이 만 30년이 되어 금년에 폐기된 것이 많았습니다. 그 중 무르만스크 사건에 관련된 자료 몇 개를 폐기물에서 살려 두었다고 합니다. 자료 속에 용국 한에 대한 동영상이 있다고 해서 제가 입수해 두었던 것입니다.

보셨다시피 동영상은 상태가 별로 양호하지 못합니다. 오래 되어서 그런 게 아니고 원 영상이 그렇습니다. 첩보원이 몰래 찍은 거라 그럴 겁니다. 파일명에 나와 있듯 촬영일은 1978년 4월 19일입니다. 장소는 분명하게 적혀 있진 않지만 라 데빵스의 프리마 호텔 앞인 것 같습니다.

이것 외에도 대한항공 902편에 대한 다른 자료가 있는지 로렌에게 더 알아보겠습니다. 아버님 죽음의 미스터리가 속 시원하게 풀리기를 기대하며 적극 돕겠습니다.

본샹스(Bonne chance, 행운을 빌어요).

당신의 사이버 친구 장 폴.

아나톨리 게시판에도 새 정보가 올라 있었다. 수원이 올린 글에 리플로 달린 글이었다. 역시 프랑스어로 돼 있었다.

> 봉주르 onesil님.
> 사건 당시 대한항공 902편에 탔다가 생환한 사람 중에 일본인 승객이 있습니다. 이름은 스즈키 마사오. 그는 무엇이든 기록해 놓는 기록광이라고 합니다. 미사일 공격을 받을 때부터 강제 불시착, 억류, 송환에 이르기까지의 과정을 시간대별로 다큐멘터리 형식으로 기록해 두었다고 합니다. 일본으로 귀환한 몇 년 뒤, 그 역시 의문의 죽음을 당했습니다. 그 원인은 아직도 밝혀지지 않았답니다. 그가 남긴 기록을 찾으면 많은 도움이 될 것입니다. 계속 추적해 보겠습니다.

마리아 바르톨로뮤라는 여자가 쓴 글이었다.

생환한 일본인 승객까지 의문의 죽음을 당했다? 수원은 갈수록 미궁으로 빠져드는 기분이었다. 그러면서도 언젠가는 진상이 밝혀질 거라는 희망이 생겼다.

신의 불꽃

토요일 오전. 날씨는 그저 따사롭기만 했다. 고유미와 배성민, 정세찬 박사가 고리 본부 정문 앞에 서 있었다. 수원은 강시훈 홍보실장과 함께 그들을 마중하러 나갔다.

"수원아!"

유미가 제일 먼저 수원을 발견하고 소리쳤다.

"오랜만입니다."

정세찬과 배성민도 손을 흔들었다.

네 사람은 홍보실장이 운전하는 차를 타고 본부로 들어갔다. 소회의실에서는 주영준 차장이 기다리고 있었다. 유미의 취재를 돕기 위해 수원이 함께 참석해줄 것을 미리 부탁해 놓았기 때문이다.

유력한 과학 잡지의 취재에 강 홍보실장은 바짝 긴장한 듯했다. 원전의 안전성과 폐기물 처리 문제 등에 대해 긍정적 이미지를 만들 좋은 기회라고 생각한 듯했다. 그는 먼저 영상 자료와 함께 원자력발전의 원리와 한국의 원자력발전 현황에 대해 간략하게 소개했다.

"원자력발전의 원리는 간단합니다. 우라늄 235라는 광물을 이용해 핵분열을 일으키고 그때 일어나는 어마어마한 에너지로 물을 덥혀 증기를 만듭니다. 그 증기로 발전기 터빈을 돌려 전기를 일으키는 것입니다. 전기를 일으키는 방식은 석유나 석탄 같은 화석 에너지를 이용할 때와 같은데, 그 연료로 우라늄을 쓰는 것이 다를 뿐입니다."

유미는 신기한 이야기를 듣는 듯 열심히 귀를 기울였다.

"우라늄 235의 원자가 중성자와 합쳐질 때 생기는 열은 엄청납니다. 700도가 훨씬 넘지요. 그 불구덩이 안으로 물을 담은 튜브를 통과시킵니다. 불구덩이를 거쳐 나온 튜브의 온도는 섭씨 301도 정도, 압력은 112기압 내지 157기압이나 됩니다. 그 과정에서 물이 증기로 변해서 발전 터빈을 돌립니다. 발전 터빈을 돌리고 나면 그 증기를 식혀서 다시 원자로 불구덩이 속으로 보냅니다. 터빈을 돌리는 튜브 속의 물을 보통 경수라고 합니다. 경수는 물의 99.9퍼센트의 순도를 가지고 있습니다."

"아하, 뉴스에 자주 나오는 경수로라는 것이 바로 그거군요."

"튜브 속의 증기를 식히기 위해 해수를 끌어들입니다. 고리 2호기 원전에서는 1초에 50톤의 해수를 냉각에 사용합니다. 보통 해수의 온도는 4도에서 5도, 튜브를 식히고 나온 해수는 10도에서 29도입니다. 그래서 원전 주변의 바다가 수온이 높은 것이지요."

"증기 튜브를 식히고 난 해수가 다시 바다로 돌아가는 건가요?"

유미가 물었다.

"그렇습니다만, 배수구를 통해 원자로 밖으로 나오는 해수는 방사선을 발생시키는 원자로 물질과는 전혀 접촉하지 않습니다. 따라서 배수구의 해수는 방사선 오염도가 제로입니다."

"아까 원자로를 통과한 물을 경수라고 하셨잖아요, 경수 말고 중수라는 것도 들어보았는데 어떻게 다른 거죠?"

유미가 눈을 반짝이며 물었다.

"원자 분열로 얻은 열을 전달하는 데 사용하는 물은 두 종류가 있습니다. 그것이 경수와 중수입니다. 같은 물인데 경수는 H_2O이고, 중수는 H_3O입니다. 수소가 하나 더 많죠. 원가도 좀 비싸고요. 고리를 비롯해 영광, 울진 등 대부분의 원자로에서는 경수로 가압 방식을 쓰고, 월성에서만 중수를 쓰고 있습니다."

홍보실장은 유미가 진지한 태도를 보이자 더욱 신명나게 설명했다. 설명이 끝나자 유미가 말했다.

"와. 상상했던 것과는 전혀 다르네요. 저는 핵폭탄 만드는 재료를 어떻게 해서 바로 전기를 일으키는 줄 알았어요."

"무식하기는. 핵폭탄은 플루토늄으로 만드는 거야. 원자로를 가동시키고 나면 플루토늄이 약간 나오는데 그것을 재처리해서 만드는 게 핵무기야. 그런데 우리나라는 재처리 기술이 없어."

옆에 앉은 정세찬이 조그만 목소리로 핀잔을 주며 아는 체를 했다.

"북한은 있고?"

"응. 그게 문제야."

"사실인가요, 성민 씨?"

유미가 성민에게 고개를 돌리며 물었다.

"그렇죠. 우라늄 농축 기술이 있는 나라는 폐연료봉을 쓰지 않고 우라늄을 직접 농축해서 씁니다. 발전용 우라늄은 압축 농도가 2~3퍼센트라서 핵 분열하는 속도가 매우 느립니다. 그러나 핵폭탄용은 농축도가 95퍼센트 이상 되기 때문에 1초 미만에 연쇄 폭발이 일어납니다."

성민이 진지하게 설명했다.

"핵폭탄의 폭발 속도가 수천만 분의 1초라면 원자로는 18개월 정도 걸리는 느림뱅이입니다. 핵발전소에서 부산물로 플루토늄이 약간씩 나오긴 하지만, 그것도 순도가 95퍼센트 이상 돼야 재처리해 폭탄으로 만들 수 있습니다."

성민의 설명을 듣고 있던 유미가 다시 물었다.

"우라늄인지 우라질넘인지 하는 것은 가만히 있어도 폭발하나요?"

"우라질넘? 으하하."

유미의 농담에 모두가 유쾌하게 웃었다.

"아니죠. 가만있는 사람이 화를 내지는 않듯 우라늄도 마찬가지입니다. 폭발을 유도하려면 물질을 분자로 쪼개고, 분자를 다시 또 원자 상태로 쪼개야 합니다. 이 원자의 핵을 쪼개는 과정이 바로 핵분열입니다. 이때 엄청난 에너지가 나옵니다."

성민이가 초등학생에게 얘기하듯 친절하게 설명했다.

"걔들은 분열밖에 할 줄 모르나요?"

유미가 다시 물었다. 은근히 성민과 말을 나누고 싶어 자꾸 묻는 것 같아 보였다.

"융합도 합니다. 핵분열 때도 엄청난 에너지가 생기지만 융합을 할 때도 대단한 에너지가 발생합니다. 그것이 수소결합, 즉 핵융합 발전입니다. 제가 그걸로 학위 논문을 썼죠."

“그런데 말예요. 기술만 있으면 여기서도 핵무기를 만들 수 있겠네요?”

유미가 느닷없이 질문했다.

“우리나라는 핵 농축이나 재처리를 하지 않기로 되어 있기 때문에 핵무기를 만들 수가 없습니다.”

홍보실장이 큰일 날 소리라는 듯 손사래를 쳤다.

“몰래 만들 수도 있잖아요. 감시하는 눈이 없는 곳에서요.”

“감시의 눈이 없는 곳이 있을까?”

정세찬이 고개를 가로저었다.

“자, 이제 제2발전소 건물로 가보실래요? 제 사무실도 그곳에 있어요.”

유미의 질문에 난처해하는 홍보실장을 도울 겸 수원이 일행을 불러모았다. 일행은 수원을 선두로 밖으로 나왔다.

제2발전소 건물은 감시가 더 삼엄했다. 새로운 방으로 들어갈 때마다 카드키로 문을 열었다. 사람마다 각자 자기 카드키를 사용해야 문이 열렸다. 외부에서 초청된 사람은 외빈용 카드키를 가져야 들어갈 수 있었다.

“이 카드를 사용하면 누가 몇 시에 어느 문을 통과했다는 데이터가 전부 컴퓨터에 저장되겠군요.”

정세찬이 카드를 이리저리 살펴보면서 말했다.

“이 카드, 사진 찍어도 되나요?”

유미가 홍보실장에게 물었다. 그러더니 대답도 듣지 않고 카드 앞뒷면을 촬영했다. 그뿐 아니라 여기 저기 보이는 곳은 모두 카메라에 담았다.

“이제 원자로에 가장 근접한 건물로 들어갈 겁니다. 방호복을 입고 신발도 신고 장갑도 착용하셔야 합니다. 여기에서부터는 촬영 금지입니다. 사진기는 여기 두고 가셔야합니다.”

홍보실장의 말에 유미는 난감한 얼굴로 카메라를 내밀었다. 영준의 안내로 모두 방사선을 막는 신발과 복장을 입었다. 영준은 일행에게 측정기를 하나씩 건네주었다.

"이것은 방사선 측정기입니다. 지금 디지털 숫자가 0으로 나와 있지요? 방사선이 전혀 없다는 뜻입니다."

"지금 원자로 속으로 들어가는 건가요?"

유미가 영준을 보며 질문했다.

"아닙니다. 원자로 속은 수백 도나 되는 불지옥입니다. 사람이 들어갈 수 없습니다. 불지옥을 감싸고 있는 외벽까지만 접근하는 것입니다."

"원자로의 크기는 얼마나 되나요?"

"높이가 80미터, 지름이 44미터입니다."

"원자로 외벽은 얼마나 두껍습니까?"

정세찬이 물었다.

"다섯 겹의 단단한 벽으로 돼 있습니다. 가장 안쪽에 있는 제1방호벽을 연료 펠렛이라고 합니다. 방사능에 아주 강한 소재입니다. 대부분의 방사선 물질이 그 방호벽 안에 갇히게 됩니다. 그 벽을 뚫고 나오는 방사선 물질에 대비한 것이 제2방호벽입니다. 연료 피복관이라고도 합니다. 열, 방사선, 부식에 강한 지르코늄 합금으로 이루어져 있어 아주 미세한 방사선 물질도 모두 차단시켜 줍니다."

영준은 진지하게 설명을 이어갔다.

"제3방호벽은 25센티미터 두께의 강철로 된 원자로 용기입니다. 제4방호벽은 원자로의 내벽으로 6센티미터 두께의 강철로 되어 있습니다."

"이 1, 2호기는 31년 전에 미국 웨스팅하우스와의 합작으로 만든 것이지요?"

정세찬이 물었다.

"많이 알고 계시는군요. 그렇습니다. 그러나 지금 완공 단계에 있는 신고리 1, 2호나 3,4호기는 우리 기술로 진행하고 있습니다."

"한국수력원자력에서 직접 공사를 하나요?"

정세찬이 다시 물었다.

"아닙니다. 건설 부문에 속하는 원자로의 집, 즉 격납고는 현대그룹, 대우건설 등이 협력하고 있고, 터빈과 원자로 자체, 헤드, 제어봉, 터빈 등의 공사는 두산중공업이 맡고 있습니다. 이런 대기업들의 복합적인 노하우가 합쳐져서 한국형 대용량 원자로가 완성되는 것이지요."

"제5방호벽은 어떻게 돼 있는지 설명 안 해주셨는데요."

유미가 끼어들었다.

"다섯 번째 방호벽인 외벽은 120센티미터의 철근 콘크리트로 돼 있습니다. 철저히 봉쇄돼 있기 때문에 어떤 경우에도 방사선 물질이 밖으로 나올 수 없습니다."

주영준이 주먹을 꼭 쥐고 흔들어보였다.

"돔의 겉면이 모래 빛깔이네요."

"예. 외벽에는 페인트칠을 전혀 하지 않아서 콘크리트 배합 때 쓰인 원재료인 모래 빛깔이 그대로 드러납니다. 어떻습니까? 아름답지 않습니까?"

영준이 눈을 가늘게 뜨며 거대한 모래 산 같은 원자로 돔을 지그시 바라보았다.

"예, 자연스럽고 은은하네요."

유미가 맞장구를 쳤다.

"페인트칠을 안 하는 이유라도 있습니까?"

정세찬이 물었다.

"원자로에서는 원자가스가 발생하는지 정기 검사를 하는데 칠을 하면 표면의 변화를 알기 어렵기 때문입니다."

"외벽에 쓰이는 모래는 보통 건축 자재와 다릅니까?"

"그렇습니다. 색깔이 흰빛을 많이 띠고 있지요? 이러한 모래는 주로 강릉이나 합천에 있습니다. 알이 굵고 강도가 높습니다."

"방호벽이 다섯 개나 있으니 내부에서 밖으로 방사선 물질이 새어나오는 것은 원천 차단되는 게 맞겠군요. 그렇지만 만약 밖에서라면요?"

유미가 호들갑스럽게 물었다. 뜻밖의 질문에 주영준은 고개를 갸웃했다.

"무슨 말씀이신지?"

"가령, 미국의 9.11 사건 때처럼 자살특공대가 덤벼들면요."

"항공기가 부딪쳐도 문제는 없습니다만……."

영준은 고개를 흔들며 단호하게 대답했다.

"설마 그런 일이 일어나겠습니까."

일행은 다시 카드키로 문을 열고 다른 곳으로 들어갔다. 거대한 원통 같은 것이 실내에 버티고 있었다.

"증기 터빈이 있는 곳입니다. 저 원통 속에 터빈이 있습니다. 그 속에는 3백 도나 되는 뜨거운 증기가 발전 터빈을 돌리고 있지요."

"저게 터지면 어떻게 돼요?"

유미가 다시 엉뚱한 질문을 했다.

"그럴 일 없습니다."

영준은 유미의 질문을 아예 무시해버렸다.

그때 수원의 눈에 몰래 사진을 찍는 유미의 모습이 들어왔다. 소형 카메라를 하나 더 가지고 있었다. 수원과 눈이 마주치자 유미는 배시시 웃으며 눈을 찡긋했다. 수원은 눈살을 살짝 찌푸렸다. 그러자 유미는 두 손을 모아 비는 시늉을 했다. 수원은 고개를 흔들며 이번에는 자신이 두 손을 모아 비는 시늉을 했다. 유미는 수원을 향해 한숨을 푹 내쉬었다.

일행은 다시 다른 문으로 들어갔다. 사방 벽이 계기판과 모니터, 스위치로 가득 찬 엄청나게 높은 돔이었다. 유미의 눈이 휘둥그레졌다.

"와! 이곳은 나사의 우주센터 같은데요? 뭐하는 곳이에요?"

"이곳은 발전 시스템의 심장부인 주제어실입니다. 메인 컨트롤 시스템이죠. 모든 기계의 작동이나 흐름을 파악하고 있는 곳입니다. 이상이 생기거나 생길 가능성을 예측하고 스스로 제어하기도 합니다. 바로 한 차장님이 맡고 있는 일이죠."

영준이 수원을 돌아보았다. 그러자 수원이 설명에 나섰다.

"제가 주로 하는 일이 제어 시스템을 연구하는 일이에요. 이 원자로는 1978년에 건설되었으니 가동을 시작한 지 벌써 30년이 넘었어요. 제일 먼저 만든 곳이라 제어 시스템을 개선할 필요가 있어서 그 일을 하고 있지요."

"여기는 안전합니까?"

정세찬이 물었다.

"방사선 말입니까? 나갈 때 측정기를 보시지요."

영준이 백문이 불여일견이라는 식으로 대답했다.

일행은 폐연료봉이 보관되어 있는 곳으로 이동했다. 조그만 호수 같은 곳에 갈대 줄기 같은 막대기가 수없이 꽂혀 있었다.

"양어장 같은데요?"

유미가 흥미로운 눈길로 내려다보며 말했다.

"원자로에서 쓰고 남은 폐연료봉입니다. 그냥 물이 아니고 붕산수가 담겨 있습니다. 저것을 재처리하면 핵폭탄을 만들 수 있습니다. 지금 북한에서 하고 있는 방식입니다."

"그래요?"

유미와 정세찬이 동시에 관심을 보였다.

"그럼 우리도 저걸로 핵폭탄을 만들면 되는 것 아네요?"

"안 됩니다."

유미의 말에 홍보실장이 단호하게 대답했다.

"왜요?"

홍보실장이 건물 높은 벽에 걸려 있는 CCTV 카메라를 손으로 가리켰다.

"감시 카메라가 놀고 있군요."

"맞습니다. 국제원자력기구, 즉 IAEA에서 전 세계의 모든 원자력발전소를 감시하고 있습니다. 폐연료봉으로 혹시 핵무기를 만들지 않을까 해서지요."

"북한은 빼고요?"

고유미가 물었다.

"그렇습니다. 북한은 IAEA를 탈퇴한 뒤 폐연료봉 재처리를 하고 있습니다."

"카메라를 가려버리고 연료봉을 옮기면 되지 않을까요?"

유미가 이해하기 어렵다는 듯이 다시 물었다.

"첩보영화에서 나오는 것처럼 말입니까?"

홍보실장이 쿡 웃더니 설명했다.

"예전에 녹스는 것을 방지하기 위해 이곳 벽면에 페인트칠을 한 적이 있습니다. 그때 국제 규칙을 모르는 페인트공이 저 카메라에 페인트가 튈까 봐 작업복으로 가려버린 일이 있었습니다."

"어머, 그래서요?"

유미가 눈을 반짝이며 홍보실장의 입을 바라보았다.

"두 시간 동안 전 세계 감시 기관에 소동이 일어났습니다. 서울과 동경, 그리고 IAEA 본부가 있는 오스트리아 빈으로 전송되는 화면이 사라지자 세계 모든 감시센터에 비상이 걸린 것입니다. 즉시 우리에게 연락이 왔죠. 곧바로 카메라를 덮은 옷을 벗긴 뒤 보고서를 보내고 나서야 일이 수습되었습니다."

견학을 마치고 나오면서 다들 방사선 측정기의 숫자를 확인해 보았다. 모두 제로였다. 들어갈 때와 변함이 없었다. 일행은 다시 취수구와 배수구가 있는 원자로 뒤 해변으로 갔다.

"와, 정말 고기가 많군요. 물 반, 고기 반이란 말이 실감나네요. 여기는 사진 찍어도 되지요?"

유미가 감탄하면서 돌려받은 카메라 셔터를 계속 눌러댔다.

"정말, 더운 물을 좋아하는 물고기가 있긴 있군요."

"영광과 월성 원전 발전소는 높은 수온을 좋아하는 고기를 기르는 양식장을 만들어 크게 성공했습니다. 자연 해수에서보다 성장이 두세 배 빠르답니다. 그리고 진주조개 시범양식에 성공하여 지역 주민들에게 새로운 소득원을 제공하고 있지요."

홍보실장이 어깨를 으쓱이며 설명했다.

“그 물고기나 조개를 먹어도 되나요?”

유미가 걱정했다.

“예. 못 먹을 이유가 없습니다.”

홍보실장은 되묻고 나서 곧바로 답을 해주었다.

“아직도 방사선 걱정을 하시는 모양이군요. 백 퍼센트 안전합니다. 물고기에 방사선 영향이 미칠 정도면 원자로가 스스로 멈춥니다.”

“그러면 해변에 가서 생선회 놓고 한잔 해요.”

유미가 생글생글 웃으며 제안했다.

“저는 근무 중이라서…….”

강 홍보실장과 영준이 난색을 표했다.

“함께 하면 좋을 텐데……. 할 수 없죠. 남은 사람들끼리 가요.”

유미가 아쉬운 표정을 지었다.

“좋습니다. 오늘은 제가 쏠 테니까 누가 우선권 주장하지 마세요.”

성민이 선수를 쳤다.

“여기는 제 구역인데요?”

수원이 웃으며 나섰다.

“그러신 줄 압니다만, 존경하는 한수원 박사님, 오늘만은 제게 대접할 기회를 양보하시지요.”

성민이 유럽의 기사 흉내를 내며 정중하게 허리를 굽혔다. 영준은 멀뚱히 그 모습을 지켜보았다.

“내비게이션 하나 달아라.”

수원의 만류에도 불구하고 성민은 자신이 차를 몰겠다고 나섰다. 수원의 차에 올라 운전대를 잡더니 툭 하고 말을 던졌다. 그리고는 부산 쪽으로 방향을 잡았다.

"어, 이쪽으로 가면 안 되는데?"

수원이 안내하려던 횟집은 정반대 쪽에 있었다.

"하하. 이왕 양보하시는 김에 장소 선택권도 넘기시죠. 마드모아젤."

성민은 생각해 둔 곳이 있는 듯했다. 수원은 못마땅했으나 다른 손님 때문에 참았다.

"고리 발전소 진단 결과는 어떻게 나왔습니까?

정세찬이 수원에게 물었다.

"앞으로 10년은 더 가동해도 문제없는 것으로 판정되었어요."

수원이 대답했다.

"30년 전에는 미국 기술로 원자력발전소를 만들었지만 지금은 우리나라가 세계적인 원전 생산국이 되었어요. 국제적인 수출 경쟁에도 뛰어들고 있죠."

"앞으로 20년 뒤에는 전 세계에 3백 기 이상의 원전이 건설될 것입니다. 8백조가 넘는 규모의 시장이지요. 이 시장을 어느 나라가 얼마나 차지하느냐에 따라 국가 위상이 달라질 것입니다. 대한민국이 한국형 원자력발전 모델 개발에 성공한 이후, 선진국은 모두 한국을 경계하고 있습니다."

성민이 수원에게서 바통을 이어받듯 설명했다. 성민은 한 번도 우리나라라는 말을 쓰지 않았다. 항상 '한국'이나 '대한민국'이라는 객관적 표현을 사용했다.

"한국형, 한국형 하는데 특징이 뭐예요?"

유미가 물었다.

"친환경적인 면이 가장 큰 특징이지요. 7백 미터 해저에서 냉각수를 끌어오기 때문에 인근 해수에 거의 영향을 안 미칩니다. 또한 내구연한이 종전보다 훨씬 긴 60년으로 수명이 배 이상 깁니다. 지진에도 강해 진도 8이라도 견딜 수 있어요."

차는 잠시 후 해운대 파라다이스 호텔 앞에 멈췄다. 일행은 호텔 지하에 있는 바로 자리를 옮겼다. 벽면도 테이블도 실내장식도 모두 유리로만 된 곳이었다. 안주 몇 가지와 시원한 맥주가 차례로 테이블에 올랐다.

"아, 보람찬 하루였어요. 다음 달 특집 기사 절반은 완료. 대담자 두 분 사진을 현장에서 마음껏 담았으니, 핵 주권과 국제 역학에 대한 본격적 대담은 서울 사무실에서 하시지요. 도와줘서 고마워."

유미가 수원을 향해 건배를 제의했다.

"도움이 됐다니 다행이다."

수원이 맥주잔을 들어 유미의 술잔에 부딪혔다.

"우리도 함께 건배합시다. 브라보!"

네 사람의 술잔이 함께 부딪치며 경쾌한 소리를 냈다.

"혹시, '신의 불꽃'이라는 말 들어보셨어요?"

유미가 입가에 묻은 맥주 거품을 닦아내며 물었다.

"신의 불꽃이요? 그 말 어디서 들으셨습니까?"

성민이 눈을 치켜뜨며 물었다.

"과학 기자들 사이에 오가는 말을 얼핏 들었어요."

"그래요? 그거 내가 하고 있는 일인데?"

성민은 유미를 빤히 쳐다보았다.

"핵 발전을 흔히들 신의 불꽃이라고 해요. 지금은 핵분열을 이용해서 에너지를 얻고 있지만, 앞으로는 핵융합을 이용하게 될 겁니다."

수원이 대답했다.

"핵융합과 핵분열이 어떻게 다른 거예요?"

유미가 성민의 빈 잔에 맥주를 따르며 물었다.

"둘 다 엄청난 에너지가 발생하는 것은 같은데요, 분열할 때보다 융합할 때 더 엄청난 에너지가 발생합니다. 태양 가장자리 온도와 비슷한 섭씨 1억 도의 열이 나지요."

"1억 도라고요? 그걸 누가 재 봤어요?"

"지구에는 존재하지 않는 온도입니다. 계산을 해 본 거지요. 그런데 그 열을 담을 용기가 이 세상에는 없습니다. 그 문제를 푸는 게 관건이죠. 제가 지금 참여하고 있는 연구 분야가 바로 그 그릇을 만드는 일입니다."

"1억 도라……. 그야말로 신의 불꽃이군요."

정세찬이 감탄했다.

"그렇지요. 꿈의 청정에너지가 바로 핵융합 에너지죠."

성민은 자신의 연구 분야에 대한 이야기가 나오자 신이 나서 설명을 이어나갔다.

"핵융합의 원료가 우라늄이 아니라 물이라는 게 중요합니다."

"자원이 무한하다는 말씀이군요."

"그렇죠. 바닷물 속에는 약 0.015퍼센트의 중수소와 삼중수소가 있습니다. 이 물질들을 뽑아서 융합시키면 플라즈마라는 기체를 얻을 수 있지요. 이 플라즈마가 1억 도가 넘는 온도를 가지고 있습니다."

"그걸 담을 그릇이 필요하다 이거군요."

유미가 고개를 끄덕였다.

“얼마 전에 국가 핵융합 발전소의 KSTAR가 플라즈마 시험 발생에 성공했습니다. 용기를 만드는 기초가 완성된 겁니다. 세계가 깜짝 놀랐지요.”

성민은 자랑스럽게 말하며 자신이 바로 그 연구에 참여하고 있다고 덧붙였다.

“KSTAR가 뭡니까?”

정세찬이 물었다.

“한국형 핵융합 연구 장치의 이름입니다. 코리아 슈퍼컨덕팅 토카막 어드밴스드 리서치(Korea Superconducting Tokamak Advanced Research)의 이니셜을 딴 거지요.”

“토카막은 또 뭐예요?”

이번에는 유미가 물었다. 이야기가 점점 전문적으로 들어갔으나 모두 흥미를 잃지 않았다.

“러시아 말인데, 핵융합 반응이 일어나는 환경을 만들기 위해 자기장을 이용해 초고온의 플라즈마를 가두는 핵융합 장치입니다.”

“아, 네.”

유미는 아예 수첩을 꺼내 메모해 가며 들었다.

“핵융합 에너지는 이산화탄소 발생이 없어 지구 온난화를 일으키는 온실 가스를 배출하지 않습니다. 그리고 방사성 폐기물도 원자력발전의 0.04퍼센트밖에 안 되는 소량만 발생시키지요. 이것 또한 백 년 이내에 모두 재활용이 가능하고요.”

따라서 원자력발전처럼 장기적인 폐기물 처리시설이 필요하지 않다는 설명이었다.

“한국은 미국, 유럽연합(EU), 러시아, 일본, 중국, 인도 등 7개국과 공동 협력하여 5백 메가와트 급 핵융합 발전 실험로 ITER을 건설하는 프로젝트를 진행하고 있습니다. 세계 유일의 핵융합 실험로죠. 핵융합 에너지의 실용화가 거의 현실로 다가오고 있습니다.”

“여러 나라가 참여했다면 각국의 지분이 있을 텐데?”

“한국의 지분은 9퍼센트입니다.”

정세찬의 질문을 금세 알아듣고 성민이 대답했다.

“언제 완성됩니까?”

“2050년쯤 완성될 것으로 보고 있지요.”

“어이구, 내가 환갑도 훨씬 넘긴 뒤네.”

정세찬이 손으로 이마를 쳤다.

“하지만, 공동 프로젝트라는 게 좀 위험한 거 아닌가요?”

“위험하다니요?”

유미의 물음을 못 알아들은 성민이 되물었다.

“다들 자국 이익에 혈안이 돼 있을 텐데, 누군가 딴 맘 먹으면 공동 개발이니, 국제 협력이니 하는 게 다 무산되는 것 아닌가요?”

“딴 맘?”

“예. 만약 그 거대한 프로젝트의 핵심 요원 한둘이 핵심 기술을 빼돌려서 거액에 팔아먹을 수도 있잖아요.”

“설마 그럴 리가. 과학의 세계는 순수한 거야. 내 손으로 꿈의 물질을 현실화시킨다, 과학자에게 그 이상의 보상이 어디 있겠어?”

수원이 고개를 가로저으며 끼어들었다.

“저런, 수원이는 원자력발전이 순수 과학이라고 생각하나 봐?”

유미가 까르르 웃음을 터뜨리며 말했다.

"원자력은 과학이 아니라 경제야. 돈 때문에 개발하는 거야. 이제 세계는 돈이 움직이고 있다고. 알겠어?"

수원의 얼굴이 붉게 달아올랐다.

"돈이 세상을 더럽히고 있지요. 핵이 세상을 잡아먹고 있어. 인간의 영혼까지 파먹고 있다고요."

정세찬이 심하게 혀 꼬부라진 발음으로 뜻 모를 말을 했다.

"맞아요. 핵도 돈도 없는 순수한 세상에서 살고 싶어."

유미의 눈도 풀어져 게슴츠레해졌다.

"자자, 열두 시가 다 됐으니 오늘은 일어나지요. 제가 호텔에 방을 예약해 두었습니다."

성민이 술자리를 수습했다. 모두 자리에서 일어섰다.

"오늘 정말 감사했습니다."

"즐거웠어요. 그럼 저는 집으로……."

정세찬과 고유미는 휘청거리는 걸음으로 엘리베이터를 탔다. 수원도 인사를 하고 돌아서려는데 성민이 엘리베이터에서 도로 내렸다.

"잠깐, 내가 데려다줄게.

성민이 수원의 팔을 잡았다.

"술 마셨잖아요."

"대리 기사 부르면 돼."

호텔 직원이 전화를 걸자 대리 운전사가 금세 나타났다. 두 사람은 수원의 차 뒷좌석에 나란히 앉았다. 갑자기 어색한 분위기가 되었다.

"유미네와 함께 서울로 가나요?"

한참 만에 수원이 입을 열었다.

"미리 KTX 표를 예약해 놓았더라구. 오후 세 시 열차래."

어느새 차가 수원의 오피스텔 앞에 닿았다.

"사는 모습 좀 봐도 될까?"

성민이 시계를 보면서 말했다. 열두 시가 훨씬 넘었다. 수원이 망설이는 기색을 보이자 성민은 수원의 어깨를 감싸 안았다.

"우리 사이에 뭐 어때."

수원은 마음이 내키지 않았으나 뿌리치기 어려웠다. 결국 두 사람은 함께 수원의 오피스텔로 들어섰다.

비교적 넓은 거실과 침실 1개, 작은 창고, 주방, 욕실이 있었다. 전체적으로 아주 실용적인 분위기였다. 거실에는 작업용 컴퓨터 책상과 작은 다갈색 소파, 24인치 TV 한 대가 놓여 있었다. 수원이 샌프란시스코에서부터 가지고 다니던 커다란 테디 베어 인형이 거실 구석에 웅크리고 앉아 있었다.

세 칸 밖에 없는 책장에는 책이 빼곡 꽂혀 있었다. 대부분이 프랑스어와 영어로 된 물리학 전공 서적과 학회 연구논문집이었다.

"부모님 사진?"

성민이 컴퓨터 책상에 놓인 빛바랜 액자를 들여다보며 물었다. 아버지가 파리로 떠나기 전날 찍었다는 그 사진이었다.

"네."

"아버지 눈매가 예리하시군."

"직업이 직업이니만큼."

미국에서 만나던 시절 수원은 집안 내력과 자신이 태어난 과정을 성민에게 얘기해준 적이 있었다.

"아버지 죽음의 미스터리를 캔다더니 진척은 좀 있어?"

"그동안은 별 단서가 없어 포기하려 했었는데, 요즘 갑자기 많은 정보가 입수되고 있어요. 진실에 거의 접근하고 있는 것 같아요."

무언가 말하려고 하던 성민이 입을 도로 다물었다. 그러고는 소파에 몸을 푹 파묻으며 앉았다.

"야, 좋다. 한수원의 향내가 물씬 나는 집이네."

"대접할 게 커피밖에 없는데."

"커피, 좋지."

수원은 부엌으로 갔다. 커피를 타는 동안 등 뒤로 성민의 시선이 뜨겁게 느껴졌다.

"이곳 생활은 할만해?"

커피를 몇 모금 마신 뒤 잔을 내려놓으며 성민이 물었다.

"보람 있어요. 사람들도 좋고. 다만 어머니와 떨어져 있어야 한다는 게 마음 아프죠."

"한국 일 끝나면 미국에 다시 가야지?"

"글쎄, 어떻게 해야 할지. 어머니가 고국에 돌아와 여생을 보내고 싶다고 하시거든요."

"여생을 한국에서? 한국은 위험한 곳이야. 하루라도 빨리 떠나는 게 좋은 판국에 뭣 하러 귀국을."

"그래도 우리 조국이잖아요."

"조국? 할아버지의 나라?"

성민은 코웃음을 쳤다. 성민은 국가와 민족에 대한 이야기만 나오면 냉소를 지었다.

"그 위험한 나라에 성민 씨는 왜 온 거예요?"

수원이 힐책조로 물었다. 둘 사이에 넘지 못할 벽이 있다는 것을 수원은 새삼 느꼈다.

"나? 그거야 네가 남모르게 무슨 일을 하는지 알아보려고."

"남모르게? 내가 남모르게 무슨 일을 한다고요?"

"하하하. 농담. 나 모르게 다른 남자와 결혼할 음모라도 꾸미고 있는 것 같아서. 주영준인가 하는 사람 눈빛이 예사롭지 않던데?"

"싱겁긴."

수원은 눈을 흘겨 보였다.

잠시 침묵이 흘렀다. 성민이 슬그머니 곁으로 와서 수원의 어깨를 감쌌다.

"미안해."

"뭐가요?"

수원이 몸을 약간 빼자 성민은 팔에 더욱 힘을 주어 감싸 안았다.

"그냥 다. 모든 게 다 내 잘못인 것만 같아."

성민은 수원을 가슴에 안았다.

"네가 연락을 끊은 뒤 얼마나 괴로웠는지 알아? 네 연락이 다시 오기만 손꼽아 기다리며 세월을 보냈어."

연락을 기다렸다는 성민의 말에 수원은 가슴이 싸해져 왔다.

"우리 다시 시작할 수는 없을까?"

"그냥 친구처럼……."

수원은 말을 마치지 못했다. 성민의 입술이 수원의 입을 막았기 때문이었다. 익숙했던 성민의 체취가 취기 어린 수원의 몸을 감쌌다. 얼굴이 달아오르고 손이 가늘게 떨렸다. 그러나 수원은 가까스로 정신을 차렸다. 조금 전에 성민이 한 말이 생각났다.

'한국이 위험한 나라이니 얼른 떠나라고?'

다시 시작하기엔 성민이 바라보는 지점은 너무도 달랐다. 앞으로의 인생도 서로 다른 길을 갈 수밖에 없었다.

"그만, 됐어요."

수원은 두 손으로 성민의 가슴을 밀어냈다. 수원의 표정에서 단호함을 읽은 성민은 자리에서 일어섰다.

"알았어. 나는 다시 호텔로 갈게. 내일 봐."

성민은 인사를 하면서 수원과 시선을 마주치지 않았다.

문이 닫히자 갑자기 정적과 함께 외로움이 밀려들었다. 잠시 서성이던 수원은 창문에 다가서서 밖을 내려다보았다. 성민이 오피스텔을 막 나서고 있었다. 성민은 바로 택시를 부르지 않고 가로등 밑에 서 있었다. 뒷모습이 쓸쓸해 보였다.

얼마 후, 성민은 멀리서 달려오는 택시를 손으로 불렀다. 성민이 탄 택시가 출발하자, 오피스텔 앞 도로에 서 있던 검은 자동차도 움직이기 시작했다. 택시가 좌회전 지시등을 켜자 검은 자동차도 급히 왼쪽으로 방향을 틀었다.

침입 흔적

"굿모닝."

딱딱한 빵 한 개, 베이컨 한 조각과 버터, 우유 한 잔. 수원이 아침 식사를 끝낼 무렵 성민이 전화를 걸어왔다.

"식사 안 했으면 이쪽으로 나올래? 파라다이스 호텔 양식당. 어제 일행들과 함께 있어."

성민은 평소와 똑같은 목소리였다.

"지금 먹고 있는 거랑 메뉴가 비슷할 텐데요?"

"그럼 커피라도 같이 하게 나오지."

수원은 가고 싶은 생각이 별로 없었으나 유비와 정세찬이 있다는 바람에 집을 나섰다. 티셔츠에 청바지를 입고 차를 몰아 호텔로 갔다.

"배 박사님, 안녕히 주무셨나요?"

"잘 잤을 리가 있겠어요? 한밤중에 거리로 쫓겨났는데. 그 여자 인심 한

번 사납더군."

수원이 사무적으로 건넨 인사를 성민이 은근슬쩍 받아쳤다.

"어머, 배 박사님을 내칠 정도로 대단한 여자가 누굴까."

유미가 간드러지게 웃었다. 수원은 잠자코 커피만 마셨다.

"오후 3시 KTX로 가신다고요?"

"예. 아직 시간이 많이 남았습니다."

"부산 시내 구경 하실래요? 태종대가 멋있는데."

"태종대 구경보다 두 학자님과 핵 이야기를 하는 게 더 재미있습니다. 오늘은 제가 핵 문제와 관련된 정치학 강연을 좀 해볼까요?"

"에이, 또 공부?"

유미가 투정을 부리면서도 정세찬 쪽으로 몸을 기울였다.

"우리나라 역대 지도자 중에 핵에 가장 관심을 가진 사람은 역시 박정희 대통령이었지요. 박정희는 김일성이 핵무기 보유를 목표로 삼고 있다는 걸 오래 전부터 알고 있었어요. 그것에 대항하기 위해서는 남한도 핵을 보유해야 한다고 생각하고 미국을 졸랐지요. 하지만 미국은 한국에 핵우산은 펼쳐줄 수 있지만 한국이 핵을 보유하는 것은 절대 용납할 수 없었지요."

"강대국의 논리로군요. 자기들은 이미 가졌으면서 다른 나라는 안 된다는 건."

성민이 거들었다.

"1979년 7월, 카터는 마음에 내키지 않는 한국 방문길에 올랐지요. 김포공항에 마중 나갔던 박정희는 안개로 비행기가 연착되는 바람에 두 시간이나 지루하게 기다리는 신세가 되었어요. 그런데 카터는 시큰둥한 표정으로 박정희와 악수만 나눈 뒤 정해준 숙소를 마다하고 용산 주한미군

영내의 숙소로 가버렸지요."

"어머나."

유미가 작게 혀를 찼다.

"이튿날 청와대에서 열린 회담은 마침내 폭발 직전까지 갔습니다. 박정희가 작심하고 일방적인 설득을 시작했기 때문이에요. 준비한 메모를 책상 위에 펴놓고 손가락으로 책상을 톡톡 두드려가면서 무려 40분간이나 카터에게 훈계를 했지요."

"무슨 이야기를 한 건가요?"

수원이 물었다.

"한국은 미국 안보에 필수적인 나라이니 미군이 철수하면 안 된다. 베트남이 공산화되는 것을 보지 않았느냐, 인권도 중요하지만 생존이 더 중요하다. 만약 미군이 철수를 감행하면 우리도 핵무장을 하겠다. 주로 이런 내용이었다고 합니다. 박정희가 40분 동안 일방적으로 하도 따지니까 카터가 글라이스틴 주한 미국 대사에게 '한국이 이런 식으로 나오면 주한미군을 기어이 철수시키고 말겠다'란 메모를 주었답니다. 카터는 또 남한이 북한보다 인구도 많고 경제력도 앞서는데 왜 군사력이 모자라느냐고 엉뚱한 반격을 했다고 합니다."

"패권주의 제국의 횡포군요. 미군 철수를 받아들일 리 없으니 그걸 빌미로 자신들이 원하는 걸 얻으려는 전략 아니겠어요?"

고유미가 못마땅한 표정으로 정세찬에게 동조를 구했다.

"그렇지."

정세찬은 고개를 끄덕여 보이고 설명을 이어나갔다.

"카터가 청와대에서 박정희의 안보 강의를 듣고 숙소로 돌아갈 때 차에 함께 탄 베시 주한미군 사령관과 글라이스틴 대사가 한국 정부의 긴박한 사정을 설명하자 카터는 '예수님 믿으시오' 하고 퉁명스럽게 대꾸했다고 합니다."

일동은 킥킥 웃었다.

"당시는 박정희가 유신정치 선포를 하고 긴급조치를 발동하는 등 개발 독재가 절정을 이룬 시기였지요. 미국 의회와 종교단체도 박정희 정부를 비난하는 성명을 매일 내다시피했으니까요. 그러니 카터도 가만히 있을 수만은 없었을 겁니다. 결국 석 달 뒤 10월, 박정희는 암살되었지요."

"그 전해인 1978년에 고리 원자력발전소가 가동되었는데 아시다시피 그때는 미국의 웨스팅하우스가 독점했지요. 그 다음 월성 원전 때부터 캐나다가 참여했어요."

원진에 관해서는 수원이 설명했다.

"당시 한국 정부가 원전 공급을 다양화하기 위해 프랑스와 은밀히 손을 잡고 있었다는 기록도 있습니다."

정세찬의 말에 수원이 고개를 끄덕였다.

"그렇군요. 지금 가동 중인 10개 원전 중 7개가 미국 회사와 합작한 것이고, 나머지는 캐나다 2개사, 프랑스 1개사예요. 북한도 핵기술이 만만치 않은 것 같은데, 도대체 어디서 핵연료를 가져오는 건가요?"

수원의 질문에 정세찬이 즉시 대답했다.

"북한에는 양질의 우라늄광이 많이 있어요. 일제 강점기에 확인된 것인데, 약 4백만 톤 정도의 매장량이 있답니다. 김일성은 1950년대부터 풍부한 우라늄을 이용할 것을 검토했다고 합니다. 그때 소련과 원자력 이용에 관한 협정을 체결했거든요."

"한국 전쟁 때 이미요?"

"전쟁 직후입니다. 그 뒤 1965년에 연구용 원자로를 영변에 설치했고, 소련이 농축도 10퍼센트의 핵연료를 공급했지요. 북한은 1년도 채 안 돼 농축도 80에 이르는 핵 농축 기술을 개발했습니다."

"그때 남한에서도 알고 있었나요?"

유미가 질문했다.

"물론이지. 박정희는 이에 대응하기 위해 우라늄 95 이상의 농축 기술과 핵연료를 제공해줄 것을 미국에 요구한 거였어."

"그래서 박정희는 자력으로 핵을 개발하거나 제3국의 도움을 받으려고 했던 거군요."

수원이 이해하겠다는 듯 고개를 끄덕였다.

"아마 그렇게 하려고 무진 노력을 했을 겁니다. 그러나 성공하지는 못했지요. 반면 북한은 겉으로는 안 한다, 안 한다 하면서 개발을 계속했습니다. 만약 남북이 통일되어 힘을 합친다면 강대국들 걱정이 클걸요."

정세찬은 국제정치학자답게 전문적으로 설명했다.

"북한이 처음 농축 기술을 사용한 것은 프랑스의 초기 기술인 GI형이라는 원자로에서부터지요. 1980년에 북한은 5MWe라는 원자로의 가동에 성공했으니까요. 하지만 그때 한국 정부는 정인숙 스캔들을 막느라고 정신이 없었지요."

"정인숙 스캔들이 뭐예요?"

유미가 호기심에 눈을 반짝이며 물었다.

"한강변 대로에서 미모의 여인이 총에 맞아 죽은 채 발견되었는데 그 여자 이름이 정인숙이야. 본래 요정 아가씨로 세 살짜리 아들을 키우고 있었지. 그 아들이 대통령의 아들이라느니 국회의장의 아들이라느니 하는 소문이 정신없이 떠돌았어. 온 나라가 날만 새면 그 얘기로 수군거렸지. 요즘 같으면 인터넷 상에서 더욱 걷잡을 수 없이 퍼졌을 거야."

"독재가 강할수록 루머가 판을 치는 법이지요."

성민이 한마디 했다.

그때 정세찬의 핸드폰이 울렸다. 정세찬은 번호를 확인하고는 자리에서 일어섰다.

"어머니입니다. 실례할게요."

밖으로 나간 정세찬은 1분도 채 안 돼 돌아왔다. 얼굴빛이 굳어 있었다.

"무슨 일 있어요?"

유미가 물었다.

"지금 서울로 가봐야겠어요. 큰아버지가 돌아가셨내요. 암 투병 중이셨거든요."

"어머, 어서 가보세요."

수원이 먼저 일어섰다.

"우선 룸으로 올라가서 짐을 챙기시지요. 그동안 제가 체크아웃 해 놓겠습니다."

성민이 위로하듯 정세찬의 손을 잡았다.

결국 정세찬과 유미는 서울로 올라가고 수원과 성민은 태종대로 드라이브를 나갔다.

수원은 낭떠러지 밑에서 바위를 핥으며 철석거리는 파도를 내려다보았다.

"정 박사님은 부모님이나 친척이 모두 미국에 계시다고 했는데……."

갑자기 생각났다는 듯 수원이 말했다.

"어떻게 알았어요?"

"처음 만났을 때 유미가 말해줬어요."

"거 참, 남자 친구 가족 상황도 제대로 모르면서 사귀나?"

"흘려들은 탓이겠지요."

성민이 슬그머니 팔짱을 끼자 수원은 조용히 팔을 뺐다.

"여기 처음이지요?"

"응. 처음이야. 부산에 와도 시내에서 볼일만 보고 올라가니까."

"지금 하고 있는 일은 언제 끝나는 거예요?"

"여름이면 끝날 것 같아. 본사에서 내일이라도 들어오라면 가야지 뭐."

본사라면 성민이 원래 소속돼 있는 컨버스천 엔지니어링을 말하는 것이었다.

"그 회사는 왜 성민 씨를 파견한 거예요?"

"직원 중에 마땅한 한국인이 없었으니까. 나를 미끼로 해서 한국의 핵융합 프로젝트에 참여할 기회를 엿보는 거겠지. 부사장이 처음 그 제의를 해왔을 때 무릎을 탁 쳤어."

"왜요?"

"너를 다시 만날 수 있는 기회잖아. 한국에 와 있다는 말을 들었거든."

성민은 수원의 눈을 그윽한 눈길로 응시했다.

"뭐, 그것만이 이유는 아니었지만……."

수원이 시선을 피하자 성민의 말투가 심드렁하게 바뀌었다.

"다른 건 뭔데요?"

"연봉을 많이 받을 수 있잖아. 위험 국가에 근무하는 만큼 위험수당을 더 얹어줘야 하는 것 아니겠어. 좀 과하다 싶을 정도로 연봉 제의를 했는데 그대로 받아들여주더군. 그럴 줄 알았으면 더 많이 부르는 건데."

수원은 이해타산을 꼬박꼬박 챙기는 성민이 마음에 들지 않았다. 그러나 요즘 세상을 살아가는 데 필요한 장점일 수 있다는 생각도 들었다. 제 몫을 챙기는 게 꼭 부도덕한 것만은 아니지 않는가. 애써 이해하려고 해 보았으나, 묘한 거리감은 좀체 줄어들지 않았다.

수원과 성민은 인파로 북적거리는 태종대 산책길을 걸었다.

"저것 먹어 볼까요?"

수원이 길에서 파는 빈대떡을 가리켰다. 할머니가 쭈그리고 앉아 손님을 맞고 있었다. 성민은 미간을 찌푸리며 고개를 흔들었다.

두 사람은 성민이 원하는 대로 태종대 주변 풍경이 한 눈에 들어오는 레스토랑에서 점심을 먹었다.

수원은 울산공항까지 성민을 데려다주고 오피스텔로 돌아왔다.

"어? 왜 이러지?"

오피스텔 번호키를 누르던 수원은 당황했다. 번호를 아무리 맞춰도 열리지 않았기 때문이었다. 수원은 번호를 잘못 눌렀다고 생각하고 다시 또박또박 눌러 보았다. 그러나 문은 여전히 열리지 않았다. 결국 수원은 열쇠 기술자를 불렀다.

"고장인가요?"

"자물쇠 칩이 완전히 망가졌네요."

"어제만 해도 멀쩡했는데……."

"강력한 전류나 자석을 갖다 대면 번호를 기억하고 있는 자물쇠 칩이 망

가져버려요."

"네? 저는 자석 같은 거 댄 일이 없는데요."

"그래요? 거 참 이상하네. 그럼 누가 일부러 그랬나?"

"네?"

"도둑이 가끔 그런 방법을 쓰거든요."

"그럼 누가 침입했다는 건가요?"

"침입은 못 했을 겁니다. 이 문은 열 수 없었을 거예요. 자물쇠 칩이 망가지면 자동으로 열리는 문이 있긴 한데 이건 최신형이에요. 망가지기만 하지 열리진 않아요."

"시도만 했다가 실패했다는 말씀이군요."

"그렇지요. 만약 그렇게 해서 열렸으면 지금도 문이 열려 있겠지요."

수원은 안도의 한숨을 내쉬었다.

수원은 기술자가 돌아가자마자 집에 들어가 보조키까지 꼭 잠갔다. 그리고 방안을 샅샅이 살펴보았다. 도대체 무슨 일이 일어나고 있는 것일까? 왠지 단순 도둑의 침입 시도가 아닌 것 같아 불안감이 엄습해 왔다.

수원은 컴퓨터를 켜 보았다. 역시 아무런 이상이 없었다. 패스워드 프로그램이 제공하는 로그 파일을 살펴보았지만 자신이 없는 동안 컴퓨터를 작동시킨 기록도 없었다. 모든 게 정상이라는 사실을 확인하고 나서야 소파에 털썩 주저앉았다. 메일 수신을 알리는 아이콘이 컴퓨터 바탕 화면에서 반짝이고 있었다. 수원은 메일함을 열었다. 메일이 여러 개 와 있었다.

수원은 며칠 전 일본인 탑승객에 관한 정보를 제공해준 마리아 바르톨로뮤가 보낸 메일을 먼저 읽었다.

onesil 봉주르.

일본인 탑승객에 대한 정보는 아직 이렇다 할 만한 것을 알아내지 못했습니다.

오늘은 다른 자료를 제공해 드립니다.

대한항공 여객기가 강제착륙 당한 무르만스크는 오래 전부터 소련의 중요한 군사기지였습니다. '무르만' 이라는 말은 사미어(북유럽과 러시아 일대에서 쓰이는 언어)로 '지구의 가장자리'라는 뜻이랍니다. 이 기지는 1백년 전부터 유럽의 중요 군사기지로 각광을 받았습니다. 1915년에는 소련, 영국, 프랑스, 미국 군이 함께 주둔한 적도 있답니다. 때문에 세계 각국의 첩보원들이 많이 숨어들었다고 합니다.

대한항공 여객기에 미사일을 쏘고 강제착륙시킨 수호이 15의 조종사 두 사람 중 한 명인 아나톨리 케레포프는 그 사건 후에 대령으로 승진하고 아나톨리 비행학교 교관을 지냈습니다. 이후 많은 아나톨리 2세를 길러냈지요.

이곳에서 저공비행, 미국의 911 테러 때 볼 수 있었던 대담한 돌격 비행의 기술을 익힌 조종사가 많았다고 합니다. 911 테러의 주범이 아나톨리 학교 출신자와 관계가 있는지는 모르겠습니다. 그러나 오늘날 세계 각국에 은밀하게 존재하는 테러 조직 사이에서 아나톨리라는 이름이 신화처럼 떠돌고 있습니다. 특히 산업과 관련된 폭력 조직이 많더군요.

수원은 또 다른 메일을 읽어 보았다.

onesil님 안녕하세요.

저는 20여 년 전까지 프랑스 해외안전국, 즉 DGSE의 오스트리아 빈 사무실에 근무하던 사람입니다. 지금 IAEA가 자리하고 있는 바그너 거리에 있었지요.

1978년 대한항공 여객기 강제착륙 사건 때 DGSE끼리 많은 정보를 교환했습니다. 그 중 기억나는 게 있어서 30여 년간 보관해 온 일기장을 찾아보았습니다.

그 중에 onesil님에게 참고가 될 만한 것이 있어 알려 드립니다.

당시, 대한항공 902편은 아주 중요한 것을 싣고 있었다고 합니다. 파리에서 서울로 가는 물건인데, 내용물은 아무도 모르고요. 비밀 보고서를 포함한 서류라는 이야기도 있고, 비밀 통신 장비라는 설도 있었습니다. 소련이 비행기를 격추시키지 않고 강제착륙시킨 것은 그 물건을 가져가려고 한 것이라는 주장도 있습니다.

그 주장에 일리가 있는 것이, 몇 년 후인 1983년 소련은 뉴욕에서 오는 대한항공 007 여객기가 북 태평양에서 자국 영공을 침범했다는 이유로 미그 23 전투기 3대를 출동시켜 무참히 격추시켰거든요. 착륙 유도 같은 것 없이 말입니다.

수원은 이튿날 출근하자마자 영준에게 어제 일어났던 일을 얘기했다.

"짐작 가는 사람이 있나요?"

"전혀요."

"침입하지 못한 게 사실인가요?"

"열쇠 기술자 말이 침입은 못했을 거라 하는데, 제가 살펴봐도 침입 흔적은 없었어요."

"그래도 혹시 모릅니다. 도청 장치를 했을지도 몰라요. 퇴근할 때 저랑 같이 가보지요. 도청 탐지기를 가져가 봅시다."

"도청 장치를 했다면, 이유가 뭘까요?"

"우리 회사 일이나 한 차장님이 연구하고 있는 일에 관계가 있겠지요."

그날 저녁 영준은 수원의 오피스텔을 샅샅이 둘러보았다.

"도청 장치는 없는 것 같습니다."

"휴, 다행이네요."

수원은 영준에게 커피를 대접했다. 두 사람은 한동안 말없이 커피만 마셨다.

"그분들은 서울로 가셨습니까?"

분위기가 어색해질 무렵 영준이 입을 떼었다.

"네, 이제."

"원자력발전소 견학은 만족하시던가요?"

"네. 신세계에 다녀온 듯하답니다."

"배 박사는 미국 회사에서 파견 나온 분이라고 했지요? 그럼 미국엔 언제 돌아가는 겁니까?"

"글쎄요, 아직 일이 남아 있는 것 같아요."

"배성민 씨는 어쩐지 외국사람 같은 생각이 들더군요."

"그래요? 잘 보셨어요. 생각하는 게 우리나라 사람 같지 않아요."

영준의 말에 수원이 고개를 끄덕였다.

"정세찬 박사는 오래 아는 사이인가요?"

"얼마 안 되었어요. 친구 유미가 소개해줘서 알게 됐죠."

"학자 스타일이면서도 야망이 숨어 있는 것 같아 보이더군요."

"어머, 그래요? 전 잘 모르겠던데."

그제야 수원은 영준이 자신과 자신을 둘러싼 사람들에게 은근히 신경 쓰고 있다는 걸 알아차렸다.

며칠 뒤 확대간부회의를 마치고 나오던 수원이 영준을 불러 세웠다.

"주 차장님, 잠깐만요. 우리 커피 한잔 하고 가요."

수원은 회의실 입구에 있는 자판기에서 커피 두 잔을 빼왔다. 두 사람은 벽에 기대어 서서 대화를 나누었다.

"안토니오 수사는 진전이 없나요?"

수원이 커피를 한 모금 마시고 나서 물었다.

"그 일 때문에 어제도 종일 수사관들하고 같이 있었습니다."

"뭐 새로운 정보라도?"

영준은 주변을 둘러보고 나서는 천천히 입을 열었다.

"호텔에서 알아낸 세 명 중 미국인 클라크와 조명진은 이미 출국했답니다. 이경만이라는 사람만 경찰서로 임의 동행해서 조사를 받았답니다."

"뭐하는 사람들이래요?"

"장 안토니오가 바다낚시 회원을 인터넷으로 모집했는데 그것으로 알게 된 사이라고 합니다."

"바다낚시 모임이요?"

"스카이다이빙 유경험자를 회원 자격 요건으로 내걸었다고 합니다. 이경만은 그날……."

"그날이라니요?"

"장 안토니오가 죽은 날 말입니다. 그날 장 안토니오와 둘이서 안토니오

2호를 타고 발전소가 있는 기장 앞바다로 갔었답니다. 안토니오는 발전소 앞 1킬로쯤 전방에서 배를 세우고 있다가 어디선가 전화를 받고 혼자 물속으로 들어갔답니다."

"무슨 일을 하러 갔는지도 이야기했나요?"

"그게 좀 명확하지 않습니다. 장 안토니오는 반핵 단체에서 활동하고 있었는데, 가끔 아나톨리로부터 전화 연락을 받았다고 합니다."

"아나톨리라고요?"

수원이 놀라 되물었다.

"예. 그 날 배 위에서도 아나톨리의 전화를 기다리고 있었다고 합니다."

"그렇다면 아나톨리가 실존 인물이라는 말이에요?"

"이경만도 아나톨리의 정체는 알지 못한답니다."

"이경만의 직업은 뭐래요?"

수원은 영준에게 바싹 다가앉았다.

"청파동 전자상가에서 조그만 전파상을 하고 있답니다. 컴퓨터나 통신기기에 대한 특허를 여러 개 가지고 있대요. 기술은 좋은데 돈벌이는 별로 안 되는가 봅니다."

"그럼 장 안토니오로부터 금전적 도움을 받았겠군요."

"수사팀이 확인한 걸로는 장 안토니오가 적지 않은 돈을 이경만에게 주었다고 합니다."

"그러니까 반핵 활동을 하는 장 안토니오가 아나톨리의 지시를 받고 원전 폭파 계획을 세웠던 거군요."

"수사팀도 일단 그렇게 생각을 하고 있습니다만, 여전히 미심쩍은 것이 많아요."

“어쩌면 안토니오 클럽은 낚시 가게를 위장한 반핵 테러 단체일 수도 있겠네요.”

“그렇게 짐작할 수 있죠. 출국한 두 사람을 심문하면 확실해지겠지요.”

“무기 개발을 반대한다면서 폭력을 쓰다니. 모순된 일이로군요.”

“그러게 말입니다. 그건 그렇고, 요즘 사태가 심상치 않으니 한 차장님도 핸드폰에 SOS 기능을 활용하시는 게 어떻겠습니까.”

“SOS 기능이요?”

“위급한 상황에서 해당 버튼을 누르면 미리 입력해둔 전화번호로 도움 요청 메시지가 전송되는 기능입니다.”

수원은 며칠 전에 일어났던 오피스텔 침입 미수 사건이 생각났다.

“좋아요. 주 차장님이 도와주세요.”

수원은 휴대폰을 영준에게 건넸다. 영준은 평소처럼 별다른 표정 없이 휴대폰을 받아들었다.

“제 번호를 입력해 두었습니다. 비상시 휴대폰 폴더가 닫힌 상태로 소리 조절 버튼을 네 번 연속해서 누르십시오.”

영준은 무뚝뚝한 표정으로 말하면서 수원의 휴대폰을 돌려주었다.

절체절명의 40초

오후 2시경. 한수원의 사무실. 수원이 방폐물 처리 기준에 의거해 앞으로 백 년간 소요될 터널의 용적을 계산하고 있을 때였다. 갑자기 경보방송이 울렸다.

"청색경보! 청색경보! 모든 사원은 신속히 청색경보에 대비하라."

푸른색 경광등이 여기저기서 번쩍이기 시작했다.

"차장 이상 간부는 속히 대회의실에 마련된 비상대책본부로 집결하라."

방송은 계속되었다.

"제2발전소, 터빈실에서 미확인 물체 발견."

수원은 방송을 듣고 곧장 제2발전소 주제어실로 뛰어갔다. 발전이 중지되면 큰일이므로 확인하려는 것이었다. 주제어실에서는 발전부장이 잔뜩 긴장한 얼굴로 서성거리고 있었다.

"가동을 중지시키나요?"

수원이 물었다.

"아니요. 아직 상황 파악 중이라 중지시키지는 않았어요."

발전부장은 터빈 비상 버튼(ETB)을 뚫어질 듯이 노려보고 있었다. 평상시 문제가 생겼을 때는 비상 버튼이 자동으로 켜지거나 정지되지만 비상 상태일 때는 수동으로 바꾸고 운전원의 판단 아래 움직이게 한다.

"2호기 터빈실, 50미터 이내에 있는 사원은 모두 대피하라. 터빈실을 차단한다."

스피커에서 다시 지시가 내려왔다.

수원은 발전이 중지되지 않았다는 것을 확인하고 밖으로 나와 비상대책 본부로 갔다. 모두 심각한 얼굴이었다. 이종문 본부장이 조민석 과장으로부터 보고를 받고 있었다.

"점심시간에 우리 본부 홈페이지를 체크하던 홍보실 직원이 게시판에 올라온 이상한 글을 발견했습니다. 15분쯤 전에 '경고! 원전 2호기 건물에 폭탄 장치—친구로부터'라는 내용이 올라와 있었습니다. 이번에는 잊지 않고 체크를 해 두었습니다."

"누가 올린 글인데?"

이 본부장이 못마땅한 얼굴로 물었다.

"누군지는 모릅니다. 다만 서울에서 올린 글이라는 것만 알아냈습니다."

"서울? 그래서?"

"즉시 점검을 시작했습니다. 그리고 사내 경비 계기판에 이상한 물체가 감지되었습니다. 14시 15분경 터빈실 터빈 커버에 높이 10센티미터 정도의 검은 물체가 붙어있는 것을 확인했습니다. 폭발물일 가능성을 배제할 수 없습니다."

상황실에 모인 사람들의 얼굴이 한층 더 심각해졌다. 수원은 특히 더 긴장했다. 버튼을 잘못 눌러 폭발 사고를 일으켰던 일이 머릿속에 떠올랐다.

"도대체 무슨 일이에요?"

수원이 제2발전소 터빈실에 연결된 폐쇄회로 모니터를 뚫어지게 쳐다보고 있는 영준에게 물었다.

"터빈실에서 폭발물로 보이는 미확인 물체가 발견되었습니다."

영준이 조민석 과장과 같은 말을 했다.

"발전소 내 여러 보안 센서에 이상 물질이 잡혔습니다. 최종적으로 터빈 커버에 밀착된 검은 상자가 발견되었는데 폭발물 같다는 것입니다."

"말도 안 돼요. 거기는 아무나 물건을 들고 갈 수 없는 곳 아니에요?"

"그러니까 귀신이 곡할 노릇이지요."

다시 긴급 방송이 흘러나왔다.

"모두 폭발과 화재에 대비한 배치를 시작하고 비상 콜온을 가동하십시오. 서울 본사에 연락하고 우리 관할 군부대 폭발물 처리반에도 속히 연락하십시오."

고리 원자력발전본부에는 팽팽한 긴장감이 감돌았다. 경찰 특공대가 도착하고 외곽 지역은 관할 육군 사단이 봉쇄한 뒤 엄중한 경비에 들어갔다. 육군 폭발물 처리반과 경찰 폭발물 처리반이 거의 동시에 도착했다. 육군과 경찰, 한국수력원자력 보안 간부들로 합동대책본부가 설치되었다.

"터빈실과 인근 공간 직원은 모두 철수했나요?"

직접 현장에 나온 부산경찰청장이 이종문 본부장을 향해 물었다.

"주제어실을 제외하고는 모두 대피했습니다."

"그곳에선 왜 대피를 안 합니까? 위급 시 가장 먼저 방사능에 노출되는 곳 아닙니까?"

경찰청장이 윽박질렀다.

"설사 거기서 폭발물이 터진다 해도 원자로는 문제없습니다. 그 정도로 원자로가 손상을 입지는 않습니다."

"지금 무슨 소리를 하는 거요? 폭탄이 터져 봐요. 그런 말이 입에서 나오나."

경찰청장이 소리를 질렀다.

"본부장님 말씀이 맞습니다. 원자로는 폭격을 맞아도 괜찮습니다. 이 정도의 조그만 폭발물로는 끄떡없을 겁니다."

군 폭발물 처리반을 이끌고 온 소령이 말했다.

"미확인 물체가 설치된 터빈 커버는 얼마나 단단합니까?"

소령의 질문에 이 본부장이 대답했다.

"원자로보다는 못하지만 웬만한 폭발에는 견딜 것입니다."

"터빈을 돌리는 증기는 온도와 기압이 얼마나 됩니까?"

소령이 다시 물었다.

"약 섭씨 3백 도 정도 됩니다. 115기압이고요."

"안심할 일이 아니군요. 그 정도로 높은 온도와 기압의 기체가 쏟아져 나오면 건물 내부는 불지옥이 될 것입니다. 방사능 물질은 없다 치더라도 고열과 기압차로 건물이 큰 손상을 입을 수 있습니다."

소령의 얼굴에도 걱정이 서렸다.

"주제어 센터에서도 직원들을 모두 철수시키시오."

경찰청장이 다시 소리쳤다. 이 본부장은 결단을 내리지 못하고 난처한 표정을 지었다.

“원자로 가동을 중지시킬 수는 없습니다. 갑자기 원전이 서면 엄청난 피해가 발생합니다. 전기에 의존하는 많은 공장, 통신시설, 병원, 상가, 가정에 대혼란이 일어날 것입니다.”

“그래도 사람의 생명이 더 중요합니다.”

“병원에서 수술하던 환자는 어쩌고요?”

이 본부장의 걱정에 경찰청장도 난색을 지었다.

“주제어 센터를 모두 수동으로 바꾸고 한 명만 남기면 피해가 최소화되지 않을까요?”

수원이 이종문 본부장에게 건의했다.

이 본부장이 경찰청장과 소령의 얼굴을 번갈아보았다.

“꼭 그래야 한다면 그렇게 하지요.”

경찰청장의 말이 떨어지자 수원이 앞으로 나섰다.

“제가 남아 있겠습니다. 제어 시스템을 가장 잘 아는 사람은 저예요. 제가 그 일을 위해 여기 와 있지 않습니까?”

“뭐요? 한 차장이?”

이 본부장이 더욱 난감한 표정을 지었다.

“제가 여섯 명 몫을 할 수 있습니다. 근무자들을 모두 내보내고 대신 제가 남아 있게 해주십시오.”

수원이 여섯 명이라고 한 것은 주제어실 3교대 근무조의 한 팀 숫자가 여섯 명이기 때문이었다. 여섯 명씩 24시간 3교대 근무를 하고 있었다.

수원은 허락이 떨어지기도 전에 성큼성큼 문을 향해 걸어 나갔다.

“목숨을 잃을 수도 있어요.”

등 뒤에서 이 본부장이 소리를 질렀다.

"알고 있습니다. 하지만 여섯 명보다는 한 명이 희생되는 게 낫지요."

수원이 돌아서서 손을 들어 보였다.

"못 말리는 아가씨네."

경찰청장이 혀를 내둘렀다.

웅성거리는 사람들을 뒤로 하고 수원은 제2원전 건물로 뛰기 시작했다.

"한 차장님, 타세요."

어느새 소식을 들었는지 영준이 차를 몰고 와서 수원의 앞에 댔다. 수원은 말없이 옆자리에 올라탔다. 차가 제2발전소 입구에 다다랐을 때 방송이 들렸다.

"제2발전소 건물 안에 있는 모든 직원은 속히 철수한다. 30초 내로 모두 밖으로 나온다!"

수원은 영준의 차에서 내리면서 꾸벅 인사를 하고 황급히 건물 안으로 뛰어 들어갔다. 현관 앞에 차를 댄 영준이 차에서 내려 수원의 뒤를 따랐다.

"주 차장님, 왜 따라오시는 거예요?"

수원이 뒤를 돌아보며 소리쳤다.

"같이 갑시다."

"왜요?"

"그런 안전한 곳에는 저도 함께 가야겠습니다."

영준은 평소와 달리 농담을 했다.

"죽을 수도 있는데요?"

"그러니까 더더욱 함께 가겠다는 겁니다."

수원을 따라잡은 영준이 수원의 손을 잡아끌며 앞으로 내달렸다. 영준의 손에서 뜨거운 열기가 전해졌다.

"좋아요. 우리 함께 가지요."

영준과 수원은 곧장 주제어실로 향했다. 만약 터빈실이 폭발한다면 주제어실은 거대한 열폭풍에 휩쓸릴 것이다. 그렇게 된다면 두 사람은 목숨을 부지하기는커녕 뼈 한 조각도 찾기 어려울 터였다. 이런 위험천만한 순간에 자신을 따라와준 영준을 수원은 새삼스러운 눈길로 바라보았다.

그 순간, 대책본부는 정신없이 분주했다.

"CCTV와 카드키 기록은 어떻게 됐어?"

이종문 본부장이 소리 쳤다.

"12시부터 14시 사이 CCTV에 잡힌 사람은 우리 직원밖에 없습니다."

조민석 보안과장이 보고했다.

"카드키의 사용자 기록은 확인했나요?"

본부장이 조민석 과장을 향해 물었다.

"카드키 사용자도 우리 직원 외에는 없습니다. 김용소 부장을 비롯해 김이정, 윤원규, 박철훈, 신용우……."

그때 보안부장이 소리쳤다.

"잠깐, 신용우! 틀림없어?"

"예. 신용우."

보안부장이 다시 말을 가로막았다.

"신용우는 어제부터 독감으로 출근하지 않았단 말이야."

"뭐야? 그럼 신용우의 카드키를 쓴 사람은 대체 누구야?"

본부장이 흥분한 목소리로 물었다.

“신용우가 누굽니까?”

해운대 경찰서 수사팀장, 문동언 경위가 물었다.

“주제어실에서 근무하는 직원입니다. 13시 47분에 카드키로 문을 열었군요.”

보안부장이 컴퓨터 기록표를 훑으며 대답했다.

“폐쇄회로에서 찾아봐. 그리고 빨리 신용우를 찾아. 집부터 연락해 봐.”

본부장이 다급한 목소리로 지시했다. 채 1분도 안 되어 비상대책실 모니터에 CCTV 화면이 떴다. 카드키를 꽂고 문을 여는 직원의 모습이 지나갔다. 얼굴과 함께 카드키의 고유 번호와 시간이 자막으로 나왔다.

13시 47분 20초. 신용우 6098124.

“가만, 화면 정지.”

이 본부장의 지시에 화면이 멈추었다. 마스크를 쓰고 있는 키 작은 남자의 얼굴이 보였다. 언뜻 봐서는 키와 덩치가 신용우와 비슷했다. 그러나 자세히 살펴보니 어딘지 모르게 달랐다.

“신용우 아니잖아!”

모두 똑같이 소리 질렀다.

“인사카드 다시 확인해 봐.”

이 본부장이 다시 지시했다. 모니터에 신용우의 신상 카드가 떴다.

신용우.

주민등록번호 770317-1924***

서울시 마포구 성산동 592-6

2004년 입사.

"뭐야? 집이 서울이잖아?"

경찰청장이 실망한 목소리로 말했다.

"주말에만 올라가고 주중에는 이곳 기숙사에서 지내고 있습니다."

"소령님. 처리반 로봇이 도착했습니다."

군 전투복을 입은 사병이 달려와 소령에게 경례를 붙이며 보고했다.

"로봇을 왜?"

경찰청장이 물었다.

"현재 상황에서는 폭발물을 사람이 직접 가지고 나올 수 없습니다. 그래서 로봇을 시켜 운반하려는 것입니다."

방폭(防爆) 무장을 한 지뢰 제거반이 로봇을 들고 제2발전소 입구로 조심스럽게 다가갔다. 비상대책실에 있는 사람들은 모니터로 그 광경을 보면서 숨을 죽였다.

"한 차장이 걱정이야."

보안부장이 나지막이 말했다. 모두 말은 하지 않았으나 수원의 용기에 감탄하고 있었다. 영준이 수원과 함께 주제어실에 들어간 사실은 아무도 모르고 있었다.

"사람은 위기를 당해 봐야 진면목을 알 수 있다고 하더니……."

이 본부장이 말했다.

"한수원 박사의 할아버지는 독립군이었답니다. 아버지도 공무원으로 순직했고요."

보안부장이 이 본부장에게 말했다.

그때 전화를 받고 있던 문동언 경위가 핸드폰을 닫더니 경찰청장에게 보고했다.

"신용우가 기숙사에 없답니다. 게다가 어제부터 본 사람이 아무도 없다고 합니다."

"그럼 누가 납치라도 했단 말이야?"

"그럴 가능성이 높습니다. 누군가가 신용우를 납치해 카드키와 복장을 빼앗아 침투한 것 아닐까요?"

"신용우와 가까운 직원을 찾아 신용우의 행방을 알아봐."

경찰청장이 지시했다.

"예. 알겠습니다."

"범인은 벌써 이곳을 빠져나가 어딘가에서 폭탄을 터뜨릴지 모릅니다. 장 안토니오 일당이라면 지난번처럼 리모컨을 이용할 것입니다. 이곳 외곽 어딘가에 범인이 있을 것입니다."

발전부장이 말했다.

"우리 사단에서 지키고 있습니다. 이곳을 중심으로 주변 1킬로미터를 물 샐틈없이 봉쇄했습니다."

소령이 자신있게 말했다.

"잠깐. 소령님, 로봇 투입을 잠깐 중지하고 생각을 좀 해봅시다."

갑자기 문동언 경위가 다급하게 말했다.

"이 사람이…… 지금 왜 중지한단 말이야. 저 안에 지금 우리 직원이 있단 말이오. 1초가 급해요."

이 본부장이 벌컥 화를 냈다.

"전번에 그 리모컨이 사실은 핸드폰이었습니다."

문동언 경위의 설명에 말에 모두 의아한 표정을 지었다.

"수신기능이 없는 특수하게 제작된 핸드폰이었습니다. 물속의 폭발물에도 핸드폰이 장착되어 있었습니다. 한수원 박사가 번호를 눌렀을 때 그 핸드폰이 작동되면서 뇌관을 건드렸던 것입니다."

"도대체 무슨 말인지……. 그때 한수원 차장이 누른 번호는 핸드폰 번호가 아니고 다섯 자리 숫자 아닙니까."

김승식 부장이 영문을 모르겠다는 듯 물었다.

"맞습니다. 87452 다섯 자리지요."

"그런데 보통 핸드폰 번호는 열 자리 아니면 열한 자리 숫자 아닙니까."

보안부장이 다시 말도 안 된다는 듯 반박했다. 모두 어리둥절해서 문동언 경위의 얼굴을 쳐다보았다.

"그 리모컨에 앞자리 숫자가 숨어 있었습니다. 무슨 번호를 누르든 앞자리에 010 88이 입력되도록 저장돼 있었지요. 그러니까 한수원 박사가 87452를 눌렀지만 실제로는 010-888-7452로 발신된 것이지요."

문동언 경위의 설명을 듣고 모두 고개를 끄덕였다.

"그러면 이 지역 기지국에 연락해서 핸드폰 전파를 중지시켜야겠군."

경찰청장의 말이었다. 경찰청장의 말이 떨어짐과 동시에 수사 요원들이 바쁘게 여기저기 전화를 걸기 시작했다.

"전파 중지 조치도 필요하지만 그것보다는 폭발물 운반 작업을 잠깐 중지시키는 게 우선입니다."

"무슨 소리요?"

"제가 알기로……."

문동언 경위가 말을 하면서 보안부장을 쳐다보았다.

"터빈실과 주제어실은 핸드폰용 무선 전파가 차단됩니다. 건물 자체가 워낙 두텁고 단단해 전파 통과가 불가능하다고 들었습니다. 그러니까 그 안에서는 핸드폰을 쓸 수가 없어요. 맞습니까, 김 부장님?"

"예, 그렇습니다."

"아하! 그러니까 범인이 아무리 핸드폰을 눌러대도 폭탄에 장치된 수신기에 전달되지 않는다는 말이지?"

경찰청장이 무릎을 쳤다.

"그렇습니다. 방사선 물질 차단을 목표로 설계된 건물이기 때문에 통신 전파도 차단됩니다. 지난번에 한수원 박사가 리모컨을 누른 곳은 사무실이기 때문에 폭발되었던 거고요."

문동언 경위가 설명했다.

"그러나 핸드폰 전파와 다른 주파수를 쓴다면 어떻게 될지 모르는 일 아닌가? 설마 핸드폰이 터지지 않는 곳에 핸드폰으로 터뜨리는 폭탄을 장치했겠어?"

경찰청장이 우려를 나타냈다.

"어쨌든 기지국에서 발신 차단을 한 후에 폭발물을 운반하는 게 좋겠습니다. 폭발물을 가지고 나와 분해할 때 터질 수도 있으니까요."

문동언 경위의 말에 이종문 본부장이 결론을 내렸다.

"알았어. 즉시 통신 전파 차단을 요청해."

주제어실에 갇혀 있는 수원과 영준은 상황이 어떻게 돌아가는지 궁금했다. 유선으로 작동되는 시스템 외에는 모두 중지시키고 발전할 수 있는 최소한의 시스템만 가동시켜 놓았다.

수원이 비상대책실에 유선전화를 걸었다.

"상황실장 임영규입니다."

임영규는 행정실장인데 비상시에는 상황실장을 겸했다.

"한수원입니다. 현재 발전기는 이상 없이 가동 중입니다. 폭탄은 제거되었나요?"

"수고하십니다, 한 박사님. 제거했다면 구출하러 갔겠지요. 모두 한 차장님 걱정하느라 간이 닳을 지경입니다. 조금만 버텨주십시오."

"제 걱정은 말고 빨리 수습해주세요."

수원은 전화를 끊었다. 공연히 자원을 해서 사람들을 걱정시키는 것은 아닌가 하는 생각이 들었다.

수원은 문득 절해고도에 혼자 있는 것 같은 느낌이 들었다. 한참 동안 영준이 곁에 있다는 것을 의식하지 못했다.

영준은 터빈 비상정지 버튼 앞에 서서 꼼짝 않고 계기판만 보고 있었다.

"주 차장님!"

수원은 혼자가 아니라는 생각을 하자 마음이 놓였다.

"예?"

영준은 돌아보지도 않은 채 대답만 했다.

"만약 폭탄이 터지면 여기도 열 폭풍이 몰려들겠지요?"

"우리는 바비큐가 되겠지요."

영준은 여전히 무표정하게 대답했다.

"바비큐라면 형체라도 남겠지만 우리는……."

수원은 생각만 해도 끔찍해 말을 마치지 못했다.

"그런 일은 없을 겁니다."

"폐연료봉 저장소에는 영향이 없을까요?"

"폐연료봉이 노출된다 해도 방사능 물질 피해는 심각하지 않습니다. 핵 보일러가 손상을 입지 않는 한 방사능 오염을 겁낼 것은 없지 않습니까?"

영준이 진지하게 말했다.

"폭발이 일어나면 IAEA 카메라 작동이 중지되겠죠? 폭발 후 혼란을 틈타 폐연료봉이나 발전용 핵연료를 다른 데로 빼낼 수도 있는 것 아닐까요?"

"그럴 가능성도 있군요. 누군가 그런 것을 노릴 수도 있습니다."

"핸드폰 기지국 전파 중단은 어떻게 되었나?"

경찰청장이 수사요원들에게 재촉했다. 그 사이 폭발물을 운반하기 위해 로봇이 움직이기 시작했다. 상황실에 모인 사람들은 모니터를 통해 로봇의 움직임을 신기하게 바라보았다. 긴 팔을 가진 조그만 로봇이 느리지만 절도 있게 움직였다.

"청장님, 그게 좀 어렵답니다."

수사 요원이 보고했다.

"무슨 소리야?"

"기지국 전파 송신을 당장 중단시키는 것은 불가능하답니다."

사복 경찰관이 다시 말했다.

"아니, 전국 기지국을 영영 안 쓰자는 것도 아니고 이 지역만 잠시 중단하라는 건데 왜 안 된다는 거야?"

"이 지역 기지국의 최소 단위 서비스를 중단하려면 최소 3개의 셀을 폐쇄해야 하는데 3개의 셀을 중단시키면 광범위한 지역의 핸드폰도 함께 먹통이 된다고 합니다. 불편이 크게 되지요.”

“이 사람아, 그 정도 불편이야 감수해야지. 핸드폰 잠깐 사용 못할 수도 있지.”

경찰청장이 짜증을 냈다.

“셀이 뭡니까?”

옆에 있던 폭발물 처리반 소령이 물었다.

“기지국의 최소 단위를 셀이라고 합니다. 핸드폰이 연결되려면 최소 3개의 셀이 움직여야 합니다.”

“음, 그래서 핸드폰을 셀룰러폰이라고 하는구나.”

소령이 고개를 끄덕였다.

“그런데 왜 안 된다는 거야?”

경찰청장이 다시 재촉했다.

“전기통신사업법 55조에 서비스를 중단시킬 수 있는 이유가 나와 있는데 전시나 천재지변 같은 비상사태의 경우에만 대통령의 허가를 받아서 중단할 수 있습니다.”

“뭐야? 그까짓 핸드폰 잠깐 중단시키는데 대통령 허가까지 받아야 한다고? 통합 방위법, 원자력시설 방호법, 국가보안목표 관리지침은 다 어디에 쓰라고 있는 건데?”

경찰청장이 불만을 터뜨렸다.

“대통령의 허가, 수능시험 때 핸드폰을 시험장에 못 가져가게 할 게 아니라 전파 서비스를 중단하자는 의견이 나왔었는데 그것이 불가능한 이유를 이제야 알겠군요.”

이 본부장이 중얼거리듯 말했다.

"어차피 핸드폰으로 폭파시키는 구조가 아닐 거야. 시한장치가 달려 있을 수도 있으니 빨리 가지고 나오게 해야겠군."

경찰청장이 흥분을 가라앉히고 말했다.

"그러면 작업 실시하겠습니다. 우선 로봇을 들여보내 들고 나오게 하겠습니다. 터지더라도 건물 밖에 나와서 터질 테니 피해가 적을 것입니다."

소령이 결심한 듯 말했다.

"지금 저 로봇이 바로 폭탄을 들고 나옵니까?"

이 본부장이 물었다.

"아닙니다. 로봇이 들어가서 우선 엑스레이로 폭탄 내부를 투시합니다. 어떤 구조로 되어 있고, 어떤 종류의 폭약이 있는지 알아내는 겁니다."

소령의 설명에 경찰청장이 고개를 끄덕였다.

"시간이 얼마나 걸립니까? 일단 건물 안으로는 외부 전파가 못 들어가니까 시한장치가 달려 있지 않다면 폭발은 없을 것입니다만."

보안부장이 물었다.

"20분 정도 걸립니다. 그런데 누가 로봇을 따라가서 카드키로 문을 열어주어야 합니다."

보안부장이 목에 걸고 있던 카드키를 처리반 군인에게 넘겨주었다.

소령이 명령을 내리자 로봇이 움직이기 시작했다. 처리반이 트럭에서 모니터를 작동시켜 로봇을 조종했다. 건물 안에선 전파가 차단되기 때문에 그때부터 로봇은 유선으로 조종해야 했다.

로봇이 건물 안으로 들어가는 가는 모습이 상황실 모니터에 비쳤다. 로봇 앞에 달린 눈으로 보기 때문에 로봇 자체는 보이지 않았다. 로봇이 검은 물체 앞에 멈추자 엑스레이 투시 작업이 시작됐다. 처리반의 전문가들이 모니터를 이리저리 살폈다.

“장치는 아주 간단합니다. 셀룰러폰 칩으로 보이는 게 장착돼 있고, 전파를 받는 즉시 뇌관에 있는 화약에 불이 붙게 만들어져 있습니다.”

모니터를 분석한 장교가 보고했다. 시한장치가 아니라 리모컨을 이용한 폭발물인 것 같았다.

“폭탄의 종류는 무엇인가? C4인가?”

소령이 물었다.

“아닙니다. 이건 아주 드문 케이스인데 RDX인 것 같습니다.”

장교가 다시 대답했다.

“뭐야? RDX라고? 하얀 색깔이야?”

“예. 그런데 약간 다른 물질이 섞인 것 같습니다.”

“순수한 RDX라면 질소 냉동이 잘 안 될 텐데.”

폭발물 처리반 장교들이 주고받는 말을 듣고 있던 경찰청장이 갑자기 말을 자르고 물었다.

“저게 콤포지션 C4보다 강력한 것입니까?”

“예. 그리고 훨씬 민감합니다. 너무 민감해서 보통 그것만으로 폭탄을 제조하지 않는데 다른 수용성 물질을 조금 혼합한 것 같습니다.”

“질소 냉동이란 무엇입니까?”

이 본부장이 물었다.

“정확하게 액체질소 냉동이라고 합니다. 액화질소로 마이너스 196도까지 냉동시키는 것을 말합니다.”

소령이 친절하게 설명했다.

“폭약도 냉동이 된다는 말씀이군요?”

이 본부장이 신기한 듯 물었다.

"물론입니다. 그러나 RDX는 비수용성이라 완전히 냉동시키기는 좀 어렵습니다."

"그러니까 C4보다 더 강력하고 더 민감하며, 얼리기도 쉽지 않은 폭탄이라는 말이군."

경찰청장이 투덜거렸다.

"하지만 폭약 자체는 얼지 않더라도 전파 수신을 받는데 필요한 배터리나 칩이 얼어붙기 때문에 작동하기 어려울 겁니다."

소령이 웃음을 띠고 설명했다.

"이상하군. 작동하기 어려운 폭탄을 전파 수신도 안 되는 장소에 뭣 하러 설치했단 말인가? 대체 왜 그런 짓을 한 거지?"

경찰청장이 고개를 갸웃거렸다.

"몰라서 그랬을 가능성이 큽니다. 전파가 차단된다는 생각을 미처 못 했을 겁니다."

문동언 경위가 대답했다.

로봇은 계속 천천히 움직였다. 바닷가재 집게처럼 생긴 기다란 팔을 뻗어 약 25센티미터 정도 돼 보이는 검은 상자를 집어 들었다. 그리고 천천히 돌아서서 입구로 나오기 시작했다.

"저 로봇이 나온 뒤 폭탄을 냉동차에 집어넣을 때까지만 범인이 핸드폰 전화를 걸지 않으면 됩니다."

소령이 모니터에서 눈을 떼지 않은 채 말했다.

"그 시간이 얼마나 됩니까?"

이 본부장이 물었다.

"한 40초 내지 45초 정도입니다. 설마 그 사이에 폭발 리모컨을 누르진 않겠지요."

소령이 낙관적으로 말했다. 몇 초를 두고 삶과 죽음 사이를 왔다 갔다 하는 폭발물 처리 전문가답게 행운을 믿는 것 같았다.

"자, 나옵니다!"

소령의 말이 떨어지자 로봇이 검은 상자를 들고 건물 입구에 나타났다. 그에 맞춰 군복 색깔의 냉동차가 후진해 로봇을 마중 나갔다.

"자, 빨리, 빨리."

로봇을 조정하는 폭탄 제거 요원의 이마에서 진땀이 흘러내렸다. 이 짧은 시간에 누군가 리모컨 버튼을 누른다면 그것으로 끝장이었다. 모든 요원들이 터질 듯한 긴장감을 느끼며 꼼짝 않고 그 광경을 지켜보았다.

로봇이 긴 팔을 뻗어 냉동차 안으로 들고 온 상자를 집어넣었다. 곧이어 냉동차의 뒷문이 닫혔다. 로봇이 건물에서 나와 냉동차에 상자를 넣기까지 꼭 40초가 걸렸다.

"됐습니다."

소령의 말소리가 떨어지자 모두 안도의 숨을 내쉬었다.

"이제 어떻게 합니까?"

이 본부장이 물었다.

"냉동이 풀리기 전에 파괴시켜야 합니다."

"파괴시킨다고요?"

경찰청장이 물었다.

"예. 그렇습니다."

소령은 잠시 생각하다가 이 본부장에게 물었다.

"저놈을 우리 부대에 가져가서 처리하는 게 원칙입니다만 워낙 민감한 폭탄이라 여기서 처리해야겠습니다. 가는 동안에 냉동이 풀릴 가능성도 있어서요."

"여기서 터지면 큰일 아닙니까?"

이종문 본부장의 얼굴이 굳었다.

"사방 50미터만 확보하면 됩니다. 저기 주차장 옆 공터를 사용해야겠습니다."

곧이어 폭탄차가 주차장 옆 공터로 이동했다. 잡풀이 간간이 나 있는 대지였다.

"이제 빨리 주제어실에 있는 한 차장을 구출하시지요. 오늘 당번인 발전부원 6명은 제자리로 복귀시키고요."

이 본부장이 발전부장에게 지시했다.

공터에 들어선 폭탄 차는 공터 한 복판에 검은 상자를 내려놓았다.

"준비 완료!"

차에서 내린 병사 두 명이 차렷 자세로 보고했다.

방독면처럼 생긴 마스크와 육중해 보이는 방폭 복장이었다. 로마 격투장의 검투사 같았다.

"물대포 실시!"

소령이 명령하자 폭탄 차에서 벼락치는 소리를 내며 불꽃인지 포탄인지 모르는 물질이 튀어나와 검은 상자를 박살내버렸다. 검은 상자는 여러 조각으로 박살나서 흩어졌다.

폭발은 일어나지 않았다.

"대포를 쏜 것입니까?"

이종문 본부장이 물었다.

"예. 물대포를 쏜 것입니다. 고체가 닿으면 폭발할 염려가 있기 때문에 압력이 엄청나게 센 물대포를 쏘아서 분해시킨 것입니다."

"아니, 물 힘이 그렇게 센가요?"

이 본부장이 혀를 내둘렀다.

"군에서 흔히 쓰는 방식입니다."

처리반 병사들이 능숙한 솜씨로 폭탄의 파편을 주워 모았다.

"작전 끝!"

폭발물 처리반 장교가 소령에게 보고했다.

"폭탄 분석 결과는 따로 보고 드리겠습니다."

소령이 비상대책 지휘부를 향해 거수경례를 붙였다.

그때 한수원이 뛰어왔다.

"한 차장, 수고했어!"

이 본부장이 활짝 웃음을 띠며 박수를 쳤다. 모두가 따라서 뜨겁게 박수를 쳤다. 수원은 사람들의 환대에 쑥스러운지 어쩔 줄 몰라 했다. 주영준 차장은 함께 간 티를 내지 않고 멀찌감치 물러서서 박수 받는 수원을 지켜보았다.

국제 조직의 그림자

폭발물 사건 이후 수원은 회사 내의 인기 스타가 되었다. 본사에서도 수원의 용기와 희생정신을 높이 사 포상을 논의하고 있다는 소문이 났다. 그러나 수원은 움직일 때마다 화제의 대상이 되니 불편하기만 했다.

회사는 경비를 더욱 삼엄하게 하고 보안 점검을 시간마다 실시했다.

"신용우라는 사원은 어디 소속이었나요?"

수원이 영준에게 물었다.

"화학기술부 소속인데 착실한 사람이라 평판이 좋은 편이었습니다."

"아직 소식이 없나요?"

"여전히 행방불명입니다."

"사고 전날 독감으로 못 나온다고 연락했다면서요?"

"그렇게 전화가 왔다고 합니다. 화학기술부장이 전화를 받았는데 나중에 조사해 보니 본인의 핸드폰을 사용했다고 합니다. 옆방에 있는 사원 말로는 아침에 유니폼을 입은 채 황급히 어디론가 나가더랍니다."

"전에도 이런 일이 있었나요?"

"아닙니다. 요즘 수상한 일이 자꾸 일어나고 있는 것이, 조만간 뭔가 더 큰일이 일어나지 않을까 걱정됩니다."

"그런데 이상한 것이, 외부인이라면 그렇게 쉽게 폭탄 설치 장소까지 갈 수 없었을 것 같아요. 누구의 눈에도 띄지 않고 그렇게 재빨리 일을 처리하다니, 믿을 수가 없어요."

"내부 사정이나 구조를 잘 아는 사람이 개입돼 있는 게 틀림없습니다."

영준은 길게 한숨을 내쉬었다.

"가끔 방사성 폐기물 처리로 마찰이 있지 않았나요?"

수원이 물었다.

"주민들과 보상 문제로 마찰이 좀 있었지만 모두 원만히 해결됐습니다. 이제 방폐물이 아무 문제가 없다는 것은 주민들도 잘 알고 있습니다."

"하긴 중저준위 폐기물이야 무슨 문제가 있겠어요. 그럼, 그것 때문도 아닐 테고……."

그때 영준의 핸드폰이 울렸다. 한참 동안 통화를 하고 난 영준이 수원을 돌아보며 말했다.

"문동언 경위였습니다."

영준이 앞자리에 앉으며 말을 이었다.

"폭탄 분석 결과를 군에서 알려 왔답니다. 추측이 모두 맞았답니다. 핸드폰 칩을 사용해 뇌관에 불을 붙이도록 했고요, 수신 기능만 가능하도록 간단하게 변형한 핸드폰이었다고 합니다."

"핸드폰 관련 기술자가 개입되었겠군요."

“그렇습니다. 문 경위는 안토니오 클럽의 이경만이 동원됐을 거라고 생각하더군요. 이경만은 평소에도 핸드폰 변조, 복사 등 불법행위를 해온 모양입니다.”

듣고 있던 수원이 갑자기 생각난 듯 말했다.

“그러면 제가 잘못 눌렀던 그 리모컨도 이경만이…….”

“그럴 가능성이 많습니다. 그 리모컨은 금고용 번호 자물쇠를 변형해 만든 것이었답니다. 거기에 송신 기능만 있는 칩을 부착했고요. 수신이나 다른 기능은 전혀 없는 간단한 핸드폰이라고 보면 됩니다.”

해운대 경찰서 수사본부 문동언 경위 앞에 네 번째로 불려온 이경만은 수사팀이 압수한 자료와 증거물을 들이대고 추궁하자 조금씩 입을 열었다.

“장 사장이 부탁해서 도와준 것뿐입니다.”

“낚시 동호회 사이트에 가입하면서부터 알게 된 것이 맞습니까?”

“그렇습니다.”

“언제 가입했고 몇 번이나 모였나요?”

문동언 경위는 진술 조서를 작성하기 시작했다.

“서너 달 전입니다. 참돔 낚시를 두 번 따라 갔습니다.”

“핸드폰 복사는 몇 개나 했습니까?”

문동언 경위가 발신용 리모컨을 내놓으며 말했다.

“세 개를 만들어 주었습니다.”

“똑같은 번호, 010-888-7452란 번호의 핸드폰을 세 개 복사해 주었다는 말이지요?”

“예. 끝 번호는 2, 3, 4였습니다. 그 중에 두개는 010 88을 단축번호로 내장했기 때문에 실제는 뒤 번호 다섯 자리만 누르면 발신이 됩니다."

"그러니까 끝자리가 7452, 7453, 7454란 말인가요?"

"예."

그 중 87453 번호로 움직이는 핸드폰은 원자력발전소 안에 설치돼 있던 폭탄에 장치돼 있었다.

"다른 하나는 어디에 있나요?"

"저도 모릅니다."

문동언 경위는 안토니오 2호에서 발견한 리모컨을 꺼내 놓았다.

"본인이 만든 게 이것 맞습니까?"

"맞습니다."

"다른 하나도 이것과 같습니까?"

"색깔이 다릅니다. 심청색이지요."

"이 핸드폰 번호로 이경만 씨와 여러 번 통화했던데 복사해서 폭탄에 쓰기 전이었나요?"

"예."

"돈 받은 것 없습니까?"

"없습니다."

이경만은 문동언 경위의 눈치를 흘끔흘끔 보며 대답했다. 문동언 경위는 책상에서 달러 뭉치를 꺼내 이경만의 턱 앞에 들이댔다.

"1만 5천 달러, 이게 당신 집 침대 밑에서 발견되었는데 이건 무슨 돈입니까? 장 사장이 준 게 맞잖아요?"

문 경위가 추궁하자 이경만은 잠시 머뭇거리다가 대답했다.

"핸드폰 복사해주고 대가로 받은 겁니다."

"핸드폰 복사비가 이렇게 비싸다는 게 말이 됩니까? 솔직히 말해요. 장 안토니오와 함께 테러 행위에 가담한 거지요?"

"테러라니요? 전 모릅니다."

"모른다니요? 이 전화 폭발 장치는 누가 만들었습니까? 당신이 만든 거 아닙니까?"

"폭발 장치로 쓰는 줄은 몰랐습니다. 큰돈을 준다기에 열심히 일해준 것 뿐입니다. 폭약에 관해서는 조명진이라는 사람이 좀 아는 것 같았습니다."

문동언 경위는 조명진이라는 말에 귀가 쫑긋해졌다.

"조명진요?"

"예. 해군에 있을 때 폭파 업무를 담당했다고 합니다."

문동언 경위는 조명진의 신상 정보 서류를 꺼냈다. 서울에서 학원 사업을 하는 조명진은 해외여행을 자주 다녔다. 통장에는 해외에서 송금된 정체불명의 돈이 많이 들어 있었다.

"조명진과 장 안토니오는 어떤 사이인가요?"

"전부터 잘 아는 것 같았어요. 서로 말을 놓는 사이였어요."

조사는 아침 10시에 시작해 오후 늦게까지 이어졌다. 터빈실 폭파 시도 사건도 안토니오 낚시 클럽의 소행이라는 게 핸드폰 전화번호로 인해 드러났다. 그러나 장 안토니오가 무슨 목적으로 원전에 폭발물을 설치하려고 했는지는 알아내지 못했다.

"장 안토니오의 핸드폰 통화 내역을 보면 중국 쪽과 자주 통화했던데, 혹시 낚시 클럽 회원 중에 중국 사람이 있었나요?"

문동언 경위가 이경만에게 물었다.

"모릅니다."

"지난번에 말한 아나톨리의 정체는 뭡니까?"

"저도 잘 모른다고 말씀드렸잖아요."

"그래도 알고 있는 대로 말해 보세요. 수사에 도움을 주어야 정상참작을 해줍니다."

문동언 경위의 회유에 이경만은 한참 생각을 하다가 입을 열었다.

"저는 정말 아나톨리가 누군지 잘 모릅니다. 어쨌든 장 사장은 아나톨리한테서 전화만 오면 무척 깍듯이 전화를 받았습니다."

"영어로 통화했나요?"

"아뇨. 한국말로 하던데요."

"그럼 아나톨리가 한국 사람이라는 말이오?"

"그건 저도 몰라요."

사건이 갈수록 복잡해지고 있었다. 장 안토니오만 해도 특이한데 아나톨리는 또 누구란 말인가.

결국 이경만 앞으로 불법단체 가담, 외화 불법 소지, 전기통신법 위반 등으로 구속 영장이 발부되었다.

장 안토니오의 행동은 여러 가지 면에서 납득이 가지 않았다. 그러나 그가 아나톨리란 자의 심복으로 일하고 있었다는 것과 아나톨리가 한국말을 할 수 있는 인물이라는 사실은 밝혀졌다. 아나톨리가 한국인인지 외국인인지는 불분명했다. 다만 중국에서 주로 연락을 시도했다는 것만 알 수 있었다.

'001 86 13822100***.'

장 안토니오에게 전화를 건 사람 중 아나톨리로 추측되는 번호는 국내 이동통신 전화번호가 아니었다. 중국의 전화번호였다. 86은 중국 국가번호고, 138은 중국의 핸드폰 번호였다.

문동언 경위는 국제 전화번호 전문 기관에 자문을 구했다.

"중국 핸드폰이 맞습니다. 그러나 국제 로밍을 신청했다면 한국 내에서도 발신할 수 있습니다."

전문가의 답변이었다.

얼마 후 문동언 경위가 수원을 찾아왔다. 주영준 차장과 보안과장도 함께 왔다.

"안녕하세요? 폭발물 사건과 이래저래 관련이 많으시네요."

문동언 경위가 웃으면서 인사말을 했다.

"제가 또 관련된 일이 있나요?"

수원은 불편한 마음으로 물었다.

"아닙니다. 오늘은 아나톨리에 대한 조언을 구하려고 왔습니다."

"제가 도움이 될까 모르겠네요."

어느새 조민석 과장이 주스 석 잔을 가져다 놓았다.

"아나톨리에 관한 자료를 많이 수집해 두셨다고 들었습니다."

"아, 네."

수원은 인터넷 판도라 사이트에 접속해 아나톨리 게시판을 보여주었다. 그리고 아나톨리 케레포프가 대한항공 902편에 미사일을 쏘고 강제착륙시킨 소련 수호이 15 전투기의 조종사 이름이란 것도 말해주었다. 그 후 대령으로 제대한 아나톨리가 비행학교에서 후배를 길러냈고, 그 비행학교 출신 파일럿들이 세계 각국에 퍼져 있다는 것과, 그 중 상당수가 알카에다 같은 테러 조직과 연결돼 있다고 의심을 받는다는 것도 말해주었다.

"한국에도 그 비행학교 출신자들이 있을까요?"

문동언 경위가 물었다.

"글쎄요, 그 부분에 대해서는 들은 바가 없는데요. 그렇게 생각할 만한 단서라도 있나요?"

문동언 경위가 잠깐 생각하다가 입을 열었다.

"장 안토니오가 아나톨리라는 인물로부터 지령을 받고 있다는 사실은 들으셨죠? 그 아나톨리란 자가 한국말로 통화를 했다니 한국인일 가능성이 있습니다. 중국 핸드폰 번호를 사용한 것을 봐서는 한국말이 능한 중국인 같기도 하고."

"아나톨리가 한국인일 수 있다고요?"

수원은 적잖이 충격을 받았다. 동석한 주영준 사장과 조민석 과장도 놀랐다.

"아직 확실치 않습니다. 어쨌든 장 안토니오의 통화내역을 추적해 봤더니 아나톨리로 의심되는 자가 중국 핸드폰을 통해 연락을 취했더군요. 아무래도 중국 대포 폰이겠지만, 그 핸드폰 번호 사용자에 대한 정보를 요청했습니다."

"대포 폰이요?"

"다른 사람 명의로 개통한 휴대 전화를 일컫는 속어입니다."

수원이 묻자 문동언 경위가 설명해주었다.

"중국에서 대포 폰을 개통한 다음 국제로밍을 신청해서 국내 통화를 한 것 같습니다. 추적이 쉽지 않지요."

"아나톨리가 어떤 개인의 이름인가요, 아니면 조직 명칭인가요?"

"그것은 아직 모릅니다. 수사를 더 해 봐야지요. 우선 국내에 있는 중국 핸드폰의 주인부터 찾아내는 데 주력할 계획입니다. 한 차장님도 혹시 아나톨리에 대해 새로운 정보를 얻게 되면 알려주십시오."

문동언 경위가 자리에서 일어서려는 것을 보고 수원이 참았던 질문을 던졌다.

"신용우 씨는 찾았나요?"

수원의 질문에 문 경위가 다시 앉으면서 이야기를 시작했다.

"지금 병원에 있습니다."

"예? 살아있다는 말씀인가요?"

모두 깜짝 놀랐다.

"예. 탈진은 했지만 생명에는 지장이 없습니다."

신용우가 그날 아침 출근 준비를 하고 있을 때였다. 핸드폰으로 전화가 걸려왔다.

"신용우 씨인가요?"

낯선 목소리였다.

"예. 누구십니까?"

"여기 병원인데요. 어머님 성함이 계정순 씨 맞나요?"

"예, 그렇습니다만."

"교통사고를 당하셨습니다. 지금 부산 병원에 계십니다."

"네? 정말입니까?"

신용우는 고향이 부산이었다. 대학을 서울에서 다녀 가족은 서울에 있지만, 어머니는 홀로 부산에서 살고 있었다.

어머니가 다쳤다는 말에 신용우는 혼이 나가는 듯했다. 무조건 밖으로 뛰어나가 차를 몰고 나섰다. 그런데 차가 발전소 지역을 빠져나갈 무렵 핸들이 이리 저리 흔들리기 시작했다. 갓길에 세워 놓고 내려서 살펴보니 왼쪽 앞바퀴에 바람이 빠져 있었다. 바퀴 옆면이 칼로 그은 듯 예리하게 찢겨 있었다.

신용우는 차 트렁크를 열었다. 바닥 덮개를 열고 스페어타이어를 꺼냈다. 이상하게도 새로 사서 넣어둔 스페어타이어마저 바람이 빠져 있었다.

"무슨 일이십니까?"

신용우가 안절부절 못하고 있을 때 지나가던 택시가 멈추어 섰다. 뒷좌석에 누군가 타고 있었다.

"차바퀴가 펑크 났습니다. 급한 일로 가는 중인데, 합승해도 될까요?"

택시가 잘 안나니는 외진 길에서 택시를 만나자 신용우는 빈가운 마음에 청을 했다.

"어디까지 가시는데요?"

뒷좌석의 젊은 남자가 물었다. 이른 아침인데도 선글라스를 끼고 있었다.

"부산까지 갑니다. 아님 택시 잡을 수 있는 큰 길에서 내려주셔도 됩니다."

"마침 같은 방향이군요."

신용우는 차를 갓길에 세워두고 택시에 올라탔다. 신용우가 타자마자 운전사가 차 문을 잠갔다. 그와 동시에 옆 좌석의 남자가 눈앞에 권총을 들이밀었다.

"아니, 왜 이러십니까?"

"알 것 없으니 입이나 다무시지."

신용우를 태운 차는 빠른 속도로 달리기 시작했다.

"지금부터 우리가 하라는 대로만 하면 무사히 살아 돌아갈 것이고, 잔꾀를 쓰거나 반항하면 이 세상에서 사라질 거요. 알았어? 계정순 여사의 외아드님이자 김소희의 남편이며 신예지의 아빠 신용우 씨."

젊은 남자가 위협조로 말하며 신용우의 가족사항을 읊어댔다. 신용우는 소름이 쫙 끼쳤다. 이들 말을 듣지 않으면 자기 하나의 목숨이 문제가 아니라 전 가족이 보복을 당할 거라는 두려움이 밀려왔다.

"자자, 너무 겁먹지 말고. 우선 이것부터 써."

남자는 덜덜 떨고 있는 신용우에게 검은 안대를 건넸다. 신용우는 안대를 받아 착용했다.

"휴대폰 어디 있어? 음, 여기 있군."

남자가 신용우의 주머니를 뒤져 휴대폰을 꺼내 손에 쥐어주었다.

"우선 회사에 전화를 걸어. 독감에 걸려 한 이틀 꼼짝 못하게 됐다고 이야길 해."

신용우는 시키는 대로 전화를 했다.

20분쯤 지났을까. 차가 멈추었다. 그들은 신용우의 등을 떠밀어 차에서 내리게 했다. 아무 것도 보이지 않았지만 익숙한 바닷바람이 코끝을 스쳐 지나갔다. 조그만 항구 같았다.

보트 엔진 소리가 들렸다.

"자, 앞으로 가!"

신용우는 공포에 질려 다리가 후들후들 떨렸다. 그들은 손을 잡아끌어 신용우를 모터보트에 태웠다.

보트는 빠른 속도로 바다 위를 달렸다. 차가운 바닷물이 얼굴에 튀었다.

얼마나 달렸을까? 보트가 멎었다.

신용우는 다시 그들이 안내하는 대로 보트에서 내렸다.
"여기가 어딥니까?"
신용우가 떨리는 목소리로 물었다. 아무도 대답하지 않았다.
"우리 어머니가 다쳤다는 건 거짓말이죠?"
"그걸 지금까지 믿고 있었어?"
"순진하군. 우리가 타깃을 잘 골랐어."
남자 둘이 빈정대며 킬킬 웃었다.
잠시 후 육중한 철문 소리가 들렸다. 커다란 창고인 듯했다. 남자들은 신용우를 문 안으로 밀어넣었다. 그 바람에 문턱에 발이 걸려 신용우의 몸이 기우뚱했다.
"옷을 벗겨."
운전을 하던 중년 남자의 목소리였다. 그리고 젊은 남자가 달려들어 신용우의 작업복을 벗기기 시작했다. 신용우는 거세게 반항하며 몸부림을 쳤다.
"이봐, 이봐. 걱정할 것 없어. 우릴 변태성욕자로 아는가 본데, 우리가 필요한 건 당신 몸이 아니라 이 작업복이야."
남자들이 달래는 말에 신용우는 순순히 몸을 내맡겼다.
"여기 명찰도 있고 신분증도 있고 카드키도 다 있군. 아주 맘에 드는 친구야. 핸드폰도 좀 빌려갈게."
신용우는 그제야 원자력발전소와 연관된 일이라는 걸 눈치챘다.
"당신 키가 얼마야?"
중년 남자가 물었다.
"1미터 68센티입니다."

"보기보다 훨씬 작은데? 맞을지 모르겠군."

그들은 필요한 걸 모두 챙기자 신용우의 두 손을 등 뒤로 돌려 단단히 묶었다. 그리고 그대로 창고에 버려둔 채 밖에서 철문을 잠갔다. 무거운 적막이 공포와 함께 밀려들었다.

"신용우가 발견된 곳은 해운대 근방의 제비섬이었습니다. 갇혀 있던 창고는 오래 전에 버려둬 인적이 없는 곳인데, 다행히 섬 주민이 우연히 근방을 지나다가 신용우가 구조를 요청하는 소리를 듣고 구출했다고 합니다. 납치되고 나흘 만이었습니다."

"무슨 수사 단서라도 나왔나요?"

"전혀 없었습니다."

수원의 물음에 문동언 경위가 고개를 가로저으며 답했다.

"신용우를 납치한 자들도 장 안토니오 일당이겠지요?"

"그런 걸로 추측하고 있습니다."

"이경만 집에서 달러 뭉치가 나왔다 하셨는데, 그럼 국제적인 조직이 배후에 있는 게 아닐까요?"

"반핵 단체의 근거지가 본래 외국에 있지 않습니까?"

"반핵 단체와 테러집단은 달라요. 예를 들면 '판도라의 상자를 열지 말라' 같은 모임은 비폭력단체예요. 대부분이 환경운동에서 파생됐기 때문이에요."

조민석 과장의 질문에 수원이 설명했다.

"하지만 안토니오 일당은 폭탄을 터뜨리지 않았습니까? 그런 걸 보면 폭력 단체가 분명한데……."

"반핵단체가 아닐 수도 있어요. 어쩌면 단순히 이익을 좇아 움직이는지도 모르지요. 원전 건설과 관련된 토지보상 문제에 얽혀 있다든가, 땅에 대한 소유권 때문이라든가."

"30년 전만 해도 그런 문제가 다소 있었지만, 지금은 아닙니다. 주민들은 오히려 원자력발전소가 들어선 것을 자랑스럽게 여기고 있습니다."

수원의 추측에 주영준 차장이 반박했다.

빈, 심야의 방문객

서울 본사로부터 급히 회의에 참석하라는 연락이 왔다. 수원으로서는 달갑지 않은 명령이었다. 지금 하고 있는 1, 2 발전소 제어 시스템 이노베이션이 며칠만 있으면 마무리될 예정이었다. 이 작업이 끝나는 대로 거의 완성 단계에 있는 신 고리 발전소 쪽으로 자리를 옮기게 돼 있었다. 신 고리 3, 4호기 원전은 수원이 맡고 있는 일 중, 매우 중요한 일이었다. 한국 표준형 대용량 원전으로, 획기적 방식의 건설로 세계 시장을 겨냥하고 있는 모델이었다.

더욱이 수원은 현재 제어 시스템 분야에서 새로운 기술을 개발하고 있는 중이었다. 그 가운데 중점을 두고 있는 것은 원자로 헤드에 부착되는 연료 제어봉 부식방지 시스템이었다. 연료 제어봉은 연료의 핵분열이 과열되지 않도록 원자로 내부에 중성자를 투입하여 속도를 조절하는 기구였다. 수원은 이 제어봉의 변화를 미리 예측해 알려주는 센서를 개량한 것이었다. 이 시스템을 한국형 원자로에 처음 시공 하려는 것이었다.

"다음 주에 빈 IAEA 본부에서 중요한 회의가 열립니다. 한 박사님이 한국 대표단의 일원으로 뽑혔습니다. 그 회의 참석을 위한 준비 회의니 꼭 참석하십시오."

수원은 할 수 없이 옷가지를 챙겨서 서울로 향했다.

수원은 KTX로 서울역에 도착해 택시로 삼성동 본사까지 달렸다. 차가 엄청나게 밀려 회의 시간 15분쯤 전에야 겨우 도착했다.

회의장 입구에서 성민이 서성이고 있었다. 고유미와 정세찬도 함께 있었다.

"성민 씨도 회의에 참석하는 거예요?"

"응. 네가 오길 기다리고 있었어."

"국제회의 일정은 어느 정도 돼요?"

"일주일."

"국제회의 참석은 우리 소관이 아니잖아요. 우리는 프로젝트를 맡기 위해 초빙된 객원 연구원일 뿐인데……."

"핵 전문가들이 모이는 자리니까 참석시키는 거겠지."

성민이 대답했다.

"그런데 두 분은 웬일로?"

수원이 몸을 돌려 묻자 정세찬이 두 팔을 벌려 과장된 제스처를 하며 말했다.

"무용담 잘 들었습니다."

"무용담이라니요?"

"원전이 폭발할 위기에서 홀로 원자로 관리 시스템을 지키셨다면서요?"

"참 대단해."

고유미도 수원의 손을 잡고 흔들었다.

"실은 배 박사님한테서 네가 빈 회의에 일주일쯤 참석하게 될 거라는 얘길 듣고 찾아왔어. 부탁이 있거든."

성민과 고유미, 정세찬은 서로 연락을 자주 주고받는 모양이었다.

"무슨 부탁?"

"모레부터 부산에서 3, 4일 정도 머물러야 하거든. 녹색운동 국제대회가 해운대서 열리는데 취재하러 가야 해. 그래서 말인데 네 오피스텔에서 좀 지내면 안 될까? 대회 장소도 가깝고 숙박비도 절약하고……."

"정 박사도 함께?"

수원이 정세찬을 건너다보며 물었다.

유미는 잠시 머뭇거리다 고개를 끄덕였다.

"그래, 키 번호 알려줄게."

"어머. 정말 빌려주는 거니? 고마워."

유미가 호들갑스럽게 감사를 표했다.

정세찬도 꾸벅하고 인사를 했다. 수원은 내키지 않았지만 애인까지 대동하고 부탁하는 친구의 청을 차마 거절하지 못했다.

"한수원 박사."

그때 강병욱 정책처장이 들어오면서 수원의 어깨를 툭툭 쳤다.

"아, 처장님! 몸은 이제 다 회복되셨어요?"

"꿰맨 곳 실밥은 모두 뺐고, 이제 잘 아물고 있어."

"그 정도만 다치셔서 불행 중 다행입니다."

성민이 인사를 했다.

"덕분에 별명을 하나 얻었네."

"뭔데요?"

수원과 성민이 동시에 물었다.

"프랑켄슈타인 강!"

강 처장의 말에 모두 큰소리로 웃었다.

"시작할 시간이 다 되었군."

강 처장이 시계를 보면서 회의장 안으로 들어갔다. 유미와 정세찬은 손을 들어 보이며 자리를 떴다.

송기섭 전무가 주재한 그날 회의의 주제는 역시 빈 국제회의 참석에 관한 건이었다. 강병욱 처장을 단장으로 하여 핵심 연구원과 관계 부서 직원 등 다섯 명이 다음 주 오스트리아 빈의 인터내셔널 센터에서 열리는 국제회의에 참석할 거라는 내용이었다. 인터내셔널 센터에는 IAEA 본부가 있었다.

"이번 회의에는 원자력발전 시설을 구매할 나라의 중요 오피니언 리더들이 다 모일 예정입니다. 대단히 중요한 자리입니다."

송 전무가 서두를 꺼냈다.

"한국형 원자로 'APR 1400'이나 'APR+'의 홍보에 전력을 기울여야 합니다. 지금 여러 나라와 플랜트 수출 상담이 진행 중인 만큼, 한국형의 장점을 부각시켜야 합니다. 특히 친환경적 설계임을 강조하는 것을 잊지 마십시오. 회의가 열리는 오스트리아는 독일어를 쓰지만, 우리 원전에 관심을 가진 나라 대부분이 아프리카의 프랑스어권 국가라는 사실을 알고 계시죠? 여러분의 활동을 기대하겠습니다."

송 전무는 세심하게 여러 가지를 당부했다. 회의를 마치고 나가면서는 대표단장인 강병욱 처장에게 악수를 하며 격려했다.

안건에 비해 회의가 간단히 끝났다. 회의 참석자들은 본사에서 예약해준 한정식 집으로 이동해 점심식사를 했다. 두산중공업의 김태우 부사장도 합석했다. 김 부사장은 빈에서 쓰게 될 여러 가지 자료를 나누어주었다.

"원전 시장은 미국과 프랑스가 사실상 양분하고 있는 셈입니다. 그런데 미국은 스리마일 원자로 사고 이후 30년 동안 원전의 추가 건설을 포기했었지요. 그 30년 동안 우리는 꾸준히 개발을 계속해 마침내 한국형 원전을 개발했고요. 이번 팔로버디 2호기 건설에 헤드와 제어봉 구동장치를 납품하게 된 것도 그 덕택입니다."

김 부사장의 설명을 듣고 있던 수원이 질문을 했다.

"한국은 아직 국제 시장에서 브랜드 인지도가 낮고 수출 경험이 빈약하잖아요. 신흥 원전국인 러시아 같은 나라와 경쟁해야 하지 않을까요? 묘책이라도 있나요?"

"그렇습니다. 하지만 한국의 원전 건설기술이 세계적 수준이라는 것은 많이 알려져 있습니다. 금년부터 아랍에미리트와 중동국가에서 원자력 강국들이 치열한 수주 싸움을 하게 될 것입니다. 여기서 이긴다면 장래는 무척 밝습니다."

김 부사장이 희망찬 목소리로 말을 계속했다.

"한국은 그동안 조선, 반도체, 전자제품, 자동차 등으로 먹고살았지만 이제부터는 원전이 효자상품이 될 것입니다. 원전 한 기를 수출하면 중형 자동차 16만 대, 대형 유조선 20척에 맞먹는 효과가 발생합니다."

강병욱 처장이 김 부사장의 말을 이어받았다.

"이번 빈 회의에서 유수한 세계 원전 회사들이 필사적으로 정보 전쟁을 펼칠 겁니다. 특히 프랑스와 미국에서 우리 한수원 박사의 제어봉 부식예 보센서 개발에 관심을 보일 것입니다."

강병욱 처장이 자랑스러운 눈길로 수원을 바라보았다.

"아직 가설 단계일 뿐입니다. 학술지에 과장되게 나가는 바람에……."

겸연쩍다는 듯 수원이 얼굴을 붉혔다.

"게다가 한 박사는 프랑스어를 잘하니까 이번 회의에 없어서는 안 될 사람이지요."

강 처장이 덧붙였다.

"한 박사는 독일어도 잘합니다. 물리학뿐 아니라 언어에도 천재라는 소리를 종종 들었지요. 영어, 불어, 독어 모두 원어민 급이랍니다."

김 부사장이 준 자료를 넘겨보던 배성민이 거들었다.

"탐내는 자들이 많겠는데요."

"그러게요. 누군가 채가면 국가적 손실이죠. 우리의 보배니까 잘 지켜야 합니다."

김태우 부사장의 말에 다들 웃음을 터뜨렸다.

식사를 마치고 난 수원과 성민은 택시를 타고 올림픽 공원으로 향했다. 세계 유명 작가들의 조각품이 부드러운 토성 능선을 배경으로 곳곳에 서 있었다.

"수원이는 지구상에서 제일 살기 좋은 곳이 어디라고 생각해?"

성민이 엄청나게 큰 엄지손가락 모양의 조각 앞에 서서 물었다.

"그거야 우리나라죠."

"한국이 제일 살기 좋은 곳이라고, 왜?"

성민이 말도 안 된다는 듯 고개를 흔들었다.

"우리나라니까."

간단하게 대답한 수원이 잠시 뜸을 들이고는 말을 이었다.

"어머니와 아버지가 태어나 자라셨고, 할아버지와 할머니가 지키셨고, 증조할아버지와 할머니가 사셨고……."

성민은 피식 웃었다.

"뿌리 깊은 나무는 바람에 아니 흔들릴새, 꽃 좋고 열매 많나니……."

성민이 갑자기 용비어천가에 나오는 구절을 읊었다. 그러고는 한 마디 툭 내뱉었다.

"부럽다."

성민의 얼굴이 갑자기 쓸쓸해졌다.

"뭐가요?"

"그 튼튼한 뿌리가."

성민은 목소리까지 침울해졌다. 수원은 무슨 뜻인지 몰라 성민의 입만 빤히 바라보았다.

"미국에 있을 때 연구원들한테 똑같은 질문을 했더니 하와이라고 답하는 사람이 많더군."

성민이 조금 전의 화제로 다시 돌아갔다.

"성민 씨는?"

"난 스위스나 프랑스의 노르망디 같은 곳을 계절 따라 돌아다니면서 살고 싶어. 연구 같은 골치 아픈 일에서 벗어나고 싶어."

"그래요? 난 연구에 몰두할 때가 가장 재미있던데."

"영락없는 과학도로군. 그나저나 세계 각국을 돌아다니며 살려면 젊었을 때 준비를 단단히 해두어야 하는데……."

성민이 나직이 말했다. 얼굴은 여전히 수려했지만, 표정에는 긴 그늘이 드리워져 있었다.

이틀 후, 빈으로 가는 비행기에서 성민은 오스트리아에 관한 여러 가지 이야기를 해주었다. 역사며, 예술이며, 정치에 관해서도 성민은 놀랄 정도로 많은 지식을 가지고 있었다.

"세계원자력기구가 빈에 있지만 막상 오스트리아는 원자력발전 시설을 반대하는 반핵 국가야."

"그래요?"

수원이 호기심을 보이자 성민이 더 자세하게 설명하기 시작했다.

"고리 원전이 건설되던 1978년에 오스트리아에서도 최초의 원전이 완공되었지. 도나우 강변의 츠베텐도르프 원자력발전소야."

수원은 왜 중요한 일은 1978년에 다 몰려 있나 하고 생각하며 미간을 찌푸렸다.

"그런데 그때 세워진 원전이 지금까지 가동하지 못하고 서 있다면 믿을 수 있겠어?"

"정말이에요?"

"정치적인 문제 때문에 희생된 것이지."

"정치적인 문제라면?"

수원이 나직하게 물었다. 뒷자리에 앉은 강병욱 단장은 수원과 성민이 소곤소곤 이야기하는 것을 지켜보고 있었다.

"정식 가동 인가를 앞두고 정부가 주춤거리게 되었지. 마침 총선이 코앞에 있었거든. 찬반 시비가 많았던 원자력발전소 가동이 선거에 영향을 미칠까 우려한 거야."

"야당이 반대한 모양이지요?"

"당시 집권당은 사회당이었고, 원자력발전소는 전 정권인 보수당이 계획했던 거야. 착공 당시 보수당은 우리가 해냈다 하고 그 일을 자랑스럽게 추진했는데, 신세가 바뀌어 야당이 되자 '무조건 반대 병'에 걸린 거지. 원전에 대한 찬반이 백중한 것도 아니고 찬성 쪽이 많았어. 그런데도 혹시 잘못될까 봐 겁 많은 사회당이 국민투표에 붙였어. 그런데 결과가 부결로 나와버린 거야."

"아니, 원전 지지자가 많다면서 왜 부결돼?"

뒤에서 듣고 있던 강병욱 단장이 끼어들었다.

"듣고 계셨군요."

성민이 뒤를 돌아보며 말을 이었다.

"역시 정치 때문입니다. 국민들은 원전 자체에 대한 찬반보다 사회당이 밉다, 총리가 밉다, 이런 이유를 들어 부표를 던진 겁니다. 심지어 이웃에 있는 스위스와 사이가 나쁜데, 그 나라에 원전이 있으니 우리는 만들지 말자는 주장도 팽배했다니 할 말 다 했죠."

"그래서 그 아까운 시설을 지금까지 방치하고 있는 거예요?"

수원은 답답한 사람들이라는 생각이 들었다.

"그런데도 국제원자력기구는 그 나라에 있잖아요?"

참으로 아이러니한 일이었다.

일행은 빈 공항에서 시내의 유명한 NH 호텔로 갔다. IAEA 건물은 거기서 지하철로 15분 정도 거리에 있었다. 강병욱 정책처장을 단장으로 하는 일행 5명은 호텔에 여장을 풀었다. 새벽에 도착했기 때문에 잠깐 휴식을 취한 뒤 1층 로비 곁에 있는 식당에 모여 조찬을 들었다.

회의는 오전 열 시부터 시작이었다.

일행은 조찬 후 서둘러 회의장소인 바그레메르 스트리트의 인터내셔널센터로 향했다. 5인승 승합차를 타고 회의장으로 가는 동안 수원은 빈의 고색창연한 풍경을 감상했다. 시가를 감싸고도는 도나우 강 운하의 경치가 특히 아름다웠다. 시내 중심부에 있는 슈테판 대성당의 고딕식 지붕은 기하학적인 아름다움을 자랑했고, 흰 대리석으로 된 빈 시청도 아름다운 모습이었다.

인터내셔널센터에는 유엔 산하의 여러 독립기구가 모여 있었다. 일행은 2층에 마련된 리셉션 장으로 올라갔다.

"아니."

계단을 올라가던 수원이 멈추어 섰다.

"왜?"

성민이 같이 멈추어서면서 물었다.

"저쪽에서 무비 카메라로 우리를 찍고 있는 남자 보여요?"

수원이 나직하게 속삭였다.

"응. 그런데?"

"저 사람, 빈에 도착한 이후로 계속 마주쳤어요. 그런데 여기서 또 만나다니."

"그래?"

"우리를 미행하는 것 아닐까요?"

"사람을 잘못 보았겠지. 이곳 사람들은 다 비슷비슷하게 생겼거든."

성민은 별일 아니란 듯이 수원의 팔을 잡고 2층으로 올라갔다.

이번 회의는 IAEA의 여러 분과 중 하나인 '정보유통시스템'이라는 기구가 주재했다. IAEA 가입국은 185개지만 이날 참석한 국가는 88개국이었다.

강병욱 대표단장은 리셉션 장에서 분주하게 인사를 하고 다녔다. 여러 번 회의에 참석해서인지 안면 있는 사람들이 많은 것 같았다.

강 단장은 프랑스를 비롯한 아프리카의 프랑스어권 국가 대표에게 수원을 소개해주었다.

배성민은 자기 나름대로 여러 사람을 만나고 다녔다. 그 역시 아는 사람들이 꽤 많은 것 같았다.

회의가 시작되자 IAEA 사무총장이 간단한 인사말을 했다.

"이번 회의는 우리의 삶의 터전인 지구, 이 지구를 건강하게 보존하고 인류가 그 안에서 평화롭게 공존하는 방안을 찾는 중요한 자리입니다. 여러분의 어깨에 지구와 인류의 미래가 달려 있습니다."

인사말이 끝나자 각국 대표 소개가 이어졌다. 참석자가 워낙 많아 소개가 끝나자 어느 덧 점심시간에 가까워졌다. 참석자들은 만면에 웃음을 띠고 서로 친분을 쌓았다.

오후 회의부터 본격적으로 각국 대표의 열띤 논쟁이 시작되었다. 토론 주제는 '화석 연료의 장래와 지구 온난화 방지'였다. 참석자들은 화석 연료로 인한 폐해를 강조하면서 지구 온난화 방지를 위해서는 대체 에너지 개발만이 방법이라고 주장했다. 자연스럽게 지구를 구하는 길은 원자력 에너지밖에 없다는 결론에 도달했다.

이후부터 각국 대표는 자국의 원자력발전 기술 홍보에 열을 냈다. 미국이 먼저 나섰다.

"우리 미국은 원자력발전소 104기를 운영하고 있습니다. 그만큼 고도의 기술을 보유하고 있지요."

"스리마일 원자로 사고의 사례가 있지 않습니까?"

프랑스 대표가 미국의 아킬레스건을 건드렸다.

"이미 30년 전 일입니다. 아픈 만큼 성장한다는 말이 있듯이 그 경험을 바탕으로 미국은 안전도를 우선으로 하는 기술을 개발해 그 어느 나라보다 안정성에 있어서는 최고를 자랑합니다."

"우리 일본은 그동안 미국과 협력체제로 원자력발전을 운영해 왔지만 얼마 전부터 독자적인 활로를 개척해 왔습니다. 튼튼한 경제력을 바탕으로 이제 일본이 국제 원자력 시장을 주도해 나갈 것입니다."

일본 대표가 나섰다.

"원자력에 관해서라면 우리 러시아가 첨단이지요. 러시아 역시 체르노빌 사건을 교훈으로 삼아 안전성과 효율성에 집중하여 신기술을 연구 · 개발하고 있습니다. 원자력 연구만을 위한 비용으로 270억 달러를 배정해 놓고 있지요."

러시아 대표의 말이 끝나자 강병욱 처장이 마이크를 잡았다.

"지난 30년 동안 가장 비약적으로 발전한 나라는 대한민국입니다."

강병욱 단장이 유창한 영어로 연설을 해나갔다. 영국 유학파답게 고급

영국 영어를 썼다.

"원전에서 가장 중요한 것은 기술력입니다. 한국의 우수한 두뇌들이 새로운 기술 개발을 위해 전력을 쏟고 있습니다. 마침내 친환경적인 한국형 원전 개발에 성공해 완공을 앞두고 있습니다."

강병욱 단장은 옆에 앉은 한수원을 돌아본 다음 말을 이었다.

"얼마 전에 국제 학술지에 발표된 독특한 제어봉 부식 방지 시스템에 관해서 아실 것입니다. 이제 한국은 원전 기술 개발의 선두에 나서고 있습니다. 천연자원은 적지만 인적자원은 풍부한 대한민국이기에 가능한 이야기입니다."

"최근 녹색 에너지 정책을 내세워 핵무기를 개발하려는 야심을 보이는 나라가 있다던데요?"

강병욱 단장이 말을 마치자 미국 대표가 팔짱을 끼고 몸을 뒤로 젖히면서 말했다. 어느 나라라고 지칭하지는 않았지만, 한국을 가리키는 말임을 누구나 알아챌 수 있었다.

"타국 기술을 도용해서 세계 원자로 시장을 교란시키는 국가나 기업을 제재할 방법도 찾아야 합니다."

프랑스 대표도 성토에 나섰다. 역시 말을 하지는 않았지만 한국을 염두에 둔 발언임에 틀림없었다.

이어서 영국과 일본도 은근히 한국에 대해 반감을 표현했다. 한국이 원자력 발전 시장에서 강대국들에게 얼마나 큰 위협으로 여겨지는지 실감할 수 있는 시간이었다.

강병욱 단장은 조금도 당황하지 않고 강대국의 공격성 질문에 대응했다. 팽팽한 긴장감이 감도는 가운데서도 미소를 띠고 여유 있게 대처해 국제 신사다운 면모를 보여주었다.

수원은 원자력 수출을 둘러싼 무역 전쟁의 치열한 이면을 실감했다.

회의는 오후 네 시 경에 끝났다.

"나는 피곤해서 호텔에 들어가 쉴 테니 시내 관광할 사람들은 천천히 돌아보고 오세요."

강병욱 단장이 두 손으로 눈두덩을 비비며 말했다.

"바람도 쐴 겸 우린 관광하러 나갈까요?"

한수원이 제의했다.

"그럼 악성(樂聖)들이나 만나러 갈까?"

성민이 말했다.

"악성이라고요?"

수원이 얼른 알아듣지 못하자 성민이 설명했다.

"동쪽 시가지 가장자리 파크링가에 가면 베토벤, 슈트라우스, 슈베르트의 기념상이 줄지어 있어. 남쪽으로 조금 더 가면 브람스 기념상도 있지."

"그보다는 그냥 거리 구경이나 해요."

수원은 두 팔을 깍지 껴서 위로 뻗어 올렸다.

"왜, 피곤해?"

"성민 씨는 괜찮아요? 난 너무 긴장해서 그런지 온몸이 뻣뻣이 굳은 느낌이에요."

"그래? 난 흥미롭기만 하던걸. 국제 고수들의 진검 승부."

두 사람은 거리와 악성 구경을 동시에 하기로 했다. 시청 주변을 돌아본 뒤 공원에서 관광 마차를 타고 도나우 강변을 거쳐 합스부르크 왕가의 여름 별장 쉔부른 궁 앞에 다다랐다. 엄청나게 넓은 잔디밭과 고풍스러운 건물들이 잘 어울렸다. 궁전으로 들어가는 길목에 빽빽하게 들어찬 마로니에가 정겨운 향기를 풍기고 있었다.

"아, 좋다!"

수원이 풀밭에 큰대 자로 누우며 하늘을 올려다보았다. 성민도 옆에 따라 누웠다. 사파이어 색 하늘에 흰 구름이 유유히 흘러가고 있었다.

"뭐가?"

"이 평화로움."

"하하하. 회의가 그렇게 힘들었어?"

성민이 몸을 조금 일으켜 수원의 얼굴을 내려다보았다. 성민의 눈빛이 흔들리고 있었다.

"이런 별장을 세계 곳곳에 두고 계절별로 옮겨 가며 살면 얼마나 좋을까? 승마와 사냥을 즐기며. 물론 수원이 너와 함께."

성민이 벌렁 누우며 말했다.

두 사람은 쉔부른 궁을 나와 택시로 도나우 타워의 전망대에 올라 시내 전경을 즐겼다. 멀리 도나우 강 운하가 실처럼 흘러갔다. 타워 앞에 있는 호수 너머에는 빨간 지붕 일색인 주택들이 장난감처럼 줄지어 있었다. 푸른 숲과 잔디가 빨간 지붕을 더욱 돋보이게 했다. 마치 동화의 나라 같았다.

두 사람이 호텔로 돌아가기 위해 붐비는 정거장에서 택시를 잡으려고 할 때였다.

"앗! 저 사람."

수원이 길 건너편 모퉁이에 서 있는 남자를 보고 소스라치게 놀랐다.

"왜 그래?"

"아까 회의장에서 무비 카메라로 우리를 찍었던 사람이에요."

수원이 손가락으로 건너편을 가리켰다. 그러나 거기 있던 남자는 어느 결에 감쪽같이 사라지고 없었다.

"내가 잘못 봤나?"

수원은 조금 전까지 남자가 서 있던 길모퉁이를 뚫어져라 바라봤다.

두 사람이 호텔에 돌아오자 강병욱 단장이 프론트 앞에서 기다리고 있었다.

"난 둘이서 망명이라도 한 줄 알았어. 여긴 북한 대사관이 있어서 그쪽 사람들 잘못 만나면 골치 아파. 자, 저녁 식사하러 가지."

"저는 다른 약속이 있어서 밖에 나갔다 올게요."

성민이 정중하게 거절했다.

"아니, 그 동안에 저녁 함께 할 사람까지 사귀었어?"

강병욱 단장이 웃으며 물었다. 수원은 느닷없는 성민의 말에 얼떨떨한 기분이 들었다.

"그럼 이따가 봐."

성민은 미안한 표정으로 수원을 향해 찡긋 윙크를 한 뒤 총총 걸음으로 나갔다.

대표단과 저녁식사를 마친 뒤 수원은 17층 자신의 방으로 들어와 텔레비전을 켰다. 북극 얼음이 녹아 세기의 재난이 지구에 찾아온다는 다큐멘터리를 방영하고 있었다. 딱딱한 독일어라서 그런지 더욱 긴박감이 느껴졌다. 채널을 다른 곳으로 돌렸다. 피가로 하우스에서 공연 중인 오페라를 중계하고 있었다. 텔레비전을 끄고 창밖을 내다보았다. 서울의 밤거리처럼 불빛이 휘황하지는 않았다. 건물에는 간간히 불이 켜져 있고 가로등이 길게 줄을 서서 빛을 발하고 있었다.

수원은 옷을 갈아입고 방문을 나섰다. 낮부터 미행자가 있는 느낌을 떨칠 수가 없어 미니 전기충격기를 핸드백에 챙겨 넣었다. 로비에서 호텔 심야 카페 운영 안내문을 자세히 살펴본 다음 지하 계단을 내려갔다.

호텔 지하는 건물 밖의 밤거리와 달리 화려했다. 카페와 맥주 홀 등 번쩍이는 간판이 줄지어 있었다. 간판 구경을 하며 지나가는데, 프로이센이라는 간판이 붙은 카페 창가 좌석에 성민이 앉아 있는 모습이 보였다. 여자 한 명과 남자 둘과 맥주를 마시고 있었다.

수원은 카페 안으로 들어섰다.

"어? 수원아!"

수원이 다가가자 성민이 깜짝 놀랐다.

"밖에서 약속이 있다더니?"

"저녁 먹고 자리를 옮겼어. 이 친구들이 호텔까지 데려다줬지. 자, 인사 나누지."

성민이 일행에게 수원을 소개한 뒤 한 사람씩 인사를 시켰다.

"아토믹캐나다 컴퍼니의 미스 소피아 빌리에."

수원은 손을 내밀어 악수를 했다. 붉은 머리칼과 하얀 피부가 인상적인 여자였다. 낯이 익었지만 누군지 얼른 생각이 나지 않았다.

"캐나다에서 오셨어요?"

수원이 묻자 여자가 고개를 끄덕였다.

"부모님이 프랑스에서 건너가셨나요?"

"할아버지 대에 이민 갔어요. 어떻게 아셨어요?"

"빌리에가 프랑스 성이잖아요."

"오우!"

수원이 대답하자 소피아가 놀라운 표정을 지었다.

"이쪽은 프랑스히시떼 원전 회사의 제라르 빅토르 박사."

성민이 곱슬머리에 배가 불룩한 남자를 소개했다.

"만나서 반갑습니다. 그런데 히시떼가 무슨 뜻인가요?"

수원이 악수를 나누면서 프랑스 말로 물었다. 빅토르가 땀에 젖은 손으로 수원의 손을 꽉 쥐었다. 아파서 하마터면 비명을 지를 뻔했다. 수원을 쳐다보는 빅토르의 눈에서 이상하게 섬뜩함이 느껴졌다.

"히시떼는 전기라는 프랑스어 엘레뜨히시떼, 즉 영어로 엘렉트릭이란 말의 끝 부분입니다. 국가명과 전기라는 단어의 합성어죠."

"회사 이름이 멋지군요."

"저는 잭 스미스라고 합니다. 미국 웨스턴감마 엘렉트릭에 근무합니다."

스미스는 키가 크고 턱수염을 기른 남자였다. 아토믹캐나다, 프랑스히시떼, 웨스턴감마. 모두 이름을 들어보지 못한 회사들이었다.

"기왕 왔으니 맥주나 한잔 해."

성민이 종업원에게 컵을 하나 더 부탁했다. 성민이 분위기를 자연스럽게 이끌었으나 수원은 마음이 불편했다. 뭔가 긴한 얘기를 나누다가 자신의 등장으로 대화가 끊긴 것 같기 때문이었다.

"서로 꽤 오랫동안 알고 지낸 사이인가 봐요?"

어색한 분위기를 바꾸려고 수원이 먼저 말을 꺼냈다.

"스미스는 미국 있을 때 만났고, 소피아와 빅토르 박사는 여기서 스미스의 소개로 처음 만났어."

"치어스!"

소피아 빌리에가 활짝 웃으며 건배를 청해왔다. 그제야 수원은 소피아 빌리에를 어디서 봤는지 기억이 떠올랐다. 2년 전 미국 웨스팅하우스 도서관에서 성민 씨와 밀회하던 여자였다. 붉은 머리에 흰 피부. 웃을 때 한껏 드러나는 잇몸.

'스미스의 소개로 오늘 처음 만났다고?'

성민은 거짓말을 하고 있었다. 갑자기 편두통이 밀려왔다. 맥주 한 잔도 못 비우고 먼저 자리에서 일어났다.

"먼저 일어나서 죄송합니다."

"벌써?"

"응, 좀 피곤해요."

"그래, 푹 쉬어."

성민은 굳이 붙잡지 않고 손을 들어 보였다.

수원은 씁쓸한 기분으로 침실로 돌아왔다. 침대에 누우니 조금 전에 다시 본 붉은 머리의 캐나다 여자 소피아 빌리에의 모습이 눈에 어른거렸다. 두 사람이 아직도 연인 관계인가? 그러면서 성민은 다시 시작하자는 청은 왜 하는 걸까? 수원은 성민에게 다시 한 번 배신감이 들었다. 성민의 구애에 잠시 마음이 흔들렸던 자신이 비참하게 느껴졌다.

잠이 올 것 같지 않아 수원은 인터넷을 연결했다. 새로운 메일이 와 있었다.

봉주르 onesil. 바르톨로뮤입니다.

대한항공 여객기 902편을 탔던 일본인 스즈키에 관해 더 알고 싶다고 했지요? 방법을 알아냈습니다. 스즈키의 딸이 후지덴키라는 회사의 서울 지사에 근무하고 있습니다. 이름은 모리무라 나쓰에입니다. 행운을 빕니다.

'모리무라 나쓰에. 후지덴키 서울 지사.'

수원은 수첩에 메모를 했다. 서울로 돌아가는 즉시 만나 볼 생각이었다. 일본어에 능통한 고유미와 함께 가면 도움이 될 것 같았다.

또 다른 메일도 있었다.

아나톨리 게시판에서 발견한 내용입니다. 무르만스크 대한항공 여객기 불시착에 관련된 이야기입니다. 작성자는 그 사건의 본질은 패권주의 국가들의 야합이라고 주장하고 있었습니다. 소련 단독으로 일으킨 게 아니라 강대국의 이해가 얽혀 있다고 했습니다. 자세한 내용은 다시 올리겠다고 했는데, 하루 만에 글이 삭제된 뒤 후속 글도 올라오지 않고 있습니다.

그때 전화벨이 울렸다. 수원은 컴퓨터 창을 닫고 전화를 받았다.

"알로."

수화기에서 프랑스 말로 굵직한 남자 목소리가 들렸다.

"헬로."

"죄송합니다만, 한 박사님이십니까?"

수원이 영어로 답하자 남자가 영어로 물어왔다.

"네, 맞습니다."

"저는 프랑스히시떼 사의 빅토르입니다. 조금 전에 뵈었지요."

성민과 함께 있던 남자였다. 악수할 때 손을 꽉 쥐어 아프던 기억이 났다.

"예. 그런데 웬일이세요?"

"실례지만 주무시지 않는다면 차 한잔 괜찮으시겠습니까?"

인사나 겨우 나눈 사이인데 여자 숙소로 전화를 걸어 차를 마시자고 하다니. 수원은 거절하려고 하다가 전화를 건 이유가 궁금해 그러자고 답했다.

"조금만 기다리시면 제가 로비로 내려갈게요."

수원은 백을 들고 나서면서 백 속에 있는 미니 전기충격기를 다시 한 번 확인했다.

"하이!"

로비 의자에 앉아 기다리고 있던 빅토르가 엘리베이터에서 내리는 수원을 발견하고 벌떡 일어섰다. 몸집이 거대해 거인처럼 보였다.

"주무시지 않아 다행입니다. 아까는 좀 더 얘기를 나눠 보고 싶었는데 먼저 올라가셔서 섭섭했습니다. 저쪽으로 갈까요?"

빅토르가 로비 끝에 있는 오픈 바를 가리켰다. 웨이터가 없는 심야 바라서 빅토르가 카운터까지 가서 주스 두 잔을 들고 왔다.

"주문하신 대로 오렌지 주스입니다."

빅토르가 잔을 내밀었다.

"한 박사님의 원자로 제어 시스템에 관한 논문, 저도 흥미롭게 읽었습니다. 그 한 박사님을 이렇게 직접 만나다니 영광입니다."

작년 학술 세미나에서 발표했던 내용을 이야기하는 것 같았다.

"감사합니다."

"한국형 원자로인 APR1400 프로젝트에 참여하고 계시지요?"

"참여라기보다는 그냥 고용된 직원에 불과합니다."

수원은 극히 말조심을 했다. 자신을 통해 한국 원자로 수출에 관한 정보를 얻으려는 것이 아닌가 하는 의심이 들었기 때문이었다.

그때 갑자기 정신이 몽롱해지면서 빅토르의 얼굴이 흐릿하게 보였다.

'앗! 약을 탔구나.'

수원은 정신을 잃지 않으려고 안간힘을 쓰면서 핸드백에서 전기충격기를 꺼냈다. 그리고 있는 힘을 다해 테이블 앞으로 엎어지면서 빅토르의 몸에 전기충격기를 갖다 댔다.

지지직.

빅토르의 얼굴이 일그러지면서 괴물처럼 변했다.

"헬프 미!"

수원은 있는 힘을 다해 소리 지르고는 정신을 잃었다.

얼마를 지났을까? 수원이 눈에 하얀 천장이 들어왔다.

"한 박사, 정신 좀 들어요?"

강병욱 단장의 목소리였다.

"여기가 어디예요?"

"병원. 괴한이 누군지 알아요?"

'괴한?'

수원은 정신이 멍해 생각이 금세 떠오르지 않았다.

"한 박사를 챙기는 동안 도망치는 바람에 괴한을 잡지 못했답니다. 큰 호텔에는 가끔 외국인 고객을 노리는 강도들이 있답니다."

수원은 그제야 빅토르가 생각났다. 빅토르가 주스에 약을 탄 것이 분명했다.

수원은 괴한의 정체를 밝히려다가 입을 다물었다. 혹시 배성민이 난처해질지도 모른다는 생각 때문이었다. 한국 대표단이 괴한의 습격을 받았다면 문제가 복잡해질 거라는 생각도 들었다. 강병욱 단장과 호텔 측의 추측대로 단순 강도 미수사건으로 넘기는 게 좋을 거라는 판단이 섰다.

'성민 씨와 빅토르는 무슨 관계지?'

'빅토르는 무슨 목적으로 나를 납치하려 했을까?'

의문이 꼬리를 물었다.

배성민, 정말 모를 사람이었다.

일본인 승객의 미스터리

한국 대표단은 빈 회의를 성공적으로 끝내고 귀국했다. 수원은 심야에 찾아온 빅토르에 대해서 성민에게 끝까지 말하지 않았다. 사건을 아는지 모르는지 수원을 대하는 성민의 태도에는 변함이 없었다.

인천공항에 도착하자 고유미에게서 문자 메시지가 왔다.

"출장 즐거웠니? 오피스텔 빌려줘서 고마웠어."

답신을 보내자 곧바로 다시 메시지가 왔다.

오스트리아에서 마리아 바르톨로뮤의 메일을 본 후 모리무라 나쓰에를 찾아 달라고 이메일로 부탁해 두었더니 그새 알아 놓은 모양이었다. 수원은 얼른 고유미에게 전화를 걸었다.

"모리무라 나쓰에를 찾았다고?"

"그럼. 내가 누군데. 내일 만나기로 약속도 해뒀어. 서울에서 하루 더 있어도 되지?"

그렇잖아도 수원은 이튿날 저녁 오후 늦게 있을 귀국 보고 회의에 참석한 뒤 고리로 내려가게 돼 있었다.

"통역은 걱정 마. 내가 해줄 테니."

유미가 시원시원하게 말했다.

수원은 회사에서 예약해 둔 본사 근방 호텔에서 하룻밤 묵었다. 다음날 아침, 유미의 전화가 잠을 깨웠다.

"가자."

유미가 다짜고짜 말했다.

"새벽부터?"

"새벽이라니? 지금 여덟 시 반이야."

수원이 커피숍에 들어서자 먼저 와 있던 유미가 손을 흔들었다. 여전히 화려한 차림이었다. 어깨가 드러나는 치렁치렁한 원피스에 글래디에이터 힐을 신고, 거기에 어울리게 쇠장식이 여러 개 박혀 번쩍이는 커다란 백을 들고 있었다.

"늦어서 미안해. 여독이 안 풀렸나 봐."

수원이 하품을 하며 말했다.

"혹시 밤새 성민 씨하고 있었던 것 아냐?"

유미가 눈을 흘기며 웃었다. 수원은 뭔가 설명하려다 입을 다물었다.

"모리무라 나쓰에가 다니는 회사 이름이 후지덴키가 아니고 후지 엘렉트릭 코리아야. 그걸 일본식으로 말해서 후지덴키라고 하는가봐."

"그 아가씨 이름이 모리무라 나쓰에라고 했는데, 왜 아버지 성 스즈키와 달라?"

수원이 미심쩍던 것을 물었다.

"아가씨라니! 나쓰에는 30대 후반 기혼자야. 무르만스크 사고가 난 지 벌써 30년이 넘었잖아. 남편의 성이 모리무라겠지. 일본에서는 결혼하면 남편의 성을 따르거든."

"아, 그렇구나."

정확하게 열한 시가 되자 키가 작고 목이 짧은 여자가 후지엘렉트릭 사무복을 입고 나타났다.

"모리무라 상, 고찌라데쓰."

유미가 손을 들고 일어서자 여자가 미소를 띠고 다가왔다. 수원도 일어서서 함께 나쓰에를 맞았다.

"바쁘신데 번거롭게 해서 죄송합니다. 제가 전화를 건 고유미입니다. 여기는 세 친구 한수원이고요."

"모리무라 나쓰에라고 합니다. 처음 뵙겠습니다."

나쓰에는 한국말로 공손하게 인사하며 허리를 굽혔다. 그리고 다시 허리를 숙이며 명함을 두 손으로 건네주었다. 기술 담당 이사 대우라고 직책이 쓰여 있었다. 수원과 유미도 명함을 건네주었다.

"한국말을 잘 하시네요."

수원이 유미를 힐끗 돌아보며 말했다. 이럴 줄 알았으면 혼자 와도 괜찮을 걸 그랬다는 눈빛이었다.

"아, 서울에서 10년 살았어요."

"그러세요? 그럼 부군께서는……."

유미의 말이 끝나기도 전에 나쓰에가 대답했다.

"사장이에요."

나쓰에의 남편이 후지일렉트릭의 사장인 듯 했다.

"한국수력원자력이면 혹시 전기 기술 분야이신가요?"

나쓰에가 수원의 명함을 들여다보면서 물었다.

"예, 원전 관계 일을 하고 있습니다."

"우리 회사도 한국전력 같은 회사와 협력하는 일이 많습니다. 잘 부탁드립니다."

나쓰에가 다시 고개를 숙였다.

"아버님이 스즈키 씨 맞죠?"

"네, 돌아가신 지 20년도 넘었어요."

"아버님이 1978년 무르만스크에 불시착한 대한항공 902편에 타고 계셨다고요?"

수원이 단도직입적으로 물었다.

"네."

나쓰에는 약간 긴장하는 것 같았다.

"그때 일을 아버님이 기록해 두셨다면서요?"

"예. 마치 눈으로 보듯 자세히. 그런데 어떻게 아셨어요?"

나쓰에가 물었다.

수원은 정보를 얻게 된 과정을 자세히 설명해주었다.

"아버지는 참 좋은 분이었어요. 아버지 생각을 하면 눈물이 나요. 그 비행기만 타지만 않았어도 그런 불행은 일어나지 않았을 거예요."

나쓰에는 토마토 주스를 한 모금 마시고 이야기를 계속했다.

"다른 승객들과 함께 소련에 억류되었다가 풀려난 아버지는 일본에 돌아온 뒤 불안증에 시달렸어요. 밖에 외출을 맘 놓고 못 하시고, 집에만 숨어 계셨어요. 마치 누구에게 쫓기는 사람처럼. 그러면서도 매일 일어나는 일을 일기장에 꼬박꼬박 적으셨죠. 주로 누군가가 자신의 뒤를 쫓아온다는 내용이었어요."

"그랬군요. 그러다가 어떻게 돌아가셨어요?"

"친척 집 결혼식에 가셨다가 늦게 돌아오시던 길에 괴한에게 습격을 받았어요."

"범인은 잡았나요?"

수원이 물었다.

"아뇨. 빼앗긴 물건이 없는 것으로 보아 강도는 아닌 게 분명해요. 그렇지만 누구에게 왜 습격을 받았는지는 지금도 몰라요. 어쨌든 아버지 일기장을 몇 번이나 읽으면서 느낀 것은 아버지의 죽음이 그 비행기 탑승과 관계있는 것 같다는 것이었어요."

"그 일기 속에 주로 어떤 내용이 들어있던가요?"

"사건 당일의 경험과 생환되기까지 겪었던 일 등이 주된 내용이에요. 귀국 후 여기저기에 보도된 당시 사건 기록을 옮겨 놓기도 했어요. 주로 탑승객 명단에 관심이 많으신 것 같더군요."

"명단이요?"

"가령 탑승객 숫자가 109명이냐, 110명이냐 하는 것이지요. 아버지 기록에 의하면 당시 소련 발표에는 110명이고 서방측 발표에는 109명으로 되어 있답니다. 그러나 아버지는 일기장에 정확히 110명이었다고 적어 놓았어요. 한 명이 차이가 나죠."

"그 한 명이 바로 30년 전에 실종된 저희 아버지인 것 같아요. 그래서 이렇게 모리무라 상을 찾아온 거예요."

수원은 아나톨리 게시판에서 읽은 내용을 전해주었다. 거기에서도 탑승객 숫자에 차이가 있으며, 그 한 명이 자신의 아버지라고 추측하고 있었다. 수원은 아버지를 잃고 의혹과 외로움 속에서 살아온 어머니의 삶과, 아버지가 돌아가시고 3년 만에 태어나 자라온 자신의 성장과정을 말해주었다. 나쓰에는 수원의 말에 귀를 기울이며 연신 고개를 끄덕였다.

"일기장에 재미있는 내용도 있었어요. 비행기를 검색하던 소련 요원들이 창고에서 엄청나게 많은 코카콜라와 말보로 담배, 플레이보이 잡지를 한 아름씩 안고 가며 웃음을 터뜨리더랍니다."

소련 최북단 무르만스크 기지에 근무하던 군인들로서는 그런 것들이 하늘에서 떨어진 선물 같았을 것이다.

"아버지가 러시아말을 약간 할 줄 아셨어요. 귀국 후 소련에서 발행되는 시사 전문 잡지를 종종 사 보셨지요. 대한항공 사건 후의 이야기를 알아보기 위해서인 것 같았어요."

"혹시 마리아 바르톨로뮤나 장 폴이라는 이름 들어본 적 있으세요?"

수원이 물었다.

"아니요. 처음 듣는데요."

나쓰에가 고개를 가로저었다.

"아버님 일기장은 지금 어디에 있나요?"

"대한항공에 관한 것만 입력해 컴퓨터에 저장해 두었어요."

수원은 반가워 얼굴이 환해졌다. 하루 빨리 스즈키의 일기를 보고 싶었다.

"무례한 부탁입니다만, 제가 좀 볼 수는 없을까요?"

수원이 간절한 목소리로 부탁하자 나쓰에가 시원스럽게 대답했다.

"기꺼이 보여드리지요. 어쩌면 저희 아버지가 한 박사님 아버님을 위해 기록해 놓았을지도 모른다는 생각이 드네요. 보여드리는 것이 아버님 뜻인 것 같아요."

아버지를 생각하는 수원의 마음을 헤아린 것 같았다.

"일기를 한국어로 저장해 놓으셨나요?"

잠자코 두 사람의 말을 듣고 있던 유미가 중요한 질문을 했다.

"아니요. 일본어로 저장했는데요."

나쓰에의 말을 듣고 수원이 난색을 표하자 유미가 나섰다.

"그럼 저한테 메일로 보내주시겠어요? 제가 일본어를 아니까 한국어로 번역해서 수원에게 보내면 될 것 같은데요."

유미가 제안했다.

"그렇게 하지요. 메일 주소는 이 명함에 있는 주소로 하면 되겠지요?"

나쓰에가 유미가 건네준 명함을 다시 들여다보았다. 유미는 고개를 끄덕였다.

"그런데 아버님 일기장에 대한 얘기가 어떻게 해서 인터넷상에 떠돌게 됐을까요?"

수원이 궁금하던 것을 물어 보았다.

"아버지가 러시아 친구와 서신 교환을 한 적이 있는데, 그게 나중에 알려진 것 같아요."

이야기를 마친 뒤 세 사람은 63빌딩 스카이라운지로 자리를 옮겼다. 한강을 내려다보며 함께 점심을 먹고 있으려니, 수원은 나쓰에가 오랜 친구라도 된 듯 친밀감이 느껴졌다.

"우리 헤어지기 전에 기념사진이나 한 장 찍지요."

유미가 늘 어깨에 메고 다니는 카메라 백에서 조그마한 디지털 카메라를 꺼냈다.

"그렇게 작은 카메라 넣으려고 저렇게 큰 가방을 메고 다녀야 하니?"

"치한 퇴치용 호신용 무기도 함께 넣고 다녀."

수원의 물음에 유미가 웃으면서 셔터를 눌렀다.

유미한테서 긴 메일을 받은 것은 그로부터 일주일 뒤였다. 근무를 마치고 집에 들어와 편안한 마음으로 컴퓨터를 열자 유미의 메일이 와 있었다.

> 수원아, 메일 늦어서 미안해. 잡지사 일이라는 게 워낙 정신없이 돌아가서 말야. 내 나름대로 필요하다고 생각되는 것만 추려서 번역했어. 더 궁금하면 연락해.
>
> 그럼 또 연락할게.
>
> 참, 어제 성민 씨 만났어. 블루 문이라는 재즈 바에 가서 한잔 했지. 야, 성민 씨 멋지더라. ㅋㅋㅋ.

수원은 마지막 문장이 신경 쓰였으나, 첨부 파일부터 열어 보았다. 엄청난 분량이었다.

스즈키는 대한항공 902편의 사고 경위에 대해 정말 다큐멘터리 영화를 찍듯 자세하게 적어 놓았다. 군데군데 나쓰에가 러시아 인터넷에서 캡쳐한 듯한 내용도 함께 있었다.

> 1978년 4월 20일.
>
> 우리는 파리 오를리 공항을 출발했다. 비행기가 궤도에 오르자 기장이 안

전하게 모시겠다는 인사를 했다. 한국어와 영어였다. 나는 비행기가 고도에 다다랐을 때쯤 스르르 잠에 빠졌다.

얼마나 지났을까? 눈을 뜨니 창밖에 아름다운 노을 같은 하늘이 펼쳐져 있었다. 오로라였다. 환상적인 백야를 보고 있으니 마치 천국과 가까워지는 듯한 느낌이 들었다. 그때 이상한 현상이 일어났다. 왼쪽으로 보이던 오로라 빛이 오른쪽에 나타난 것이다. 비행기가 거의 180도 방향을 틀었다는 이야기였다. 북극점에 가까운 곳에서 방향을 거의 반대로 바꾸면 목적지로 향하는 알래스카 방향과는 멀어지는 것이었다.

비행기는 그런 상태로 계속 항진하고 있었다. 밑을 내려다보았다. 이 시간쯤이면 밑에 그린란드가 나타나야 했다. 그런데 바다만 보였다. 북극항로 여행을 많이 해본 나는 항로가 잘못되었다는 생각이 들어 스튜어디스를 불렀다. 그리고 일본말로 공손하게 물었다.

"지금 비행 노선에 맞게 운항하고 있습니까? 기장에게 한번 물어 보시겠어요?"

스튜어디스는 별 이상한 승객도 다 있다는 듯이 나를 보고는 승무원석으로 가서 전화를 했다. 다시 돌아온 스튜어디스가 나직하게 일러주었다.

"항로에는 이상이 없습니다. 저희 보잉 707기는 자이로 콤퍼스에 의해 자동 항로 안내를 받고 있습니다."

그러나 뒤에 내가 확인한 것이지만 이때 자이로 콤퍼스는 고장 나 있었고 항법사는 비행로를 착각하고 있었다. 만약 고장 난 게 아니라면 보이지 않는 힘이 작용하여 인공위성이나 지상 유도 장치를 조작, 비행항로에 착오를 일으키게 만든 것이라고 볼 수밖에 없었다.

비행기는 내가 우려한 것처럼 극점을 향해 가지 않고 거의 160도 정도 돌아 소련 영토를 향하고 있었다. 그때 갑자기 날개 오른편 창으로 이상한 비행체가 나타났다. 얼른 보아도 소련 전투기 수호이 15라는 것을 알 수 있었다. 나는 상황을 빨리 파악했다.

'우리는 소련 영공에 들어섰다. 비상 출동한 소련 전투기는 영공 침범으로 우리를 공격할 것이다.'

만약 민간 비행기를 귀순시키거나 착륙을 유도하려 했다면 여객기의 왼쪽에 전투기가 나타났을 것이다. 그게 ICAO(국제민간항공기구)의 규정이다. 그런데 오른쪽에 전투기가 나타났다는 것은 적으로 간주해 격추시킬 의도가 있다는 뜻이었다.

수호이 전투기 두 대가 보였다. 여객기가 심하게 흔들렸다. 고도를 다시 잡는 것인지, 아니면 기장이 당황한 탓인지 모를 일이었다. 그후 10초도 지나지 않아 쾅 하는 굉음과 함께 비행기가 요동쳤다. 왼쪽 날개가 너덜거리는 것이 보였다. 동체에 큰 구멍이 나고 기내 기압이 급속히 떨어지면서 기내의 물건이 구멍 쪽으로 휩쓸려갔다. 전투기 조종사 아나톨리 케레포프가 쏜 미사일 두 방 중, 한 방이 날개에 명중했던 것이다.(이 사실은 나중에 확인했다.)

"으악!"

사방에서 비명 소리가 들렸다. 왼쪽 날개 쪽에 있던 승객 10여 명이 다쳐서 피를 흘리고 있었다.

뒤에 안 일이지만 전투기에서 발사된 것은 R-60 열 추적 미사일이었다. 만약 동체에 맞았다면 비행기는 박살나서 추락했을 것이다. 코앞에 있는 비행기를 빗맞힌 것은 일부러라고밖에 설명할 수가 없었다.

비행기는 안전벨트가 무색할 정도로 요동치면서 급강하했다. 9천 미터 상공에서 강하하기 시작한 비행기는 얼마 가지 않아 흰색밖에 보이지 않는 호수 얼음 위에 가까스로 내려앉았다. 한쪽 날개가 거의 없는 상태에서 무사히 착륙한 것은 신기에 가까운 조종사의 솜씨 덕분이었다.

나는 일단 살았다는 안도의 한숨을 내쉬었다.

몇 명이 죽고 몇 명이 부상했는지 알 수가 없었다. 승무원들이 부상자를 바닥에 눕히는 등 구조에 안간힘을 썼다. 산소 호흡기는 찢어져서 산소가 나오지 않았다. 그런 혼란 상태로 한 시간 이상이 흘렀으나 아무도 기내에 들어오지 않았다. 창밖에는 흰 색깔밖에 아무것도 보이지 않았다.

얼마 있자 소련 병사를 실은 탱크와 트럭 수십 대가 몰려와서 비행기를 에워쌌다. 그리고 승무원들이 열어놓은 트랩으로 군인들이 들어왔다. 그중, 인솔자인 듯한 장교가 한국어 통역을 데리고 앞에 나섰다.

"나는 소비에트연방공화국 공군 블라디미르 드미트리예프 대령이다. 이 비행기는 소련 연방 공화국 영공을 침범하고 소련군의 착륙 유도를 거부했기 때문에 강제착륙시킨 것이다. 앞으로 기장 및 승무원과 승객 여러분은 ICAO 규정과 소련 국법에 의해 처리될 것이다. 여러분은 우리 군의 명령에 따라주기 바란다."

그때 맨 뒤에 있던 한국 남자가 영어로 항의를 했다.

"이 비행기는 대한민국 여객기다. 민간 항공기인 것을 확인하고도 발포하고 강제착륙시킨 것은 명백히 ICAO 규정과 국제법을 어긴 것이다. 빨리 부상자를 치료하고 승객들을 돌려 보내주기 바란다."

"당신은 어느 나라의 누구냐?"

대령이 험악한 얼굴로 물었다. 그때 곁에 있던 장교가 러시아말로 무엇인가를 설명했다.

"당신이 놓구고 한이야?"

"뭐라고?"

한국 남자가 반문했으나 대령은 아무 대답도 하지 않았다. 그리고 부하들을 향해 명령을 내렸다.

"빨리 끄집어내라!"

그 남자는 비행기에서 제일 먼저 끌려 나갔다.

그 이후 나흘 동안 우리는 집단 수용소에 갇혀 있었다. 그 기간 동안 한 번도 그 남자를 볼 수가 없었다.

소련 군인들은 우리를 다 내리게 한 뒤 기내를 샅샅이 수색했다. 그리고 비행기를 모두 분해하여 실어 날랐다.(이 사실도 뒤에 알았다.) 그들은 비행기에서 무엇인가를 찾으려는 것 같았다. 그것이 블랙박스인지, 금덩어리인지, 아니면 파리에서 한국으로 가는 비밀 문건인지 알 수 없었다.

소련군은 우리를 시내 군 병영으로 옮겨 수용했다. 우리는 한 사람씩 심문을 받았다. 그들은 다른 사람과 달리 나를 여러 번 호출해 심문했다.

"당신, 뭐하는 사람이야?"

"당신 가방에 들어 있는 게 뭐야?"

이런 질문이었다.

나는 비행기 여행 시 짐 찾는 게 귀찮아 핸드캐리용 가방만 간단히 들고 다녔다. 그러나 그들이 말하는 것은 다른 가방이었다. 짐표에 '스즈키'라는 이름이 적혀 있었지만 나는 처음 보는 가방이었다.

"모릅니다."

여러 번 같은 대답을 반복하였으나 그들은 믿지 않는 눈치였다.

나는 그제야 전후 사정을 추측할 수 있었다. 누군가가 내 이름을 도용해 어떤 물건을 옮기려 한 것이었다. 누가 그랬는지, 그것이 무엇인지 나는 짐작조차 할 수 없었다.

소련군이 대한항공 여객기를 미국의 RC-135 스파이기로 오인했다는 말도 그때 들었다. 그러나 믿기지 않는 변명이었다. 비행기가 보잉 747이라는 것은 육안으로도 확실히 분간할 수 있었다. 스파이기 운운은 말이 되지 않는 소리였다. 만약 스파이기로 오인해 격추시킬 생각이었다면 지상 포대에서 미사일을 쏘아 떨어뜨릴 수도 있었다. 그러나 그때 지상 포대는 침묵하고 있었다.

우리는 나흘 뒤에 미국의 팬암 747로 헬싱키를 거쳐 서울로 돌아올 수 있었다. 그러나 비행기 동체는 영영 돌아오지 못했고 승무원들도 한참 뒤에야 돌아왔다.

나는 서울에서 일본행 비행기로 갈아타고 마침내 고국으로 돌아왔다. 그 날 이후 외출을 하면 누군가가 나를 감시했다.

농구고 한!

일본 발음으로 적어서 그렇지 용국 한, 아버지 한용국임에 틀림없었다.

소련군이 아버지 이름을 먼저 댄 것을 보면 아버지가 타고 있었다는 것을 이미 알고 있었다는 이야기이다.

'아버지를 찾기 위해서 비행기를 강제착륙시켰다는 말인가?'

'아버지가 얼마나 중요한 인물이기에?'

수원은 아버지가 틀림없어 보이는 한국 남자와 관계된 부분을 몇 번이고 다시 읽어 보았다. 소련군이 스즈키의 가방을 집중하여 조사한 것을 보면 그 가방이 타깃이었을 수도 있었다.

'스즈키 이름으로 실은 그 검은 가방에 들어 있었던 것은 무엇일까?'

'국가적 비밀 문서? 핵과 관련된 물건? 대한민국 핵무기 보유 프로젝트 관련 문건?'

그것이 무엇이든 간에 스즈키가 그 물건 때문에 죽음을 당한 게 틀림없었다. 스즈키는 자신도 모르는 사이에 거대한 국제 음모에 휘말려 희생당한 것이었다.

"당신이 농구고 한이야?"

"당신이 농구고 한이야?"

소련군 대령 드미트리예프의 목소리가 곁에서 들려오는 듯했다. 수원은 두 눈을 꼭 감았다. 조국을 위해 일하다가 어느 날 연기처럼 사라진 아버지. 그토록 찾아 헤매던 아버지가 마침내 딸 앞에 자취를 드러낸 것이었다.

"아버지."

수원은 소리 내어 불러보았다.

"아버지."

눈물이 왈칵 쏟아졌다.

사랑은 날개를 타고

수원은 신 고리 발전소 1, 2호기 건설 현장으로 자리를 옮겼다. 고리 1, 2호기는 제어 시스템 리모델링이 거의 완성단계에 접어들어 굳이 수원이 있을 필요가 없었다.

고리 발전본부 제2발전소 소속이었던 수원은 서울 본사 정책처로 발령난 후, 다시 신 고리 건설 본부에 파견되는 형식으로 근무하게 되었다. 주영준 차장이 서류 박스며 컴퓨터를 옮기는 일을 거들어주었다. 혼자 할 수 있다고 사양했지만 영준은 아무 대답도 않고 묵묵히 짐을 옮겨주었다.

"제가 빈에 갔다 온 사이에 별일 없었나요?"

수원이 지나가는 말로 물어보았다.

"고유미 씨와 정세찬 박사가 다녀갔습니다. 우리 회사 르포 기사를 쓴다고 다른 기자 한 사람을 데리고 와서 이곳저곳 취재하고 갔어요."

"유미는 지난 주 서울에서도 만났어요. 부산으로 출장 온다고 하면서 우리 회사에도 다녀갔군요. 다른 일은 없었나요?"

"외부 세력의 은밀한 공격이 계속되고 있습니다. 보안 전산망을 공격해서 망가트리려는 해킹 시도도 있었습니다. 아슬아슬하게 방어를 했지만."

"보안 시스템을 노린 것인가요?"

"그런 셈입니다. 하마터면 뚫릴 뻔했습니다."

신 고리 1, 2호기는 건설 공사는 거의 마무리되어가고 있었다. 돔 형식의 봉긋한 원자로 지붕이 웅장하면서도 우아했다. 내부 시설도 상당한 진척을 보여 원자로에 불을 붙일 날이 멀지 않았다. 한국형 친환경 원자로의 탄생이 눈앞에 다가온 것이다.

신 고리 1, 2호기는 한국표준형원전, OPR-1000이라고 불렀다. 이 원전이 완성되면 지금 한창 건설이 진행 중인 APR-1400을 2015년까지 완성, 수출의 주 목표로 삼을 계획이었다. 2015년이 되면 백 퍼센트 한국 기술에 의한 원전이 탄생하는 것이었다. 이는 원자력발전소 건설 중에서 가장 어려운 기술인 냉각수 가압장치를 오로지 한국의 기술력으로 완성했다는 뜻이기도 했다.

현재 수원이 관여하고 있는 계측제어 기술인 MMIS도 90퍼센트 가량 완성되었다. 세계 원자력발전 시장에 한국형 원자로가 선두로 나설 날이 멀지 않았다.

수원은 책상 정리를 대강 해놓고 잠시 자리에 앉아 쉬었다. 컴퓨터를 들고 와서 선까지 다 연결해주고 간 영준이 은근히 고마웠다. 무뚝뚝하지만 필요한 때는 말없이 도와주는 사람이었다.

"오늘 점심 저와 함께 할 시간 있으신가요?"

점심때가 되자 수원은 영준에게 전화를 걸어 제의했다. 그러나 영준은 언제나처럼 무뚝뚝하게 전화를 받았다.

"고마운 말씀이지만, 벌써 부장님하고 약속이 돼 있어서 미안합니다."

수원은 더 이상 말을 못 붙이고 전화를 끊었다.

오후 세 시쯤 되어서 영준이 사무실로 불쑥 찾아왔다. 수원은 점심 초대에 응하지 못해 미안하다는 이야기를 하러 온 줄 알았다. 그런데 영준은 엉뚱한 말을 했다.

"저어, 차 좀 빌려주실래요?"

영준은 이유도 설명하지 않고 손을 내밀었다. 차 열쇠를 달라는 말이었다. 수원은 아무 말 없이 자동차 열쇠를 건네주었다.

퇴근 무렵, 차를 다 썼는지 영준이 자동차 열쇠를 갖고 사무실로 왔다.

"고맙습니다."

영준은 간단한 인사만 남기고 자동차 열쇠를 책상 위에 놓고 갔다.

퇴근하기 위해 주차장에 내려간 수원은 자동차 운전석에 앉다가 잠시 멈칫했다. 운전대 앞에 내비게이션이 설치되어 있었다.

수원은 주영준이 한 일이라고 짐작했다. 낮에 느닷없이 자동차를 빌려달라고 하더니 이런 깜짝 선물을 남겨 놓은 것이었다. 일전에 내비게이션 좀 설치하라고 했던 건 성민이었는데, 정작 달아준 사람은 영준이었다.

수원은 곧바로 영준에게 핸드폰을 걸었다.

"주 차장님, 정말 고마워요. 그렇잖아도 내비게이션을 달았으면 했는데. 고마워요. 비용은 내일 아침 출근해서 드릴게요."

"아닙니다. 자리 옮긴 기념으로 선물한 겁니다. 친구가 마침 내비게이션 가게를 열어서 팔아주어야 하기도 했고…"

영준이 당황한 목소리로 말했다. 결국 수원이 저녁을 사는 것으로 결말이 났다.

수원은 영준과 함께 가끔 들르던 간절곶 칼국수 집에 갔다. 자리에 앉자마자 영준이 놀라운 이야기를 했다.

"차에 내비게이션을 달다가 이상한 것을 발견했습니다."

"이상한 것이라니요?"

"차 시트 밑에 도청장치가 있었습니다. 내비게이션 후방경 줄을 잇다가 발견했습니다."

"예? 도청장치요?"

수원은 놀라 벌린 입을 다물지 못했다.

"누가 그랬을까요?"

"알 수 없지요. MP3 도청기에는 특별한 단서가 없었습니다. 하여튼 각별히 조심하십시오."

"안토니오 조직과 관계된 일은 아닐까요? 요즘 수사는 어떻게 되어 가나요?"

수원은 불안한 마음을 감출 수가 없었다. 오피스텔의 번호 열쇠를 망가트린 일과도 관계가 있는 것 같았다.

"장 안토니오와 이경만에게 엄청난 배후가 있나 봅니다. 장 안토니오의 통장에서 뭉칫돈이 드나든 흔적을 찾아냈답니다. 사건의 규모가 커지니까 수사본부를 서울 합동 수사팀으로 옮겼다고 합니다."

"합동이라니요?"

"경찰과 국정원, 검찰 등이 함께 수사한다는 뜻입니다. 국내에 아나톨리 조직이 실제로 있다고 가정하고 그들의 목적과 조직을 찾아내는 것입니다. 우리 회사 경비도 눈에 보이지는 않지만 크게 강화되었습니다."

영준이 먼저 칼국수를 후루룩 먹기 시작했다. 입맛이 뚝 떨어진 수원은 영준의 거침없는 젓가락질을 부러운 눈으로 바라보았다.

자리를 옮기고 며칠 뒤 수원은 강병욱 정책처장의 호출을 받고 서울 본사로 올라갔다.

"한 차장, 내일 오후 사장님이 중요한 손님을 만나는데 같이 좀 갑시다."

강병욱 처장이 서류를 넘기며 미소를 지었다.

"터키 경제 정책을 자문하고 있는 프랑스 사람인데……."

"통역도 하고 우리 원전 APR-1400의 장점도 설명하라는 말씀이군요."

수원이 자기를 부른 이유를 금방 알아차리고 미리 말했다.

"하하하. 맞네, 맞아."

강병욱 처장은 한참 동안 웃다가 설명했다.

"이번에 터키와 아랍 국가에서 원전 여러 개를 건설하는데 세계 원전 강국들이 모두 수주하러 나섰거든. 거기서 우리 신 개발품이 어깨를 겨루고 한판 승부를 벌일 판이야. 그러니까 최선을 다해 보라고."

"알겠습니다."

수원은 목소리에 힘을 주어 각오를 내보였다.

수원은 오후 미팅과 만찬에 참석해 조병민 사장을 보필했다. 조병민 사장은 수원의 업무 수행에 대만족해 휴가와 함께 금일봉을 선사했다.

일정을 마치고 수원은 고유미의 집으로 향했다. 서울에 올라온 김에 유미의 집에서 묵기로 한 것이었다.

그때 배성민이 전화를 걸어왔다. 빈에서 돌아온 뒤로 처음 온 연락이었다.

"휴가 얻었다며? 금일봉, 얼마 들었어?"

벌써 배성민에게 소식이 닿은 모양이었다.

"나도 며칠 휴가를 낼까 했는데 잘 됐어. 함께 가자."

"어딜 가요?"

"개인용 비행기 타고 스카이 드라이브 한 번 하자고."

"스카이 드라이브요? 그런 게 있어요?"

수원은 성민다운 발상이라고 생각했다. 개인용 비행기가 어떤 것인지 호기심이 일었다.

"그럼 내일 만나요."

"어? 오늘밤은 만나면 안 되나?"

성민이 실망스럽다는 듯 말했다.

수원이 유미의 집에 도착해 보니 정세찬이 와 있었다.

"여기 계셨군요. 아예 함께 사시는 거예요?"

수원은 유미에게 눈인사를 보내며 정세찬에게 짓궂게 물었다.

"수원 씨가 오신다고 해서 일부러 왔습니다."

유미는 조그만 오피스텔을 빌려 자취 생활을 하고 있었다. 월세로 있던 방을 청산한 것을 보니 형편이 나아진 것 같았다.

"해운대 오피스텔은 잘 썼습니다. 덕택에 돈 좀 굳었지요."

정세찬이 공치사를 했다.

"세찬 씨는 곧 갈 거야. 학교서 퇴근하는 길에 네가 온다니까 잠깐 들른 거야."

유미가 변명처럼 말했다.

"유미 씨가 카레라이스 만들어준다고 하니까 먹고 가야지요."

정세찬이 싱글싱글 웃으면서 말했다.

"카레? 그냥 나가서 피자나 먹자. 모처럼 정 박사님 만났으니 내가 쏠게. 국제 정치 이야기도 좀 듣고……."

수원은 유미가 집에서 저녁 대접하는 게 번거로울까 봐 제안했다.

"아닙니다. 저는 유미 씨 카레가 꼭 먹고 싶은데요. 맛없는 음식 먹는 연습을 미리미리 해놔야지요."

정세찬이 평소와 달리 익살을 떨었다.

결국 세 사람은 유미가 만들어 온 카레를 먹었다. 제법 맛이 났다. 식사가 끝난 뒤엔 오징어를 안주 삼아 맥주잔을 기울이기 시작했다.

그때 수원의 눈에 유미가 하고 있는 팔찌가 들어왔다. 낯익은 디자인이었다. 뱀이 똬리를 틀고 있는 모습. 다이아몬드를 촘촘히 박은 백금 제품. 워낙 독특한 디자인이라 금세 기억이 났다.

미국에서 성민과 헤어지기 며칠 전 샌프란시프코의 티파니에 들른 적이 있었다. 그때 수원은 이 독특한 디자인의 팔찌를 한참 들여다보았다. 맘에 들면 사주겠다고 성민이 권했으나, 워낙 비싼 가격이 부담스러워 사양하고 말았다.

"팔찌 멋있네. 어디서 샀어?"

"응. 이거, 이거 말이지. 누가 선물한 거야."

유미의 얼굴에 당황한 빛이 스쳐 지나갔다. 수원은 며칠 전에 유미가 보냈던 메일이 생각났다. 마지막 문장에 유미가 성민과 재즈 바에서 만났다는 내용이 있었다.

정세찬은 두 사람 대화에 별로 관심이 없다는 듯 오징어만 씹었다. 그때 텔레비전에서 8시 뉴스를 시작했다.

> 이번에 북한이 쏘아올린 미사일에 핵탄두는 싣지 않은 것으로 보이지만, 언젠가는 탑재할 능력이 있다는 것을 과시한 행동이었습니다.

"저런 일이 언젠가 생길 줄 알았다니까. 역시 핵이 문제야."

정세찬은 뉴스에 귀가 번쩍 뜨인 것 같았다.

"1970년대에 핵무기를 만들었어야 했는데 그때 기회를 놓친 게 한스러워. 그때 우리가 핵을 보유했더라면 북한이 저렇게 나올 수가 없지."

정세찬이 혼잣말로 탄식했다.

"김일성은 겉으로는 '북한은 절대로 핵무기를 만들지 않는다, 핵무기를 만들 능력도 없고 만들 생각도 없다'고 강조했지만 뒤로는 핵무기 개발을 향한 작업을 계속하고 있었지요. 그러다가 2003년에 마침내 NPT를 탈퇴한 겁니다."

"핵확산금지조약에서 탈퇴했다는 것은 핵무기를 개발하겠다는 선언이나 마찬가지지요."

수원이 말을 받았다.

"북한이 NPT에 서명한 것이 1991년인데 국제적으로 약속을 해놓고도 뒤로는 2003년까지 70차례 이상 핵폭발 실험을 했습니다. 이제 미국과 함께 자기들도 핵보유국이라고 자랑하고 있죠.”

정세찬이 계속했다.

“박정희는 곧바로 미국에 있는 한국계 핵물리학자 2백여 명을 국내로 불러들이는등 미사일 개발에 많은 노력을 기울였습니다. 만약 박정희가 암살당하지 않았다면 1980년, 국군의 날에 핵무기를 선보였을 겁니다.”

“정말이에요?”

수원이 고개를 갸웃했다.

“1979년 김재규가 박 대통령을 암살한 것도 핵무기 개발을 막기 위해 미국이 사주한 일이란 말이 있습니다.”

“어머!”

유미가 놀랐다.

“정부는 1971년에 핵무기 제조 계획을 세웠고 1975년에 설계를 완성했다는군요. 그러나 미국의 반대가 엄청났지요. 농산물 차관 중단 압력까지 넣었어요. 밥상을 뒤엎겠다는 이야기였지요.”

“정치라는 게 참…….”

유미의 말이 끝나기도 전에 정세찬이 말을 계속했다.

“박 대통령이 미국을 배제한 핵 개발을 검토하면서 가장 도움을 받을 수 있다고 생각한 나라가…….”

“소련인가?”

유미가 나섰다.

“프랑스입니다. 프랑스와 플루토늄 재처리 계약까지 비밀리에 했지만 프랑스도 얼마 가지 않아 계약을 파기한다고 일방적 통고를 해왔지요. 그러나 파기는 표면상이고 실제는 비밀리에 협력이 계속되었다는 설도 있었지요."

"그 이야기는 저도 인터넷 어디선가 본 것 같아요."

수원이 기억을 되살리며 이야기했다.

"맞습니다. 대한항공 902편 사건도 그것과 관계가 있다는 설이 있어요."

대한항공 사건 이야기가 나오자 수원의 얼굴이 굳어졌다. 잠시 후 수원이 말했다.

"그러나 오늘날 세계 강국들이 걱정하는 것은 한국의 핵무기가 아니라 한국이 만드는 핵발전소예요. 핵무기는 군사적 파워지만 핵발전소는 경제적 파워거든요. 한국의 두산, 현대, 삼성, SK 같은 재벌들이 모여 기술 융합으로 세계 대기업들을 위협하고 있지요."

정세찬은 사다 놓은 맥주가 다 떨어진 뒤에야 일어섰다. 정세찬을 보내고 난 수원과 유미는 편한 옷차림으로 갈아입고 소파에 나란히 앉았다.

"정세찬 씨 어때? 잘해주지?"

수원이 은근하게 물었다.

"착하긴 한데 좀 무능한 편이야. 성민 씨처럼 적극적인 남자가 못 돼."

"적극적인 남자?"

수원은 무슨 뜻이냐는 표정으로 쳐다보았다.

"세상에 대한 욕심도 그렇고, 여자를 대하는 것도 그렇고……."

"그래? 여자한테도 적극적이야?"

수원이 쳐다보자 유미는 시선을 피하며 대답했다.

"그건 네가 더 잘 알겠지."

다음날 수원은 르네상스 호텔 앞에서 성민을 만났다. 성민은 은색 밴을 몰고 나타났다.

"차 새로 샀어요?"

"놀러 좀 다니려고 렌트했어. 안이 넓어서 좋아. 잘 수도 있고."

성민은 수원을 옆자리에 앉히며 눈을 찡긋해 보였다.

"저, 혹시……."

수원은 고유미가 차고 있는 팔찌에 대해 물어 보려다가 말았다. 티파니 디자인을 모방한 제품을 누군가 선물했을 수도 있다는 생각이 언뜻 들었다.

"어디로 가는 거예요?"

"화성. 거기 가서 개인용 비행기를 빌려 타려고."

"우리나라에 그런 곳도 있다니 믿어지지 않네요."

"한국의 레저 활동도 제법 다양해졌더군."

"그래요?"

"개인용 비행기 연습장, 교습소 같은 것이 스물아홉 군데가 있어. 동호회도 서른 개가 넘어."

"파일럿 면허증 있어요?"

"물론이지. 캐나다에서 라이센스를 땄어. 미국보다 캐나다가 쉽게 딸 수 있거든."

밴은 앉는 자리가 높아 전망이 시원했다. 성민은 제한 속도를 훨씬 넘겨 가며 달렸다.

"화성 말고 더 가까운 비행장은 없어요?"

"있지. 용인과 안산에도 있는데, 화성 어도 비행장만큼 좋지는 않아. 어도 비행장은 시화호수와 붙어 있어서 경치가 아주 그만이야."

두 사람은 시화호 근방에 즐비한 식당 중 한 곳에서 점심을 먹고 오후 세 시쯤 어도 비행장에 도착했다. 탁 트인 지평선 끝에 바다가 보였다. 성민은 간단한 수속을 마치고 항공사 교관이 끌고 온 비행기 앞으로 갔다. 빨간색으로 몸단장을 한 작은 비행기에 프로펠러가 한 개가 달려 있었다.

수원은 성민이 시키는 대로 비행기 좌석에 올라갔다. 난생 처음 비행기 조종석 옆자리에 앉아보는 것이었다.

"정말 조종할 수 있어요?"

수원은 미덥지 않아 자꾸 물어 보았다.

"자, 출발합니다."

성민은 대답하지 않고 시동을 걸었다. 프로펠러가 돌기 시작하자 태풍이 불 때처럼 거센 바람소리가 들렸다. 서서히 움직이던 비행기는 얼마 가지 않아 땅에서 발을 떼고 공중으로 오르기 시작했다. 비행기가 높이 오를수록 공포와 쾌감이 동시에 찾아왔다.

"와!"

비행기는 하늘 높이 올라 고도를 잡자 편안하게 날았다. 멀리 수평선이 보이고 시화호와 대부도 주변의 집들이 장난감처럼 보였다.

"얘는 이름이 뭐예요?"

"얘? 이런 비행기를 ULP라고 하는데, 울트라 라이트 플레인의 약자지. 그건 기종 명칭이고, 보통 편하게 스카이 스타라고 불러."

"2인승밖에 없어요?"

"아니지. 이건 2인승 경비행기지만 4인승, 10인승도 있어."

비행기는 완만하게 원을 그리며 날았다.

"저기 녹색 섬 보이지. 그게 닭섬이라는 곳이야. 오른쪽으로 길게 시화

방조제가 보이지?"

수원은 슬쩍 성민의 얼굴을 보았다. 언제나 깔끔하게 수염을 깎은 턱이 오늘따라 더 산뜻해 보였다.

"지금 얼마나 높은 곳에 있는 거예요?"

"아직 천국까지는 못 갔어. 계기는 510피트."

비행기는 다시 바다 위로 나왔다. 끝이 보이지 않는 망망대해가 눈앞에 펼쳐졌다.

"이런 하늘에서 청혼이라도 한다면 멋있지 않을까? 그야말로 사랑의 날개 위에서 청혼하는 거지. 하하하."

성민은 소리 내 웃으면서 수원의 눈치를 살폈다.

"이 비행기로 고리까지 갈 수 있어요?"

듣고 있던 수원이 딴청을 피웠다. 수원은 성민에게 도통 마음이 열리지 않았다. 수원에게 한없이 다정하게 대하면서도 성민은 무언가 비밀을 갖고 있었다. 미국 웨스팅하우스 도서관에서 성민과 스킨십을 나누던 소피아 빌리에, 빈 회의에까지 나타난 그 여자. 유미의 팔에 감긴 뱀 모양의 팔찌. 게다가 수원을 납치하려다 불발에 그친 제라르 빅토르도 성민이 소개해준 사람 아닌가.

"고리? 기름이 모자라 갈 수가 없어. 그뿐 아니라 항공청에 미리 신고하고 허가를 받아놔야 하거든. 꼭 가야 한다면 내가 자동차로 모셔다 드리지."

"됐네요."

수원은 씁쓸히 웃어 보였다.

20여 분간 하늘을 난 수원과 성민은 사뿐하게 지상으로 내려왔다. 성민의 조종술은 나무랄 데가 없었다.

수원은 성민에게 품고 있는 의혹을 털어놓아 볼까 하다가 그만두었다. 자신의 오피스텔에 누군가 침입하려고 했던 것, 차에서 도청 장치가 발견된 것에 대해서도 의논하고 싶었으나 끝내 입 밖에 꺼내지 않았다. 대신 다른 질문을 했다.

"할아버지 땅 찾는 일은 잘 되어 가나요?"

성민은 수원을 힐끗 돌아본 뒤 한숨을 쉬며 대답했다.

"글쎄. 성사될 듯 말 듯하네. 잘하는 짓인지도 모르겠고."

성민의 표정이 갑자기 어두워졌다.

수원은 더 이상 묻지 않았다.

인터넷 IP를 쫓아라

본부 홍보실에 자료를 찾으러 갔던 수원은 복도에서 영준과 마주쳤다.

"수사 진척이 있나요?"

"수사본부가 서울로 옮겨진 뒤로는 자세한 사항을 알 수가 없습니다."

"아나톨리의 정체는 파악했나요?"

"핸드폰을 추적해 보았는데 전혀 상관없는 중국 호텔 직원이 주인이었답니다. 그 호텔 직원 말로는 한국에서 온 여자 관광객이 있었는데 한국에 한 번 초청하겠다고 해서 공민증 번호와 주소를 준 일이 있다고 합니다. 그게 좀 수상하다는 것밖에는 모른답니다."

"그러면 그 여자가 대포 폰을 만들어 아나톨리에게 준 것일 수도 있겠군요. 장 안토니오, 이경만 등 안토니오 낚시 클럽 회원들 사이에서 오고간 전화 통화, 계좌를 더 자세히 분석해 보면 뭔가 더 나오지 않을까요?"

두 사람은 회사 정원으로 걸어 나오면서 이야기를 나누었다.

"그걸 기대해 봐야죠. 오늘밤 부산 국제영화제 개막식이 있는데 한번 가 보시겠습니까?"

영준이 몇 번 주저하다가 먼 산을 보면서 제안했다.

"둘이서요?"

"아닙니다. 보안부장님이랑 조민석 과장도 같이 갑니다."

"저는 다음에 둘이 갈 때 가지요."

수원이 농담처럼 말을 던지자 영준의 얼굴이 붉어졌다.

영준과 헤어진 수원은 천천히 사무실로 걸어 돌아오며 복잡한 머릿속을 정리했다.

김형욱과 박정희, 그리고 아버지 한용국. CIA와 KGB, 대한항공 902편. 아나톨리와 원자력발전소, 그리고 대한민국. 수원은 이 모든 단어가 아버지의 죽음을 푸는 열쇠가 틀림없다고 생각했다.

그 순간 갑자기 어떤 생각이 머릿속에 떠올랐다. 수원은 벌떡 일어나서 책상 앞에 앉았다. 그리고 메모지를 꺼내 글씨를 썼다.

A. N. A. T. O. L. Y

수원은 알파벳 일곱 글자를 뚫어지게 들여다보았다.

수원은 오후에 정기 확대간부회의에 참석했다. 회의가 시작되기 전 임영규 행정실장이 중요한 보고를 했다.

"이미 본부장님께는 보고하였습니다만 여러분이 다 아셔야 할 것 같아 말씀드립니다. 어제 19시 20분께 우리 회사 홈페이지에 이상한 글이 떴습니다. 원전 2호기에 액체 폭탄을 집어넣어 폭파시킬 것이라는 협박문이었습니다. 올린 사람의 아이디는 '친구'입니다."

지난번 일어났던 폭파 사건을 경고했던 자도 '친구'라는 아이디를 썼었다.

"장난으로만 볼 수가 없어 즉각 당국에 보고했습니다. 공표되지는 않았습니다만 비상 체제에 들어가 있는 상태입니다. 여러분도 각별히 조심하고 협조를 당부합니다."

임영규 실장의 보고가 끝나자 이종문 본부장이 회의 시작을 알렸다.

"현재 건설 중인 신 고리 발전소의 취수구는 친환경 설계라는 장점이 있지만 종전 취수구와 달리 취약점도 있습니다. 해수면보다 70에서 100미터 깊이의 해저에서 물을 끌어들이기 때문에 바다 밑으로 길게 취수관이 나가 있습니다. 배수관도 마찬가지로 70에서 100미터 깊이에서 물을 내보냅니다. 해수 온도에 전혀 영향을 주지 않아 친환경적입니다만, 외부 공격에 쉽게 노출된다는 문제점이 있습니다."

"배수구는 원자로를 돌고 나온 더운 물이니까 길게 설치할 필요가 있겠지만, 취수구는 그렇게 깊이 들어갈 이유가 없지 않을까요? 취수 케이블은 종전 방식으로 하면 어떨까요?"

수원이 의견을 내놓았다.

"그것은 본사에서 코펙이나 시공 회사들과 함께 재검토할 문제인 것 같습니다."

이종문 본부장이 결론을 내렸다.

수원은 회의를 마치고 나오면서 보안부장에게 물어 보았다.

"그 '친구'라는 자가 경고한 액체 폭탄이라는 것이 존재하나요?"

"액체 폭탄이야 많은데 어찌 되었든 용기에 담아서 쓰지 않으면 안 되는 것이지요. 그런데 이번 경고문의 내용을 보면 용기에 담아서 터뜨린다는 것이 아니라 바닷물에 섞어서 취수구를 통해 내부까지 이르게 한다는 것 같아요."

"그렇게 되면 스톱 로그나 스크린 바 같은 것도 아무 소용이 없네요. 그런데 그게 실현 가능한 얘기인가요?"

수원이 다시 의문을 제기했다.

"글쎄요, 허황된 얘기라면 그렇게 게시판에다 올리기까지 했을까요?"

"설사 폭약이 흘러들어왔다 하더라도 뇌관이 없는데 어떻게 점화를 시키죠?"

"온도차로 가능하지 않을까요? 냉각수가 섭씨 2백 도가 넘는 증기 송수관을 냉각시키는 동안 냉각수 자체의 온도가 상당히 높아집니다. 만약 섭씨 백 도 이하에서는 액체 상태로 있다가 백 도가 넘으면 폭발하는 액체 폭탄이 있다면 가능한 얘기죠."

보안부장이 가능한 모든 방법을 설명했다.

"하지만 냉각수 송수 케이블이 폭발한다고 해도 원자로와는 직접 연결되어 있지 않잖아요. 원자로와 거리도 꽤 있어서 방사능 누출 같은 불상사는 발생하지 않을 거예요."

사실 바다로부터 직접 끌어들인 냉각용 해수는 터빈을 돌리기 위해 돌고 있는 증기 케이블의 겉면을 식힐 뿐이다. 증기 케이블은 원자로 안의 고열 경수가 돌고 있는 보일러에 의해 데워지기 때문에 케이블과 케이블을 통해 열전달이 간접적으로 이루어지고 있었다.

"그들이 목표하는 건 방사능 유출이 아닐 수도 있습니다."

"어쨌든 신 고리 원자로는 해수면 70미터 지점에서 물을 끌어들이기 때문에 접근하기가 용이하지 않을 것입니다."

"기상천외한 일을 저지르는 것이 테러 기술자들이니까, 모든 경우에 대비하여 방어 체제를 갖추어 놓아야 할 겁니다."

김승식 부장이 입을 꾹 다물며 굳은 의지를 내보였다.

사무실에 돌아오자 뜻밖의 손님이 기다리고 있었다.

"한수원 박사님이시죠?"

얼굴이 갸름하고 콧날이 날카로운 젊은 남자였다.

"그런데요."

"저는 합동수사본부 수사관입니다. 해운대 경찰서 문동언 경위의 소개로 왔습니다. 몇 가지 도움 말씀을 받고 싶습니다."

남자가 자신의 용무를 또박또박 말하며 공손하게 명함을 내밀었다. 경찰청 사이버 수사대 수사관 허견이라고 적혀 있었다.

"아는 대로 말씀드릴게요."

허견 수사관에게 의자를 권하며 수원이 말했다.

"아나톨리라는 사이트에 대하여 아시지요?"

허견이 의자에 앉으며 질문했다.

"아나톨리 사이트가 따로 있는 게 아니고요, 판도라라는 인터넷 사이트 게시판 명칭 가운데 하나예요."

허견은 고개를 끄덕이며 수첩을 꺼내 메모하기 시작했다.

"판도라 사이트의 인터넷 주소가 어떻게 됩니까?"

"www.pandora.co.nz이에요. 회원만 접속할 수 있어요."

"회원 가입 절차가 까다롭습니까?"

"예. 관리자가 뉴질랜드에 있는데 초기 발기인들 외에는 추가 회원을 거의 받지 않는 걸로 알고 있어요."

"그럼, 수사하는 동안에 한 차장님 아이디를 공유할 수 있겠습니까?"

"네. 그러시죠."

"혹시 그 사이트 게시판에 한국 원자력발전에 대한 이야기도 올라오던가요?"

수원은 한참 생각해본 뒤 입을 열었다.

"아니요."

"아나톨리 조직에 관해서는요?"

"글쎄요. 아나톨리 게시판은 1978년 대한항공 여객기 강제착륙 사건에 대한 정보를 올리는 방이에요. 주로 당시 사건과 관계된 이야기만 올라오고 있어요."

수원은 아는 대로 상세히 설명해주었다.

"아나톨리 조직에 관해서 아시는 것은 없습니까?"

"네."

잠시 생각하던 수원이 덧붙였다.

"아나톨리 비행학교에 대한 이야기는 본 적 있어요."

수원은 비행기 조종사 아나톨리가 나중에 비행학교의 교관이 되어 비행기술을 전수하고 수많은 아나톨리 2세를 길러냈다는 이야기를 해주었다. 그곳 출신들 중에 비행기 납치와 항공테러를 저지르는 단체에 가입한 사람들이 꽤 있다는 말도 전해주었다.

"그러면 아나톨리 국내 조직에 관해서도 아는 게 없으시겠군요?"

"문동언 경위에게 들은 얘기밖에는 아는 것이 없어요."

"아나톨리가 세계적 연계를 가진 테러 조직이라면 우리나라에도 들어와 있다고 보십니까? 한국수력원자력에도 침투했다고 보십니까?"

"글쎄요."

"아나톨리 조직이 있다면 원조는 어디라고 보십니까?"

허견 수사관의 말에 수원은 메모지를 꺼내 놓고 ANATOLY라는 단어를 크게 썼다.

"이 알파벳 일곱 자를 보세요."

수원은 허견 수사관이 보기 쉽도록 메모지를 돌려놓았다. 허견 수사관은 메모지의 글씨를 뚫어지게 들여다보았다.

"동양에서 흔히 사용하는 파자(破字), 즉 글자를 분해해서 다른 의미를 찾는 방법을 잠깐 응용해 볼게요. 예를 들면 한자의 앉을 좌(坐)를 파자하면 사람 인(人) 두 개와 두 개와 흙 토(土)로 분해가 되지요. 그러니까 흙 위에 두 사람이 앉아 있다는 뜻이 됩니다."

"아니, 그런 것도 다 아십니까?"

허견이 신기한 듯 물어보았다.

"퍼즐 푸는 게 제 취미라 파자에도 관심을 가져 보았지요."

수원이 생긋 웃고 설명을 계속했다.

"여기서 앞의 A자와 뒤의 L, Y 두 자를 떼 내 볼게요."

"NATO가 되는군요. 북대서양조약기구."

허견이 감탄했다.

"ANATOLY에서 떼 낸 A, L, Y 세 글자를 재배열해 볼게요. LAY가 되지요?"

"그렇군요."

"두 단어를 다시 조합해 보면 'LAY NATO'라고 할 수 있지요. LAY는 영어로 여러 가지 뜻이 있어요. 놓다, 두다, 눕히다, 낳다, 쓰러뜨리다, 겨누다, 조준하다, 심지어 죽이다는 뜻으로 쓰이지요."

"으흠, 그러니까 'NATO를 조준하라, 쓰러뜨리다'이군요. 그렇다면 결국 반전 운동 단체?"

허견 수사관이 빨리 이해를 했다.

"파자를 통한 저의 추리일 뿐입니다. 그런데 우리 회사 게시판에 협박문을 올린 사람의 IP는 추적해 보셨나요?"

"아직은 성남시 분당구 정자동이라는 주소밖에 찾지 못했습니다. 곧 더 자세한 사항을 알아낼 것입니다."

"거기에 뭐가 있나요?"

"KT 통신사 주소입니다. KT의 서버는 그곳을 거치니까요."

"ISP(인터넷 서비스 제공자) 주소로군요. 보통 유저들의 악플이나 게시판 글을 추적하려고 할 때 트레이스라우트(Trace Route)나 후이즈(WHOIS) 같은 명령어를 이용하는데 잘 되지 않더라고요."

"많이 해 보셨군요. 거기까지 추적하더라도 고정 IP가 아니고 유동 IP라면 찾지 못합니다. 그러나 수사를 할 때는 ISP 서버를 수색할 수 있는 압수영장을 가지고 가니 찾는 게 그리 어렵지 않습니다. 하지만 상대가 트릭을 썼다면 위치나 컴퓨터를 찾는 게 좀 까다로울 수 있습니다."

"시간이 급박하지 않나요? 지난번 폭발물은 조기 발견해서 무사했지만 이번에는 심각한 일이 벌어질 수도 있잖아요."

"물론 최선을 다하고 있습니다. 그런데 만약 액체 폭탄이 냉각수 케이블에 들어가서 폭발해도 정말 방사능 누출 위험이 없을까요?"

허견 수사관도 원전의 안전성에 관해서는 사전 지식이 별로 없는 듯했다.

"취수구를 통해 들어간 물은 터빈 건물까지만 들어가요. 터빈 건물은 핵연료를 취급하는 곳이 아니기 때문에 설사 폭발하더라도 방사능과는 관계가 없습니다. 건물이 무너지고 증기가 쏟아져 나오고 발전이 중단될 수는 있겠지만 방사선 누출 가능성은 전혀 없어요."

"오염된 도구라든가, 폐기물이라든가……."

"그것도 전혀 걱정 안하셔도 돼요. 사용한 도구나, 작업복, 장갑 같은 폐기물은 인체에 별로 영향을 끼치지도 않을 뿐 아니라 밀폐 용기에 보관했다가 지하, 터널 등 절대 안전한 곳에 다시 영구 밀폐하니까요."

"아하, 그렇군요. 제가 원자력발전에 대해 워낙 몰라서 괜한 걱정을 했나 봅니다."

허견 수사관이 미안한 표정을 지었다.

그림자 없는 침입자

아침부터 영준이 사무실에 와서 기다리고 있었다.

"한 차장님, 본부장님이 보자고 하십니다."

항상 심각한 영준이지만 오늘따라 더욱 심각한 얼굴이었다.

"무슨 일인데요?"

"좀 이상한 일이 생긴 것 같습니다."

영준은 영문을 알고 있는 것 같았다. 그러나 말을 아끼는 눈치였다. 수원은 더 이상 묻지 않고 본부장실로 갔다.

"한 차장, 앉으세요."

이 본부장도 평소와 다르게 심각한 얼굴로 수원을 맞이했다.

"본사에서 연락이 왔습니다."

본부장은 한참 뜸을 들인 뒤에 말을 이었다.

"우리 회사의 생산 원가가 유출되었습니다."

"생산 원가라니요?"

"한 차장이 맡고 있는 원자로 제어 시스템의 국제 입찰 내정가가 외부에 공개되었습니다. 부품에 관한 것이기 때문에 원자로 국제 입찰가에는 큰 영향을 주지 않겠지만, 회사 기밀 중 일부가 외부로 유출되었다는 것은 매우 심각한 일입니다."

"어디에 누출되었습니까?"

수원은 자기와 관계가 없는 일로 생각했다.

"프랑스의 인터넷 과학 잡지인 《샹스픽숑(Science-fiction)》에 아주 악의적인 평과 함께 게재됐습니다."

"악의적인 평이라니요?"

"우리가 생산 원가에 비해 과도한 가격 책정을 시도한다는 것입니다. 문제는 그 자료가 한수원 차장의 보고서에서 인용된 것이라는 점입니다."

"예?"

그제야 수원은 본부장이 자신을 부른 이유를 알았다. 정신이 아득해졌다.

"그럴 리가 없습니다. 아직 상부에 보고도 하지 않은 자료인데 어떻게 외부로 나갔겠어요?"

수원은 너무 놀라서 목소리가 떨려 나왔다.

"한 차장의 보고서에서 나온 것이 확실합니다. 지난달 한 차장이 본사에 메인 제어 시스템에 대한 부품별 생산 원가를 요청한 일이 있지요? 그때 그 서류에 한 차장이 의견을 제시해 놓지 않았습니까. 그 내용이 노출된 것입니다."

본부장이 인터넷 기사 프린트를 꺼내놓았다. 프랑스어로 된 것이었다.

수원은 얼른 기사를 읽어보았다. 자신이 보고서로 제출하려고 만들어

놓은 내용 그대로였다. 수원은 난감하다 못해 앞이 캄캄했다.

"이상하게 사건마다 한 차장이 관련돼 있군요. 어떻게 생각해요?"

수원은 답할 말이 없었다. 한참 동안 수원의 답을 기다리던 이 본부장이 지시했다.

"당분간 대외엔 비밀로 하고 어떻게 유출되었나 잘 알아보십시오."

"알겠습니다."

수원은 고개를 푹 숙였다.

"그럼 나가보세요."

"죄송합니다."

수원은 맥이 다 풀린 상태로 사무실로 돌아왔다.

'도대체 누가, 왜?'

수원은 짐작이 가지 않았다. 분명 누군가 수원을 노리는 것이 분명하다. 오피스텔 침입 시도, 도청 장치 부착, 기밀문서 유출. 이것이 모두 연관돼 있음을 알 수 있었다. 28년간 공부와 연구에만 파묻혀 살아온 수원. 음모나 모함 같은 것은 생각지도 못했다. 그런데 지금은 자신이 그 소용돌이의 중심에 서 있는 것 같았다.

수원이 책상에 앉아 두 손으로 머리를 싸매고 있을 때 본사 강병욱 처장으로부터 전화가 걸려 왔다.

"처장님, 죄송합니다."

수원은 사과부터 했다. 수원을 한국수력원자력으로 추천한 사람이 강 처장이었기 때문이었다.

"나는 한 박사를 믿어요. 정신 똑바로 차리고 대체 누가 그런 일을 꾸몄는지 찾아내세요. 반드시 적발해야 합니다. 본사에서 조사단이 나갈 테니 일단 적극적으로 협조하세요."

강 처장은 염려와 걱정을 담아 부드럽게 위로했다.

"언제 조사단이 오나요?"

"아마 지금쯤 고리에 도착했을 겁니다. 의심이 증폭되기 전에 범인을 최대한 빨리 찾아내야 합니다. 이런 일이 한 박사 장래에 나쁜 영향을 미치게 해선 안 됩니다."

수원은 전화를 끊고 그 자료를 어디에 보관해 두었었는지 곰곰이 생각해 보았다. 사무실과 집에 있는 PC였다. 사무실에서 서류를 작성한 후에 좀 더 세밀히 살펴보고 마무리 짓기 위해 USB 메모리에 담아 집 컴퓨터에 옮겨 저장해 놨던 것이다. USB는 핸드폰 고리에 항상 매달려 있었다. 어쨌든 이 셋 중 하나에 있던 자료가 유출된 것이었다.

그때 영준이 들어왔다. 수원이 미리 귀띔해주지 않은 영준을 향해 섭섭한 목소리로 물었다.

"자료 유출에 대해 알고 계셨지요?"

"미안합니다. 전달할 수가 없는 상황이었습니다."

"도대체 왜 자꾸 이런 일이 일어나는지……. 주 차장님, 혹시 이번 일을 제가 저질렀다고 생각하고 계시나요?"

"그럴 리가요."

"누가 이런 짓을 했을까요?"

"누군가가 한 차장님을 함정에 빠뜨리려고 노리는 것 같습니다. 집에 침입하려고 했던 것도 그렇고, 도청 장치를 설치했던 것도 그렇고요."

역시 영준도 수원과 같은 생각을 하고 있었다.

"혹시 정보를 빼낸 흔적이 컴퓨터에 남아 있을까요?"

"복사를 해갔다면 남아 있을 겁니다. 제가 컴퓨터를 좀 아니까 도와 드리겠습니다. 우선 회사 컴퓨터를 살펴볼까요?"

영준은 수원의 컴퓨터를 한참 동안 들여다보았다.

"아무런 흔적도 없습니다. 이제 집에 있는 컴퓨터를 살펴봐야겠군요."

USB는 수원이 항상 손에 지니고 있었으므로 거기서 자료가 유출됐을 리는 없었다.

일과가 끝나자 두 사람은 수원의 차로 함께 이동했다. 차를 타면서 영준은 수원의 차를 구석구석 살폈다. 도청 장치가 있는지 점검하는 것이다.

"그 중국 대포 폰의 주인을 찾았답니다."

조수석에 앉아 안전벨트를 매면서 영준이 말했다.

"아, 그래요?"

"한국 여행사에 근무하면서 주로 중국을 드나드는 여자였습니다. 그런데 그 여자도 다른 사람의 부탁을 받고 한 짓이랍니다."

"부탁한 사람이 누구래요?"

"그걸 모른답니다. 여행사에 왔던 고객이라고 합니다. 돈을 준다기에 그냥 한 것이랍니다. 전화요금도 그 사람이 직접 입금시켰는데, 매달 전화요금보다 더 많은 액수를 보내왔답니다. 머지않아 그 사람 정체도 찾아내겠지요."

"그 사람이 아나톨리겠군요."

"사이버 협박범일 수도 있습니다. 참, 문제의 협박문을 올린 컴퓨터를 추적 끝에 찾아냈습니다."

"그래요?"

"서울 삼성동에 있는 별 다섯 개짜리 호텔의 휴게실 컴퓨터랍니다. 전에 고리 원전 게시판에 두 건의 경고를 올린 지역도 그 근방이라고 합니다."

"누가 올렸는지는 밝히지 못했나요?"

수원이 실망스런 표정으로 물었다.

"CCTV로 그 시간대에 그 컴퓨터를 이용한 사람을 찾아내고 있나 봐요. 조만간 밝혀질 겁니다."

"동일 인물의 짓일까요?"

"경찰에서는 그럴 거라고 추측하고 있습니다."

"폭발물 사고가 더 일어나면 우리 회사 이미지가 크게 손상될 텐데……."

"그러게 말입니다. 어쨌든 예비사단까지 동원돼 고리에 인접한 바다를 모두 봉쇄했으니 더 이상 침투하기는 어려울 겁니다."

"폭발물 경고문을 올린 사람의 아이디가 '친구'였지요?"

"예."

"왜 하필 친구라는 아이디를 썼을까요?"

"글쎄요."

영준이 고개를 갸웃거렸다.

"반어법? 아님 비아냥?"

"친구든 적이든 그 누구라도 우리 원전을 건드리지 못하게 해야 합니다. 원전은 우리나라 미래니까요."

영준이 주먹을 불끈 쥐었다. 국가에 대한 신념, 원전에 대한 자부심이 가득한 표정이었다. 대한민국에 대해서도, 자신의 일에 대해서도, 심지어 연인한테조차 일정한 거리를 두고 더 이상 가까워지지 않는 성민과 대조적이었다.

수원은 몇 주 전에 들은 소문이 생각났다. 회사 내에 핵무기 개발을 옹

호하는 비밀 동아리가 있다는 것이다. 영준이 그 동아리의 주축 멤버가 아닐까 하는 의심이 들었다. 신념과 자부심이 방향을 잃고 질주하면 맹목적 애국심으로 변질될 가능성도 있다.

"다 왔습니다."

수원은 영준과 함께 오피스텔로 들어갔다. 영준이 컴퓨터를 켰다. 암호 화면이 나타났다.

"암호를 입력해주세요."

수원이 암호를 넣었다.

"로그인 시간이 기록되나요?"

"네."

로그인 시간을 살펴봤지만 수원이 접속한 것 외에는 다른 흔적이 없었다.

이튿날 서울 본사 감사실에서 실사 나온 사람이 찾아왔다.

"감사실의 엄진탁 팀장입니다."

얼굴이 희고 눈이 차가워 보이는 사람이었다. 그는 수원에게 보고서를 작성하게 된 경위와 그동안 작업한 경로 등을 자세하게 물어보았다. 사무실에 찾아온 사람, 집에 다녀간 사람도 물어보았다.

"컴퓨터를 좀 보겠습니다. 혹시 해킹을 당했을지도 모르니까요."

함께 온 컴퓨터 전문가가 사무적으로 말했다.

수원은 접속 암호를 알려주었다. 메일 발송 여부를 체크하기 위해 개인 메일까지 모두 오픈해야했다. 전문가 둘이서 두 시간 가까이 수원의 컴퓨터를 뒤졌지만 해킹이나 자료 유출 흔적은 전혀 찾아내지 못했다.

일행은 다시 문제의 파일이 저장된 컴퓨터를 보기 위해 해운대 수원의 오피스텔로 이동했다. 한참동안 문제의 파일을 열어보고서도 전문가는 별다른 문제점을 찾아내지 못했다. 해킹 흔적이나 암호를 풀고 열어본 흔적도 없었다. 웹상의 보안은 최상을 유지하고 있었고, 어떤 바이러스의 침입도 없었다.

그러자 전문가는 드라이버를 꺼내 컴퓨터 본체의 나사를 풀기 시작했다.

"한 박사님, 최근에 본체를 뜯어 본 적이 있습니까?"

"아뇨. 구입한 후에 하드웨어는 한 번도 건드린 일이 없습니다."

전문가가 본체를 열고 하드 디스크를 꺼내 조심스럽게 살폈다.

"드디어 알았습니다. 누군가가 하드를 꺼내 자기 컴퓨터로 복사해 갔군요. 하드를 뽑아서 복사하면 흔적이 남지 않지요."

전문가는 고도의 두뇌전에서 이긴 사람처럼 흐뭇해했다.

"여기 보십시오. 파워 서플라이나 케이블, CPU 팬에도 먼지가 남아 있습니다. 하지만 하드 디스크는 방금 닦은 것처럼 깨끗합니다. 이럴 수는 없지요."

"하지만 패스워드가 걸려 있었는데요."

수원이 말허리를 끊었다. 그러자 전문가가 자신 있게 말했다.

"그건 OS에 걸려 있는 것이지요. 시스템 부팅 때 작동하는 것이라 하드 디스크의 OS를 건드리지 않는다면 작동하지 않습니다. 그런 것까지 막으려면 훨씬 고급의 보안 프로그램을 깔아야 합니다. 이제부터는 그걸 사용하셔야 하겠습니다."

수원은 등줄기가 서늘한 느낌이 들었다. 결국 자신의 컴퓨터에서 자료가 유출된 것이 확실하기 때문이었다.

'그렇다면, 오피스텔에 누군가가 침입했다는 뜻인데?'

번호키 고장 사건 때는 침입에 실패했었다. 그러나 이후에 침입에 성공해 정보를 빼내갈 수도 있는 일이었다.

'아니면 오피스텔에 다녀간 사람 가운데 누군가가?'

수원은 자료 유출 사건 이전에 오피스텔에 다녀간 사람들을 생각해 보았다.

배성민, 주영준, 고유미, 정세찬뿐이었다. 모두 믿을 만한 사람들이었다. 이들 가운데 누군가가 컴퓨터를 해체하고 하드를 빼내 복사했으리라고는 전혀 상상이 되지 않았다.

"이 컴퓨터는 당분간 우리가 보관하겠습니다. 하드에 남은 지문이나 DNA 채취를 좀 의뢰해야 할 것 같습니다."

"그렇게 하세요."

"여기 저장된 파일은 다른 디스크에 옮겨 드리겠습니다."

그들은 컴퓨터의 모든 파일을 CD에 복사해주고 수원의 컴퓨터를 가지고 떠났다.

다음날부터 수원에 대한 여러 가지 내부 조사가 까다롭게 진행되었다. 회사에 들어오게 된 경위부터 폭파 리모컨을 눌러 수중 폭발 사고를 일으킨 사고에 대해서까지 여러 각도에서 원점부터 다시 조사가 진행되었다.

수원의 오피스텔에 와서 가택 수색도 샅샅이 했다. 지문 채취와 함께 바닥에 떨어져 있는 체모도 수집해 갔다.

수원은 창피하고 억울했다. 그러나 애써 싫은 내색을 하지 않았다. 평소와 마찬가지로 차분하고 담담하게 지내려고 노력했다.

영준은 예전보다 자주 수원을 찾아왔다. 둘의 대화는 주로 회사에 관한 것이었다.

"저번에 액체 폭탄 공격 얘기가 나왔잖아요."

"예."

"실은 제가 친분 있는 화학자들에게 그에 관해 문의를 해 놓았거든요."

"그랬군요."

영준이 흥미를 보였다.

"명확한 답은 없었어요."

> 물에 섞여 있으면서도 성질의 변화를 일으키지 않다가 섭씨 100~200도에서 폭발하는 물질이 이 세상에 존재하는가?

수원의 질문 내용이었다. 제일 먼저 답을 보내온 사람은 KAIST 대학의 변 교수였다. 수원은 교환 교수로 와 있던 그를 파리 제6대학에서 처음 만났었다. 변 교수는 농담부터 한 줄 적어 놓고 뒤에 전문적 소견을 달았다.

> 액체 폭탄 중 가장 강력한 폭탄은 여자의 눈물 아니었던가. 물속을 흘러 다니면서 폭발하는 물질은 세상에 없다네. 하지만 물속에서도 용기에만 담겨 있다면 폭발 기능을 발휘할 수 있는 물질은 많다네. 보통 폭발물로 많이 쓰는 글리세린 같은 것이 그것이지. 러시아 군에서 개발한 C-14 프로토타입이라는 액체 폭탄도 있고. 폭발력이 대단하나 자네가 찾는 것 같이 물속에 흘러 다니며 폭발하는 물질은 아닐세. 이만하면 답이 되었나?

또 다른 답은 프랑스에서 왔다.

> 액체 폭발물로 볼 수 있는 것은 글리세린, 황산, 아세톤, 탄화수소, 액화수소 등입니다. 황산과 아세톤 등을 합성해서 만든 액체 폭발물은 열과 빛이 40초 이상 닿으면 폭발하는 성질이 있으나, 이것도 용기에 담겨 있어야 가능합니다.

이름을 밝히지 않은 한국인이 보내온 메일도 흥미로웠다.

> 액화 폭발물이 실제로 사용된 예가 있습니다.
> 1987년 바그다드 발 대한항공 858기가 미얀마 상공에서 폭발하여 사라졌습니다. 범인은 북한이 보낸 김현희로 밝혀졌습니다. 김현희는 체포되어 한국에 와서 재판을 받았습니다.
> 이때 김현희가 기내에서 사용한 폭탄이 술병에 든 액체 폭탄이었습니다.
> 그러나 자세한 성분과 폭발 방법은 알려지지 않았습니다.
> 확실한 것은 그것도 액체 폭탄이기는 하지만 폭발 장치가 있었고 용기에 담겨 있었다는 점입니다. 바닷물 속에 섞여 있으면서 온도 차이로 자동 폭발하게 되는 물질은 아직 없을 것입니다.

그 외의 답변도 상식 수준을 벗어나지 못하고 있었다. 수원은 아나톨리가 수사팀의 주의를 다른 데로 돌리려고 교란 작전을 펴는 게 아닌가 하는 의심이 들었다.

열강 첩보기관의 음모

수원은 며칠 새 몸이 수척해졌다. 자료 유출로 회사에 피해를 끼친 것이 괴로웠다. 동료 직원들의 의혹 어린 눈초리도 견디기 힘들었다. 자신을 함정 속에 몰아넣은 자가 누구인지 밝혀지지 않은 것도 불안했다.

수원은 저녁 식사로 라면을 끓여먹었다. 입맛이 없을 때 먹기에 적격이었다.

식사를 마친 수원은 컴퓨터 앞에 앉았다. 메일이 몇 개 와 있었다. 그 중에서도 장 폴이 보낸 메일에는 엄청난 내용이 담겨 있었다.

> onesil님. 장 폴입니다.
>
> 몇 가지 이야기를 전해드리겠습니다. 사실인지 아닌지는 아직 확인하지 못했습니다. 제가 재구성한 무르만스크의 KAL 902편 강제착륙에 관한 다큐멘터리를 첨부 파일로 보냅니다.

수원은 첨부 파일을 열었다. 역시 프랑스어로 쓰여 있었다.

1978년 4월 20일, 파리 오를리 공항 출발 한국 여객기 902편은 무르만스크 아만드리 호수에 강제착륙 당했다. 그 배경은 참으로 놀랍고 복잡한 냉전시대의 첩보전이었다.

당시 한국의 박정희 정부는 해외에 있는 핵물리학자들을 불러들이기 시작했다. 그와 함께 미국이 아닌 제3국에 핵 개발 기술지원을 은밀히 타진했다. 그 중에서도 원전 건립을 협의 중이던 프라마톰 회사의 소속 국가인 프랑스에 협조를 요청했다.

이 일을 성사시키기 위해서 박정희는 믿을 만한 심복이 필요했다. 미국을 속일 수 있을 만큼 배짱이 두둑하고 영리한 사람이어야 했다. 박정희가 선택한 사람이 바로 전 KCIA 부장을 지낸 김형욱이었다.

"임자, 나는 임자만 믿는다. 나라를 구하는 길이 임자의 몸에 달렸다."

"각하, 목숨을 걸고 임무를 완수하겠습니다."

"끝까지 나를 배신한 척해야 한다. 미국의 의심을 피하려면 모질게 배신해야 한다는 것을 명심하라."

성격이 우직하고 충성심이 강한 김형욱은 1974년 4월 한국을 떠나 미국에 망명했다. 그리고 박정희 독재 정권을 맹렬히 비난했다.

육사 8기로 5·16 쿠데타에 참여한 김형욱은 저돌적이고 공작에 능한 인물이었다. 중앙정보부장 시절 인민혁명당 사건을 발표하면서 혁신계 인사, 언론인, 교수, 학생 등 41명을 국가보안법 위반 혐의로 구속시키기도 했다. 그러던 김형욱이 이번에는 박정희의 인권 탄압과 유신 독재에 화살을 겨누었다. 물론 거짓이었다. 미국을 속이고 박정희의 밀명을 수행하기 위한 위장 망명이었다.

한국과 핵 개발 기술지원에 관한 협정을 체결했던 프랑스는 돌연 계약을 일방적으로 파기해버렸다. 이것도 미국을 속이기 위해 박정희와 짜고 한 일이었다.

박정희와 프랑스의 비밀 업무를 성사시키기 위해 가짜 망명객 김형욱은 1978년 3월 파리에 도착했다. 김형욱은 기차로 스위스에 잠입, 스위스 은행 비밀 금고에서 막대한 프랑화를 현찰로 찾아냈다. 김형욱은 큼직한 여행 가방 바퀴를 굴리며 다시 열차편으로 파리에 돌아왔다.

김형욱은 파리에서 박정희가 보낸 밀사 한용국과 접선했다. 외교관 출신인 한용국은 파리 사정을 잘 알고 있었다.

한용국은 김형욱과 비밀리에 협력하여 프랑스 정부가 묵인해주고 있는 프랑스 비밀 조직과 함께 프랑스의 핵 재처리 기술 설계도와 상당량의 재처리된 플루토늄을 한국으로 옮기는 작전을 펼쳤다. 그들은 외부 사람들, 특히 미국 정보기관의 눈을 완벽하게 속이고 있다고 생각했다. 그러나 세계 유명 정보기관의 요원들이 김형욱을 줄줄이 미행하고 있었다. 미국의 CIA, 소련의 KGB, 프랑스의 DGSE, 영국의 DIS, 심지어 이스라엘의 모사드까지 끼여 있었다.

한용국은 김형욱의 도움으로 프랑스에서 비밀 임무를 완벽하게 진행했다. 프랑스의 비밀 조직으로부터 핵무기 설계도와 플루토늄을 입수하고 이것을 탑승객의 화물로 위장, 대한항공 여객기 902편에 싣는데 성공했다. 순도 95퍼센트의 플루토늄 12킬로그램이었다. 중형급 핵폭탄 두 개를 만들 수 있는 용량이었다.

한용국은 프랑스 오를리 공항 직원으로 가장해서 대한항공 902편에 잠입,

티켓 없는 승객이 되었다. 당시 탑승객 수가 109명이라고도 하고 110명이라고도 하게 된 이유가 바로 이것이었다.

그때까지만 해도 한용국은 아무런 문제없이 밀명을 수행하는 것으로 알고 있었다. 그러나 CIA는 모든 상황을 다 포착하고 있었다. 박정희가 핵무기 개발을 위한 결정적인 작업을 눈앞에 두고 있다는 것도 훤히 알았다. 그러나 남의 나라인 프랑스에서 일어나는 일을 쉽게 막을 수는 없었다. CIA는 마침내 소련의 KGB를 끌어들였다.

1978년 3월. 파리의 일본계 다카마쓰 호텔 특실에서 CIA 동북아 담당 국장과 KGB의 군사 담당 국장이 만났다. 두 적수 정보기관의 만남이었다.

"비행기를 폭파시켜서는 안 됩니다. 납치해야 합니다."

"민간기를 납치하면 세계적인 비난을 받게 됩니다."

"소련 영토에 들어오도록 항로를 속이면 됩니다."

"쉬운 일이 아닙니다. 그쪽에서 힘을 써주어야 합니다."

"물론입니다. 대신 비행항로를 유도하는 아이슬란드와 그린란드 로랜스테이션을 마비시키는 일은 그 쪽에서 맡아주십시오.

"새틀라이트 유도 발신 문제는 우리가 맡겠습니다."

냉전 시대의 적이 대한민국이라는 공동의 적에 대응해 협력을 결정했다. 미국으로서는 플루토늄과 핵무기 설계도의 한국 반입을 막을 수 있는 기회였고, 소련은 미국 보잉사의 707 비행기를 통째로 입수해 제조 비밀을 알아낼 수 있는 기회였다.

KGB는 대한항공 여객기가 지나는 항로 안내 기구를 모두 마비시켰다.

비행기 항로에 관계된 인공위성까지 차단시켰다. 그리고 자이로 내비게이션을 무력하게 만들었다. 항로를 잃은 대한항공 902편은 오도된 길로 들어섰다. 그리하여 마침내 무르만스크에 강제착륙 당하고 말았다.

소련은 비행기에 타고 있던 한용국을 체포하여 다른 승객들과 격리시켰다. 그리고 보잉 707 여객기를 샅샅이 분해하여 비행기 제조의 노하우를 알아내는 엄청난 수확을 거두었다. 한용국의 운명은 그 뒤에 전혀 알려지지 않았다. 살해되었을 가능성이 높았다. 박정희의 꿈은 수포로 돌아갔다.

미국 CIA는 자신들의 비밀을 완벽하게 숨기기 위해 손을 썼다. 이듬해인 1979년 10월 29일, 르그랑 세르클 카지노에서 나오는 김형욱의 옆구리에 두 남자가 권총을 들이댔다.

"조용히 따라와."

"너희들은 누구냐? 어느 나라에서 왔느냐?"

한국말을 쓰는 두 사람의 얼굴은 서양 사람이었다. 김형욱은 멀리서 이 두 사람을 감시하는 다른 사람들이 또 있다는 것을 알았다. 그러나 옆구리에 권총을 대고 있어서 구원을 요청할 수 없었다. 고급 승용차에 실려서 파리 교외로 끌려간 김형욱은 권총 두 방을 맞고 농장의 닭 사료 분쇄기 속으로 사라졌다. 박정희가 암살된 지 3일 뒤의 일이었다.

본샹스.

장 폴.

행운을 빈다는 프랑스어 인사와 함께 장 폴의 메일이 끝났다. 사실로 믿기에는 너무 벅찬 내용이었다.

수원은 파일을 다 읽고 한동안 충격에서 벗어날 수가 없었다. 누구에게 향한 것인지도 모를 분노가 치솟아 두 주먹을 불끈 쥐었다.

흥분을 가라앉힌 수원은 장 폴에게 메일을 썼다.

고마워요, 장 폴.

너무 충격적인 내용이라 믿기지 않는군요. 이 자료의 출처를 정확히 알았으면 좋겠어요. 요즘 러시아에서 대한항공 902편과 관련한 비밀 문건이 해제되어 여러 사이트에 일부 내용이 공개되었다는 설을 들었습니다.

혹시 저를 더 도와주실 수 있는지요? 아버지 한용국에 대한 소식을 더 자세히 들을 수 있기를 간절히 바랍니다.

수원은 후지일렉트릭코리아의 모리무라 나쓰에한테도 메일을 보냈다.

한수원입니다.

일전에 보내주신 파일, 정말 감사합니다. 저희 아버지의 생전 모습을 그렇게 많이 접해 보기는 처음이었습니다.

아버지가 소련 당국에 의해 억류된 것이 그 파일로 확실해졌습니다. 30여 년 전 일이니 아마도 아버지는 긴 세월 동안 형언할 수 없는 고통을 겪다가 목숨을 잃었을 것입니다. 아니면 당시 바로 처형당했을지도 모릅니다.

모리무라 씨는 러시아 말도 아시니까 러시아 인터넷에 접근하기가 쉽지 않습니까. 무리한 부탁입니다만 러시아 인터넷을 더 살피시어 아버지에 대한 한두 마디 소식이라도 더 발굴해주신다면 그 은혜 잊지 않겠습니다.

참고로 '판도라의 상자를 열지 말라' 회원이 보낸 대한항공 902편 강제착륙에 관한 아주 흥미로운 파일을 보내 드립니다. 진실인지 아닌지는 아무도 보증할 수 없지만.

그럼 건강하시길 빌며…….

수원은 책상 위에 놓인 부모님 사진을 바라보았다. 젊고 패기에 찬 아버지가 입가에 미소를 띠고 있었다.

날개 달린 아나톨리

동해의 수평선 너머로 하늘이 붉은 빛을 띠기 시작했다. 아직 어둠이 가시지 않은 신새벽. 사물이 어렴풋이 깨어나고 있었다.

출렁이는 동해 바다를 끼고 있어 해안 명문 코스로 이름난 오리엔트 골프장. 기장군에 위치한 이곳은 부산 중심가에서 자동차로 한 시간 거리였다. 울산에서도 멀지 않아 골퍼들이 많이 찾았다.

평화로운 새벽인데도 어딘지 모르게 팽팽한 긴장감이 감돌고 있었다. 미명을 뚫고 바지선 한 척이 모터보트에 끌려 골프장 8번 홀로 움직이고 있었다. 8번 홀은 5백50야드의 파5 코스다. 길이가 긴 것으로도 이름났지만 바다와 나란히 달리고 있어 아마추어 골퍼들이 좋아하는 시사이드 코스였다. 넓고 평평하여 롱 드라이버가 승자를 가리는 홀로도 유명했다.

바지선은 소리를 죽이고 천천히 다가와 홀의 가장자리에 바짝 붙었다. 바지선 위에 거대한 물체가 실려 있었다. 날개를 접고 있는 경비행기였다.

새벽 골프장은 텅 비어 있었다.

바지선이 골프장 잔디밭에 닿자, 남자 두 명과 바지를 입은 여자 한 명이 잔디 위로 풀쩍 뛰어올랐다. 모두 선글라스와 마스크로 얼굴을 가린 상태였다. 그들은 잔디밭 가장자리 나무 그늘 밑에서 지프 한 대를 몰고 나왔다. 골프장 관리자가 보았다면 기겁할 노릇이었다. 여자가 지프 운전석에 앉자 남자 둘이 지프 뒤에 묶여 있던 로프를 풀어 바지선에 있는 비행기에 붙들어 맸다.

지프가 서서히 움직이자 비행기가 잔디 위로 끌려왔다. 마침내 비행기가 8번 홀 잔디 위로 올라왔다. 그러자 지프에 있던 여자까지 내려 비행기에 달라붙었다. 세 사람은 능숙한 솜씨로 접혀 있는 비행기 날개를 폈다. 길이가 7~8미터, 날개가 10미터쯤 되어 보였다. 비행기는 기수를 그린 쪽으로 향했다. 꼬리는 티 그라운드 바로 앞에 있었다.

세 사람은 비행기 주위를 빠른 걸음으로 돌면서 점검했다.

"5분 전이야. 자, 이제 싣지."

지휘자로 보이는 남자가 말했다. 다른 남자가 바지선에서 상자를 조심스럽게 들고 올라왔다.

"어디에 둘까요?"

"조종석 옆자리에. 조심해."

"골프장은 몇 시에 티업하지요?"

여자가 영어로 물었다.

"공이 보일 정도가 돼야 시작하니까, 6시쯤."

지휘를 하던 남자가 영어로 대답했다.

"아웃코스 8번 홀이라 첫 번째 팀이 여기까지 오려면 한 시간 이상 걸릴 거야."

남자가 목소리를 낮추며 덧붙였다.

지휘하던 남자가 비행기 조종석에 올라탔다. 여자가 사방을 경계하며 조종석을 쳐다보았다.

"괜찮아?"

여자가 묻자 남자는 손가락으로 동그라미를 그려 보였다.

그 사이에 날이 거의 밝았다. 비행기의 모습이 선명하게 드러났다. 흔히 ULP라고 부르는 초경량 비행기였다. 2인승 레저용이다. 비행 거리가 짧아 서울에서는 수도권 일대만 비행할 수 있다.

파란 잔디밭에 은빛 비행기가 금방 떠오르는 햇빛을 받으며 반짝였다. 비행기 꼬리에는 파란색 페인트로 스카이 레인저(Sky Ranger)라는 한글이 적혀 있었다.

날이 완연히 밝자 조종석에 앉아 있던 남자가 훌쩍 뛰어내렸다.

"빨리 달아."

다른 남자가 플래카드를 펼쳤다. 비행기 동체 크기에 맞게 제작한 것 같았다. 그들은 플래카드를 비행기의 동체에 달았다.

붉은 글씨로 'ANATOLY'라고 쓰여 있었다.

"밑에서도 잘 보일까?"

여자가 두 사람의 의견을 물었다.

"이 정도 크기면 멀리서도 잘 보일 거야."

"시간 되었지?"

남자는 지프에서 방호복을 꺼내 입고 있는 옷 위에 덧입었다. 여자가 들고 있던 가방을 건네주자 남자는 그 가방을 등에 메었다. 낙하산 가방이었다.

남자는 비행기 조종석에 올라탔다.

"출발한다."

"굿 럭!"

여자가 손가락으로 동그라미를 그려 보였다.

"땡큐. 아홉 시에 거기서 만나."

남자가 시동을 걸자 프로펠러가 아침의 고요를 가르며 우렁찬 소리를 냈다. 10초쯤 지나자 비행기는 은빛 날개를 반짝이며 골프장 초원을 내달기 시작했다. 그리고 8번 홀 페어웨이가 다 끝나기 전에 사뿐히 날아올랐다. 숙련된 조종 솜씨였다.

경비행기가 무사히 날아오르자 페어웨이에 남아 있던 남녀는 재빨리 지프를 몰고 카트 길을 따라 골프장 밖으로 사라졌다.

수원은 일찍 일어나 식사도 거른 채 회사로 달렸다. 오늘은 신 고리 1호기의 제1차 시험 가동을 하는 날이다. 본격적인 가동을 하려면 아직 많은 절차가 남아 있었지만 주제어 시스템이 처음으로 풀가동하는 날이라 수원에게는 여러 모로 의미가 깊었다.

수원은 달맞이 고개를 넘으며 차창을 내렸다.

회사 입구 도로로 들어서자 멀리 하늘로 우뚝 솟은 발전소의 돔이 보였다. 높이는 81미터밖에 안 되지만 주변에 높은 건물이 없어 유독 당당해 보였다.

"아니, 저건?"

그때 수원의 눈에 돔 너머에서 날아오는 소형 비행기의 모습이 보였다. 비행기는 점점 발전소 쪽으로 다가왔다. 레저용 경비행기였다.

'여기는 비행 금지구역인데.'

갑자기 불길한 예감이 엄습했다. 비행기가 원자로 쪽으로 접근하고 있었다.

수원은 액셀러레이터를 힘껏 밟아 회사로 달렸다. 정문에서 청원경찰이 거수경례를 했다.

수원은 차창을 열고 큰 소리로 외쳤다.

"저게 웬 비행기예요? 여기는 비행금지 구역 아닌가요?"

청원경찰이 하늘을 쳐다보더니 인상을 썼다.

"아니, 저런 미친놈!"

청원경찰은 비행기를 확인하자마자 초소로 뛰어 들어가 전화기를 집어 들었다.

수원은 다시 액셀러레이터를 밟으며 사무실로 달려갔다. 사무실은 원자로와 붙어있는 건물 안에 있고, 주제어실은 원자로 외벽과 거의 밀착되어 있었다.

발전소 앞마당에 도착한 수원은 차를 세운 뒤 밖으로 나와 하늘을 올려다보았다. 비행기 프로펠러 소리가 요란했다. 비행기는 원자로 돔과 거의 부딪칠 정도로 낮게 떠서 다가왔다.

"헉!"

수원은 숨을 몰아쉬었다. 다행히 비행기는 돔을 스쳐 지나갔다. 비행기의 옆면에서 플래카드가 펄럭였다. 흰 천에 붉은 색으로 글씨가 쓰여 있었다.

"ANATOLY!"

그 순간 수원의 심장이 요동을 쳤다.

'원자로가 표적이었어!'

머리가 아찔했다. 머리가 하얗게 변하면서 무엇을 어떻게 해야 할지 생각이 나지 않았다.

아직 출근 시간 전이라 사람은 아무도 없었다.

비행기는 서생면 쪽에서 날아와 월내우체국 방향으로 가다가 금세 유턴해서 다시 원자로 쪽으로 날아왔다. 원자로에 상당히 근접했을 무렵 비행기에서 무엇인가 튀어나왔다. 그와 동시에 낙하산이 펴졌다. 조종사였다. 발전소에서 백여 미터 떨어진 거리였다. 조종사가 떠난 비행기는 맹렬한 속도로 원자로를 향해 돌진했다.

수원은 이것이 환상이라 생각했다.

"어, 어, 어."

너무 놀라 비명조차 지르지 못했다. 그저 멍하니 그 광경을 바라볼 뿐이었다. 모든 과정이 슬로우 모션으로 진행되며 선명하게 보였다.

갑자기 세상이 다 무너질 것 같은 굉음이 진동했다.

—콰쾅!

ANATOLY 플래카드를 휘날리면서 날아든 비행기는 원자로 돔에 충돌했다. 폭발과 동시에 엄청난 폭풍이 밀려와 수원의 몸을 공중으로 띄웠다. 그리고는 자동차 뒤쪽 주차장에 패대기쳤다. 동시에 엄청난 불길이 치솟았다. 곧이어 시커먼 연기가 원자로 돔을 휘감더니 하늘을 온통 뒤덮었다.

수원은 정신을 차리고 일어서려 했지만 몸이 말을 듣지 않았다. 귀가 멍멍해서 아무 소리도 들리지 않았다. 폭발이 일어나자 회사에 남아 있던 본부 당직자와 가동 중인 발전소 근무자들이 모두 밖으로 튀어나왔다.

"빨리, 비상사태 콜 온!"

당직을 끝내고 막 나가려던 보안부장이 본부 행정실로 도로 뛰어 들어가며 소리쳤다.

폭발이 일어나자 모든 관련 기관이 분주해졌다. 해운대 경찰서, 부산 지방 경찰청, 해양 경찰청, 지역을 담당한 육군 사단 사령부, 국정원, 부산시, 울산시 등의 모든 기관에 비상이 걸렸다.

폭발 후 10분도 지나지 않아 해운대 소방서의 소방차들이 사이렌을 울리며 몰려들었다. 그러나 고리 원자력발전본부 입구 앞에서 멈춰야 했다. 방사능 유출 우려 때문에 모든 통행을 차단했기 때문이었다.

보안부장은 어느새 방진 작업복으로 갈아입었다. 남아 있던 사원들도 방호복으로 갈아입었다. 우선 원전 본부와 떨어져 있는 홍보관에 임시 비상 대책실을 마련하고 본부장의 명을 받아 적색 비상경보를 내렸다.

대책본부에 가장 먼저 도착한 본부장이 지시를 내리기 시작했다.

"빨리 안전 요원을 투입해 현장 상황을 파악하라. 방사선 유출은 없겠지만 그래도 다시 면밀히 확인하도록."

안전부장은 방사선 측정 계기를 소지한 직원 두 명과 함께 신 고리 1호 원자로로 접근했다.

아직 불길이 치솟고 있어 열기가 대단했다. 다행히도 방사선 측정기는 모두 N.D로 나타났다. 방사능 유출이 전혀 없다는 뜻이다.

안전부장은 안도의 한숨을 내쉬었다.

"추가 폭발이 있을 수 있다. 경보를 풀지 말라!"

보고를 받은 본부장이 강경한 목소리로 지시했다.

신 고리 원자력발전소의 폭탄 테러 사건은 국내 모든 대테러기관과 정보기관을 발칵 뒤집어 놓았다. 경찰, 국정원, 군부대 및 행정 관서에서 즉각 상부에 1보를 알렸다.

> 오늘 아침 여섯 시 55분. 한국수력원자력 고리 발전본부 신 고리 제1발전소 원자로, 정체불명의 항공기로부터 공격 받아 폭발 사고 발생. 방사선 유출 무. 공격 목적 미확인. 폭발물 종류 미확인. 대북 용의점 미확인.

경찰, 해양 경찰청, 육군 예비사단 정보 분석 팀, 항공대, 김해와 울산공항 민간 항공 관련 부서, 부산 소방본부 등 사건 관련 기관은 모두 벌집을 쑤셔 놓은 것 같았다. 임시로 설치된 고리 홍보관 비상 대책실에도 확인 요청과 문의 전화가 빗발쳤다. 곧이어 요원들이 들이닥쳤다.

사건 발생 15분만에 청와대 상황실에 사건이 보고되었다. 대통령은 사태의 심각성을 감안해 즉각 국가안보회의를 소집했다.

"이래도 우리가 핵 개발을 늦춰야 합니까?"

김운동 안보위원이 흥분해서 탁자를 쳤다.

국무총리 산하에 비상 대책위원회가 설치되었다. 국방부, 행정자치부, 지식경제부, 법무부, 국정원 등의 고위 간부가 참여했다. 원자로가 폭파되었다면 방사능 오염이 걷잡을 수 없게 될 것이고, 유례없는 비극이 한반도를 휩쓸게 될 것임을 모두 알고 있었다.

국무총리 산하의 비상대책위원회 산하 고리 본부 대책실에서는 관계 기관 고위 간부들이 상황 점검을 하고 있었다. 서울에서 헬리콥터로 급히 내려온 관계 부처 장관은 진상 파악에 주력하고, 함께 온 조병민 한국수력원자력 사장은 방사능 유출 가능성에 온 신경을 집중했다.

"현장에 소방 요원들이 투입되었습니다. 불은 거의 소화되었습니다."

본부장이 보고했다.

"방사능 측정 결과는 어떤가?"

조병민 사장이 물었다.

"원자로 자체는 안전합니다. 원자로의 반대편에 있는 터빈실도 피해가 없습니다. 원자로가 방어벽 역할을 한 셈이지요. 그러나 인근 1킬로미터 반경의 건물 유리창은 거의 다 파손되었고 3백 미터 이내에 있던 자동차 몇 대가 폭파 압력에 흔들려 뒤집혔습니다. 인근을 지나가던 자동차와 버스가 충돌해 승용차 운전자가 사망하고 버스 운전사와 승객 열다섯 명이 부상을 입었습니다."

"저런. 직원들 피해는 없었나?"

"네. 시험 가동 예정 시간이 열두 시라 근무자가 없었습니다. 일찍 출근한 직원 몇이 부상을 입었을 뿐, 인근 초소의 경비원도 무사합니다."

이어서 육군 지역 사단 작전 참모와 서울의 경찰청장, 부산시장이 대책실에 들어왔다.

"현장 주변 1킬로미터까지 병력을 배치하고 출입 통제를 했습니다."

사단 참모가 보고했다.

"경찰에서도 특공대가 대기 중입니다. 만에 하나 방사능 오염이 있을 것에 대비해 주민을 소개시킬 준비를 하고 있습니다."

경찰청장이 보고했다.

"다행히 방사능 오염은 없는 것 같습니다."

조병민 사장이 말했다.

"자폭한 조종사의 흔적은 찾았나요?"

국정원 부산 지부장이 부산 경찰청장을 향해 물었다.

"아직, 현장 감식을 못 하고 있습니다."

경찰청장이 여기저기서 전화를 받다가 대답했다.

"김해공항과 울산공항에서는 사고 비행기에 대해 파악하고 있어야 하는 것 아니오? 민간 비행기인 경우 비행 전에 신고하는 게 규칙이잖소."

국정원 지부장이 물었다.

"신고하지 않은 정체 미상의 항공기였습니다."

부산 경찰청장이 대답했다.

수원은 한참 만에 의식을 회복했다.

"정신이 드세요?"

수원이 사방을 둘러보자 하얀 가운을 입은 간호사가 물었다. 그러나 수원의 귀에는 아무 것도 들리지 않았다. 입을 움직이는 것을 보고 뭔가 말하고 있다는 것을 알아차릴 뿐이었다. 수원은 엄청난 폭발음을 들은 순간 몸이 붕 떴다가 땅바닥에 곤두박질 친 것이 기억났다. 움직이지 않는 몸으로 일어서려고 애쓰다가 다시 쓰러진 뒤로 필름이 끊기고 말았다.

"물 좀 주세요."

수원은 자신이 제대로 말하고 있는지 알 수 없었다. 자신의 말소리도 잘 들리지 않았다.

수원은 간호사가 주는 컵을 받으려고 몸을 일으켰다. 하지만 몸이 잘 움직이지 않았다. 한쪽 팔과 다리가 아파왔다.

“제가 어떻게 된 거예요?”

수원은 주위에 있는 낯선 사람들을 보고 물었다.

“찰과상 정도의 부상이니 염려 마세요.”

누군가가 말했다. 그러나 수원의 귀에는 목소리가 들리지 않았다. 그제야 수원은 귀가 제 기능을 못하고 있다는 것을 깨달았다.

수원이 깨어났다는 이야기를 듣고 의사들이 달려왔다.

“저, 제 귀가 소리를 못 듣게 됐나요?”

수원은 가장 먼저 온 의사를 보고 물었다.

“아닙니다. 폭음으로 일어난 일시적 현상입니다.”

수원이 못 알아듣겠다는 표정을 짓자 간호사가 재빨리 글로 써서 보여주었다.

“언제 회복되나요?”

수원의 물음에 다시 간호사가 글로 답해주었다.

“한두 시간 지나면 괜찮아질 거예요.”

“여기는 어딘가요?”

“해운대 시립병원입니다.”

“제가 어떻게 여기까지 왔나요?”

“회사 사람이 차에 태워 오셨어요.”

“회사 사람?”

“예. 주차장에 근무하는 사람이라고 했던가?”

“네? 아, 그렇군요.”

수원은 주영준 차장이라는 것을 금세 알아챘다. 뒤에 들은 이야기지만 영준은 항상 7시 전에 출근했는데 그날도 회사 앞에 거의 이르렀을 때 폭발 사고를 목격했다. 황급히 사고 방향으로 달려가던 영준은 건물 앞에 쓰러져 있는 수원을 발견했다. 영준은 의식을 잃은 수원을 즉시 차에 태워 병원으로 달려왔다. 의사로부터 생명에 지장이 없다는 얘기를 듣고서야 영준은 다시 회사로 돌아갔다.

수원은 정신을 가다듬고 몸을 천천히 움직여 보았다. 결리는 곳이 여러 군데 있었으나 일어나 앉을 수는 있었다. 단지 귀가 안 들리고 멍멍해서 불편할 뿐이었다.

수원은 빨리 회사에 연락을 취해야겠다고 생각했다. 원자로가 어떻게 되었는지 궁금했다. 그리고 자신이 목격한 것을 보고해야 사태 수습에 도움이 될 것 같았다.

수원은 주머니를 뒤져 핸드폰을 찾았다. 그러나 어디서 떨어뜨렸는지 핸드폰이 없었다.

"핸드폰 좀 빌려주시겠어요?"

수원은 간호사한테 부탁했다.

"병실에서는 핸드폰을 쓸 수 없습니다."

"뭐라고요?"

"병실에서는 핸드폰 사용 금지라고요."

간호사가 팔로 엑스 자를 그려 보이며 말했다.

"그럼 잠깐 복도에 나갔으면 하는데요."

간호사는 밖에 나갔다가 빈 휠체어를 밀고 들어왔다. 수원은 간신히 휠체어에 앉았다. 간호사가 환자 대기실 쪽으로 휠체어를 밀었다. 많은 환자와 보호자들이 텔레비전 앞에 모여 있었다.

마침 신 고리 폭탄 테러 사건을 긴급 뉴스로 보도하고 있었다. 화염에

휩싸인 원자로가 화면을 가득 채웠다. 앵커의 말은 잘 들리지 않았으나 화면 밑의 자막을 통해 수원은 뉴스 내용을 파악할 수 있었다.

원자로는 안전.

비행기에 폭탄 탑재한 것으로 추정.

조종사의 시신은 발견되지 않아.

이어서 신 고리 원자로의 안전성에 대한 해설이 이어졌다.

"몇 년 전 미국에서 원자로의 안전성에 대한 실험이 있었습니다. 소요 경비가 백만 달러나 드는 실험이었습니다."

해설자는 심각하면서도 확신에 찬 표정으로 말을 이어갔다.

"미국 무역센터 건물을 주저앉힌 보잉 767이 시속 560킬로미터로 원자로 돔에 충돌한다고 가정하고 실험을 진행했습니다. 실험 결과, 원자로는 안전한 것으로 나타났습니다."

무역센터 건물은 알루미늄과 콘크리트가 주 재료였는데, 알루미늄은 충격에 약해서 견디지 못한 것이었다.

"당시 실험 대상이 된 원자로는 다섯 겹의 방어벽을 갖춘 돔 형식이었습니다. 가장 안쪽의 연료 펠렛 방호벽을 비롯해 납, 철근, 철강 등으로 된 네 겹의 방호벽이 있었고 마지막 표피는 1미터 20센티미터의 철근 콘크리트로 지붕까지 씌워져 있었습니다. 바닥은 6.5 강도의 지진에도 흔들리지 않도록 내진 설계가 되어 있었습니다."

해설에 이어 관련 회사인 한국전력, 현대건설, 대우건설, 두산중공업 등의 관계자들이 나와 신 고리 원자로의 안전성에 대해 설명했다.

"신 고리 1호기는 미국에서 실험한 원자로보다 훨씬 더 견고하게 건설되었습니다. 그래서 오늘 같은 폭탄 테러에도 견딜 수 있었던 것으로 전문가들은 분석하고 있습니다."

앵커는 전문가들의 의견을 종합해 전하는 것으로 특별 방송을 마무리했다.

"여기 나와 있었군요."

영준이 수원을 발견하고 어깨를 툭 쳤다. 작업복 차림이었다. 영준의 목소리가 수원의 귀에 모기소리만큼 들렸다. 청력이 조금 돌아온 모양이었다.

"지금 적색경보 중일 텐데 현장을 벗어나도 되나요?"

수원은 고맙다는 말도 않고 업무 걱정부터 했다.

"방금 해제되었습니다. 원자로는 안전하고, 메인 제어 시스템도 큰 손상을 입지는 않았습니다. 비행기가 부딪힌 지점이 주제어 시스템실의 반대쪽이었던 게 다행이었습니다."

수원은 주제어 시설이 큰 손상을 입지 않았다는 것이 무엇보다 반가웠다.

"이거요."

영준이 수원의 핸드백을 건네주었다.

"제 차에 떨어져 있더군요."

수원은 핸드백을 열어보았다. 핸드폰이 들어 있었다.

"누구 짓인지 밝혀냈나요?"

"아직 모른답니다. 총리 주재 대책 본부는 일단 해산했고 수사본부가 새로 설치되었습니다. 한 차장의 목격담을 기다리고 있습니다."

그때 문동언 경위와 낯선 남녀가 두 사람에게 다가왔다. 수사본부 요원들인 것 같았다.

"안녕하십니까? 얼마나 놀라셨습니까?"

"놀랄 틈이 없었어요. 바로 기절해버렸거든요."

수원은 문동언 경위와 함께 남녀에게 목례를 했다. 청각 기능이 거의 다 회복돼 의사소통에 별 지장이 없었다.

"수사본부로 모시고 가려 했는데, 병원을 떠나기가 어렵겠군요."

문동언 경위가 수원의 얼굴을 쳐다보았다.

"병원 안에 환자 상담실이 있어요."

곁에 있던 간호사가 알려주었다.

"기자들이 구름처럼 몰려들었어요. 들키지 않게 자리를 옮깁시다."

일행은 비어 있는 진찰실로 들어갔다.

"편안한 마음으로 말씀해주십시오. 저는 손진훈이라고 합니다. 부산 시경 수사과장입니다."

문동언 경위와 같이 온 남자가 말했다.

"오늘 사고 현장에서 목격하신 걸 말씀해주시겠어요?"

"예. 그러지요."

"녹음을 좀 하겠습니다."

같이 온 여자 요원이 녹음기를 탁자 위에 내놓았다.

"제가 회사 문을 막 들어설 때였어요. 경비행기 한 대가 우리 회사를 향해 낮게 뜬 채 다가오고 있더군요. 비행기가 신 고리 2호기에 부딪칠 듯 아슬아슬하게 지나쳐 가더니 잠시 후에 돌아왔어요. 저는 건물 앞쪽 주차장에 차를 세우고 그 비행기를 지켜보았어요. 다시 돌아오던 비행기가 발전소 돔에 1백 미터 가까이 다가왔을 때 조종사가 밖으로 뛰어내렸어요. 그와 거의 동시에 낙하산이 펼쳐졌고요."

"조종사의 실력이 보통이 아니군요. 비행기를 목표물에 최대한 근접하도록 하고 탈출한다는 건 고도의 훈련을 받은 사람이 아니면 어렵습니다."

손진훈 수사과장의 말이었다.

수원은 말을 계속했다.

"비행기는 그대로 날아와 돔에 충돌했어요. 엄청난 폭음과 함께 불꽃이 솟아오르고, 저는 폭풍에 쓰러졌고요."

수원은 그 충격적인 장면이 생생하게 떠올랐다.

"참! 비행기에 영문으로 ANATOLY라고 쓴 플래카드를 달고 있었어요."

"아나톨리라고요? 거 보십시오. 그 놈들 짓이 틀림없습니다."

문 경위가 깜짝 놀라 소리쳤다.

이야기를 다 듣고 난 손 과장이 침착하게 입을 열었다.

"설명 고맙습니다. 몇 가지만 질문하겠습니다."

"말씀하세요."

수원은 간호사가 가져다준 물을 한 모금 마시고 질문을 기다렸다.

"비행기가 어느 쪽에서 날아왔습니까?"

"서생면 쪽에서 날아와서 월내 쪽으로 가다가 되돌아 왔습니다."

"서생면 면사무소 쪽을 말하는 거군요. 원자로를 기준으로 보면 동북쪽이지요. 반대쪽은 남쪽이고요. 임랑 해수욕장이 근처에 있지요."

문동언 경위가 말했다.

"거긴 비행장이 없는데……. 바다에서 비행기가 뜰 리도 없고."

손진훈 과장이 혼잣말을 하다가 다시 물었다.

"그렇다면 비행기에 조종사가 없었던 게 확실하군요?"

"조종사가 있었는지는 모르지만, 비행기에서 한 사람이 탈출한 것은 틀림없어요. 비행사 모자를 쓰고 있었던 것 같습니다."

"혹시 비행기의 기종이나 넘버 같은 것은 보지 못했습니까?"

손진훈 과장이 다시 물었다.

"레저용 경비행기 같았어요. 위에는 Sky Ranger라는 표시가 있었어요."

수사관들은 그 외에도 세세한 것들을 물었다. 아나톨리에 관해 수원이 알고 있는 여러 나라의 네티즌에 관해서도 물어보았다.

"아나톨리가 세계적 조직인 것 같아요. 테러에 관여하는 단체일 거예요."

"고맙습니다. 또 필요하면 물어보러 오겠습니다."

문 경위 일행은 거의 두 시간에 걸친 심문을 끝내고 돌아갔다.

경찰에 진술하는 동안 수원의 머릿속에는 얼마 전 성민과 화성에서 비행하던 일이 떠올랐다. 아무래도 성민이 이 사건과 연관돼 있는 것 같았다. 그러나 경찰에는 차마 말할 수 없었다.

"그대 사랑하는 나는 행복한 사람 / 잊혀질 땐 잊혀진대도……."

컬러링으로 가수 이문세의 달콤한 목소리만 흘러나올 뿐 성민은 전화를 받지 않았다. 수원은 꼭 연락해달라는 메시지를 음성으로 남겼다.

수원은 환자 휴게실로 가서 컴퓨터를 열었다. 이메일을 제공하는 포털 사이트의 실시간 검색어는 온통 고리 원전 폭탄 테러에 관한 내용이었다.

메일함에 접속해 보니 메일이 여러 개 와 있었다. 그 중에 마리아 바르톨로뮤가 보낸 것이 눈에 띄었다.

onesil님, 오랜만입니다.

놀라운 소식이 있어 메일을 씁니다. 중국에 있는 '닝닝 웡'이라는 분으로부터 받은 것입니다.

닝닝은 1970년대에 프랑스 주재 중국 대사관에 근무하던 여성입니다. 판도라 사이트의 회원이기도 하고요. 닝닝이 북경에서 입수한 것인데요, 오랫동안 북한에 억류돼 있던 한국인이 최근 북경의 미국 대사관에 망명을 요청했답니다. 이름이나 경력으로 보아 아무래도 onesil님의 아버지인 것 같습니다.

망명 요청자 이름은 세르게이 한.

1939년생.

한국 외교관으로 파리 대사관에서 근무하다가 대한항공편 강제착륙 사건 때 소련에 억류됨. 소련에 10여 년간 감금되었다가 소련 공산당이 해체된 뒤 러시아 정부로부터 북한에 인계됨. 북한에서 스파이 죄명으로 수용소 생활을 하다가 2009년 2월 두만강 빙판을 건너 중국 땅으로 탈출. 연길에서 미국 선교사를 만나 미 대사관에 망명 신청.

미국 국무성이나 주미 한국 대사관에 좀 더 자세한 내용을 확인해 보시는 게 좋을 것 같습니다.

본샹스.

마리아 바르톨로뮤.

'세르게이 한?'

수원은 너무 놀라 손이 떨렸다.

'세르게이 한? 용국 한?'

그동안 여러 사람의 메일을 받아보았으나 마리아 바르톨로뮤가 전해준 정보가 가장 신빙성이 있었다. 이 정보가 사실이라면 아버지가 살아계실 수도 있다는 말이 되는 것이었다.

'아버지가 살아계실까?'

그렇다면 정말 기적이었다.

수원은 미국에 있는 아버지의 친구 박정무에게 전화를 걸었다. 아버지의 정자를 찾아서 수원을 탄생시켜준 사람이었다.

"한국인 망명 요청이 실제로 있는지, 그곳 대사관에 좀 알아봐주세요."

"오케이."

그동안 아버지 죽음의 의혹을 풀기 위해 애써온 수원의 이야기를 듣고 난 박정무는 당장 알아보겠노라며 흔쾌히 약속했다.

가장 긴 하루

신 고리 2호가 폭탄 테러를 당한 지 9시간 뒤인 오후 네 시, 괴천 지식경제부 대회의실에서 내외신 기자 회견이 열렸다. 전 세계의 이목이 고리 원자력발전소에 집중되어 있었다. 뉴스를 좇는 매스컴의 경쟁도 치열했다. 회견장에는 2백여 명의 내외신 기자와 카메라맨이 몰려 열기가 후끈했다.

정부 측 참석자는 지식경제부 장관, 법무부 장관, 국방부 차관, 국정원 제1차장, 경찰청장, 그리고 한국수력원자력 조병민 사장이 주요 멤버였다.

지식경제부 장관이 사건 개요를 전달했다.

"덧붙여 말씀드릴 것은 한국형 원자로의 설계가 세계 어느 나라의 설계, 시공보다 안전성이 높다는 것입니다."

이어 질문이 쏟아졌다.

"CNN입니다. 범인의 윤곽은 잡혔습니까?"

"아직 밝힐 수 없습니다. 양해해주십시오."

법무부 차관이 답변했다.

“KBS 김정락 기자입니다. 단독범행입니까, 아니면?”

“단독범이 아닌 것으로 보입니다.”

“SBS 진철수 기잡니다. 단독범이 아니라면 배후 조직이 있다는 겁니까?”

“국내 세력입니까 외부 세력입니까?”

“북한이 개입돼 있습니까?”

기자들의 질문이 빗발쳤다.

“아직 대북 용의점은 발견하지 못했습니다. 외국의 테러 조직으로 추정되는 아나톨리가 개입한 흔적을 발견했습니다.”

국정원 차장이 설명했다.

“AP통신 카펜터입니다. 아나톨리가 어떤 조직입니까?”

“아직 정체를 정확히 밝히진 못했지만 국제적인 연계망을 가진 테러 조직으로 추정됩니다.”

“아나톨리가 테러의 배후라는 증거가 있습니까?”

“여러 가지가 있습니다만, 우선 자폭 비행기에 ‘아나톨리’라고 쓴 플래카드를 달고 있었다는 점을 보면 아나톨리의 짓이 확실합니다.”

경찰청장이 답변했다.

“그거야 위장일 수도 있는 것 아닙니까?”

조선일보 기자가 반박했다.

“그럴 가능성도 검토하고 있습니다.”

“그러니까 폭파 비행기의 조종사가 주범이고, 그가 아나톨리 한국 조직책이라는 말씀이지요?”

중앙일보 기자가 물었다.

"그렇게 보고 있습니다."

"방사선 유출 제로라고 하셨는데, 현장 측정 데이터를 직접 공개할 수 있습니까?"

다른 기자가 물었다.

"회견이 끝난 뒤 데이터를 드리겠습니다."

지식경제부 장관이 대답했다.

한 시간 이상 계속된 회견은 5시 15분에야 끝났다.

한편 아나톨리를 추적하고 있는 수사본부는 큰 수확을 올렸다. 인터넷 추적 팀이 한국수력원자력 게시판에 올라온 협박문의 IP 추적에 성공했던 것이다. 특급 호텔 휴게실 CCTV를 분석해서 게시판 글이 올라온 시간대에 휴게실 컴퓨터를 사용한 사람의 리스트를 작성했다. 그 가운데 얼굴을 교묘하게 가린 두 명이 강력한 용의자로 떠올랐다. 한 명은 남자였고, 한 명은 여자였다. 둘 다 신원을 확인하기가 쉽지 않았으나 마침내 알아냈다. 그 가운데 한 명은 완전히 뜻밖의 인물이었다. 경찰은 그 두 사람의 신병 감시에 들어갔다.

핸드폰 추적 팀은 중국 대포 폰의 주인을 찾음으로써 추적의 실마리를 푸는 듯했다. 하지만 중국 핸드폰에 전화요금을 입금한 사람에 이르러 추적이 끊겨버렸다. 다행히 중국 대포 폰이 한국 내에서 사용될 때 거쳐간 중계 셀을 확인할 수 있었다. 그뿐 아니라 중국 대포 폰을 가진 사람이 또 다른 한국 핸드폰을 가지고 있다는 사실도 알아냈다. 중국 대포 폰을 사용하는 위치를 찾아내자 그 위치에서 한국 핸드폰 하나가 항상 같이 움직이고 있는 것이 나타났다. 한 사람이 두 대의 핸드폰을 가지고 있다는 의미였다.

안토니오 클럽을 감시하던 팀은 안토니오 2호의 움직임을 감시했다. 그러나 안토니오 2호는 꼼짝하지 않았다.

"아니, 저건 뭐요?"

폭탄 테러가 있던 날 새벽, 안토니오 2호를 감시하던 수사관이 멀리 떨어진 해변 쪽을 손으로 가리켰다. 요트 한 척이 더 있었다. 요트가 서서히 움직이고 있었다. 만약 수원이 그 요트를 보았다면 장 안토니오의 시체가 발견되던 날 고리 원전 앞바다에 떠 있던 요트라는 걸 금세 알아보았을 것이다.

"새벽에 어디로 가려는 것일까?"

수사요원은 즉시 해경에 연락하고 경비정으로 따라가며 멀리서 감시했다. 요트는 북쪽으로 한참 올라가서 월내리의 임랑 해수욕장 앞 바다로 가서 멈추었다.

같은 날 새벽, 울산공항과 김해공항은 감시 레이더에 허가받지 않은 민간 경비행기가 감지되어 확인을 하느라 분주했다. 또한 해경과 육군 예비사단 정보대에도 정체불명기가 서생면 항공에 나타났다는 보고가 들어왔다. 모든 기관이 즉각 정체를 파악하기 위해 항공기와 선박을 출동시켰다.

감시팀이 제지 행동을 개시하기 전에 엄청난 폭발이 일어났다.

폭발 현장은 폭발 규모에 비해 그리 처참하지 않았다. 비행기는 원자로 돔의 4분의 3정도 되는 높이에 충돌했다. 돔의 최종 방호벽인 시멘트 콘크리트가 50센티미터 정도 파였다. 두께가 1미터 20센티미터니까 파괴에 이르기에는 어림도 없었다.

땅에는 거의 1미터 깊이의 구덩이가 파였다. 비행기는 산산이 부서져

잔해가 별로 남아 있지 않았다. 비행기가 부딪친 반대쪽에 터빈실과 주제어센터 건물이 있었다. 덕분에 이 시설들은 피해를 입지 않았다.

감정 팀은 공격에 사용된 폭약을 C-14로 판단했다. 정확한 양은 알 수 없으나 20kg 이상이 사용된 것으로 보였다.

폭탄 공격 직전 비행기에서 탈출한 조종사는 해변에 가까운 월내리에 내렸다. 머리끝부터 발끝까지 방호복을 입은 채 푸른색 낙하산을 질질 끌며 걸었다. 사나이는 곧 낙하산을 접어서 어느 민가의 담 밑에 버린 뒤 바다로 달려갔다.

방호복의 사나이는 요트를 향해 손을 흔들었다. 그러자 요트가 사나이 쪽으로 급히 미끄러져 갔다.

"꼼짝 마라. 경찰이다!"

그때 모래언덕 뒤에 잠복해 있던 경찰관들이 튀어나와 총을 겨누었다. 그러자 방호복의 사나이는 뒤를 힐끗 돌아다보았다. 사나이는 주저하지 않고 앞으로 달려가 요트에 뛰어올랐다.

요트가 다시 속력을 내는 순간 바다 왼쪽에서 쾌속정 두 대가 나타났다.

"우리는 해양경찰이다. 그 자리에 멈춰라!"

뭍에서는 경찰이 총을 겨누고, 바다에서는 쾌속정이 앞을 가로막았다. 그러나 요트는 조금도 머뭇거리지 않고 요란한 엔진 소리를 내며 바다 가운데로 달아나기 시작했다. 쾌속정이 추격을 시작했다.

20여 분을 추격한 끝에 요트가 도주를 포기했다.

무장한 해양 경찰관들이 요트에 올라갔다.

"손들고 나와!"

그러나 요트에는 여드름투성이의 소년 하나밖에 없었다. 선내를 다 뒤졌으나 다른 사람은 없었다.

"너는 누구냐?"

경찰이 묻자 여드름 소년이 떨면서 답했다.

"저는 낚시점 알바생인데요."

"여기 탄 사람은 어디로 갔어?"

"산소통 메고 바다로 들어갔어요. 전 두 아저씨들이 시키는 대로 했을 뿐이에요."

소년이 울먹이며 대답했다.

"두 사람?"

"예. 한사람은 요트 몰고 온 아저씨고요. 한 사람은 해변에서 요트에 올라 탄 사람이구요."

"같이 온 아저씨가 누구냐?"

"잘 몰라요. 조 씨 아저씨라는 것밖에……."

해변으로 돌아온 경찰은 해변을 샅샅이 뒤졌다. 그러나 조종사와 조 씨라는 남자의 흔적은 어디에도 없었다.

함정

며칠 동안 수원은 성빈에게 여러 번 전화를 했다. 그러나 응답이 없었다. 사무실로 전화를 해 봐도 휴가 중이라고만 했다.

이상한 예감에 수원이 애를 태우고 있을 때 뜻밖에도 정세찬으로부터 전화가 걸려왔다.

"아니, 정 박사님이 웬일이세요?"

"안부 전화입니다. 무사하시지요?"

정세찬의 목소리가 평소와는 좀 다르게 들렸다. 항상 차분하고 가라앉아 있었는데 오늘은 약간 들뜬 것 같았다.

"걱정해주셔서 고마워요. 그런데 무슨 일 있으세요?"

"무슨 일이 있었던 건 수원 씨 아닙니까?"

"그렇긴 하네요."

"여기 부산입니다. 어제 밤에 부산에 출장 왔다가 뜻밖에 배 박사와 유미 씨를 호텔에서 만났지 뭐예요?"

"예? 그럼 두 사람이 여기에 와 있었단 말인가요?"

수원은 성민이 전화기도 꺼놓고 유미와 함께 시간을 보내고 있다는 사실에 절망감이 밀려왔다.

'정말 어쩔 수 없는 사람이군.'

수원은 참담한 심정이 되었다. 정세찬도 그래서 흥분해 있는 것 같았다.

"이리 좀 나오시겠어요?"

"왜요?"

"그 두 사람과 우리 두 사람이 한 번 만나야 하지 않겠습니까?"

수원은 유미의 손목에 찬 팔찌가 머릿속에 떠올랐다. 역시 성민이 선물한 게 틀림없었다. 그때 알아차렸어야 했는데 하는 생각이 들었다. 뭔가 미심쩍긴 했지만 확인까지 하진 않았다. 어쩌면 진실을 아는 것이 두려웠는지도 모른다.

"꼭 그렇게 할 필요가 있을까요?"

"무엇이든 깨끗이 마무리를 지어야 미련이 남지 않는 법입니다. 두 사람 얘기도 들어 보고요."

수원은 정세찬도 연인이 다른 남자와 호텔에 있는 것을 목격했으니 속이 편할 리가 없겠다고 생각했다.

"어느 호텔이에요?"

"샹그리라 호텔입니다. 빨리 오세요. 로비에서 기다리고 있을게요."

"그럼 한 시간 내로 갈게요."

수원은 외출할 형편이 아니었다. 하지만 그냥 있을 수만은 없었다. 두 사람이 사귀는 게 사실이라면 정세찬의 말대로 이참에 배성민에 대한 마음을 깨끗이 정리하자는 생각이 들었다.

수원은 간단히 머리만 매만지고 집을 나왔다.

수원이 호텔 로비에 들어서서 두리번거리자 한 남자가 다가왔다.

"정 박사님 만나러 오셨죠?"

"네, 그런데요."

"기다리고 계십니다. 제가 안내해 드리겠습니다."

남자가 앞장서서 엘리베이터 쪽으로 걸어갔다. 그때 핸드폰이 짧게 진동했다.

주영준입니다. 잠시 뵐 수 있습니까?

주영준의 문자였다. 주영준은 문자 메시지조차 항상 심각한 투로 보냈다. 수원은 얼른 답신을 보냈다.

지금은 어려워요. 친구 만나러 샹그리라 호텔에 왔어요.

수원은 남자를 따라 엘리베이터를 타고 올라갔다. 엘리베이터가 15층에서 멎었다. 남자는 1501호 객실 앞에서 멈췄다. VIP룸이었다. 남자는 문 옆에 달린 벨을 눌렀다.

"뭔가 착오가 있는 것 같네요. 전 정세찬 박사님을 만나러 왔는데요."

"그래서 내가 이렇게 모시고 왔잖아!"

남자가 갑자기 험상궂은 표정을 지으며 수원의 몸을 열린 문 안으로 밀어 넣었다. 문 안으로 들어선 남자는 어느 새 손에 권총을 빼들어 수원을 향해 겨누고 있었다.

"앞으로 가."

남자는 총구로 앞쪽을 가리켰다. 놀라서 다리가 후들후들 떨렸다. 수원은 남자가 지시하는 대로 현관 안쪽으로 들어섰다. 널찍한 거실에 여러 사람이 모여 있었다.

"한수원 박사, 어서 오십시오."

가운데 소파에 앉아 있던 정세찬이 손을 들어 보였다. 옆에는 고유미가, 맞은편에는 배성민이 앉아 있었다. 반쯤 열린 창가에서는 붉은 머리를 길게 늘어뜨린 서양 여자가 밖을 내다보고 있었다. 수원의 뒤를 따라 들어온 남자가 권총을 든 채 배성민의 원탁 테이블 맞은편에 앉았다.

수원이 들어서자 가장 놀란 사람은 배성민이었다.

"무슨 짓들이야? 수원이는 그냥 보내."

배성민이 정세찬과 고유미를 향해 소리쳤다.

"그건 좀 곤란한데."

정세찬이 느릿느릿 말하면서 능글맞은 웃음을 흘렸다.

수원은 정신을 수습하며 상황파악을 하려 애썼다. 우선 자신이 함정에 빠진 것은 금세 알아차릴 수 있었다. 인질로 삼으려는 게 분명했다.

"인질은 나 하나면 충분하잖아."

배성민이 이번에는 사정조로 말했다.

수원은 눈을 천천히 움직이며 방안을 둘러보았다. 방 안은 현재 정세찬이 장악하고 있는 것으로 보였다. 배성민도 자신처럼 잡혀온 처지인 것 같았다. 고유미와 소피아, 그리고 권총을 든 남자는 정세찬을 돕는 사람으로 보였다.

'그렇다면?'

수원의 편은 배성민뿐이었다.

"배 박사, 무리한 요구라는 건 당신도 알잖아? 한수원 박사야말로 우리와 함께 있어야 할 사람이야. 한국형 원자로 개발의 핵심 연구원. 우리가 한국을 탈출하는 데 꼭 필요한 한 인물이지. 우리가 잘 모시고 함께 나갈 테니 너무 걱정하지 말라고."

정세찬은 웃음을 머금고 여유롭게 말했다. 그러나 눈동자는 불안하게 움직였다. 친구처럼 지내던 사람들의 엄청난 변신에 수원은 얼떨떨했다.

"한수원 박사, 이제 사태가 어떻게 돌아가는지 짐작이 가시나? 우리를 도와야 살아남을 수 있다는 것 정도는 아시겠지?

정세찬이 엉거주춤 서 있는 수원을 바라보며 위협적인 어조로 말했다.

"원자로 폭파가 실패하는 바람에 일이 꼬였어. 일단 한국을 빨리 떠나야 하는데 두 사람의 도움이 필요해서 이렇게 초대한 거요."

"징 박사님이 아나톨리란 말인가요?"

수원이 정세찬을 정면으로 바라보며 물었다.

"하하. 머리 회전이 빠르시군. 역시 재원은 달라."

정세찬이 과한 제스처를 쓰며 말했다.

"정확히 말하면 내가 아나톨리는 아니야. 아나톨리는 전 세계적으로 뻗어 있는 거대한 국제조직이거든. 나는 찌질한 교수 짓에 신물 난 한국 아나톨리 책임자요."

"유미, 너는 뭐야?"

수원이 고유미를 향해 힐책하듯 물었다.

"유미 씨는 나의 둘도 없는 동지. 조명진 씨도 충성스런 동지."

정세찬은 수원을 유인해 온 남자를 가리켰다.

"소피아는 우리의 재정 책임자."

자기 이름이 나오자 창가에 서 있던 여자가 몸을 돌렸다. 빈에서 만났던 아토믹캐나다의 직원 소피아 빌리에, 그 여자였다.

수원은 머리가 혼란스러웠다. 배성민의 연인인 줄 알았던 소피아가 정세찬과 한패라니? 도대체 어떻게 된 일인가?

"우리 네 사람은 배 박사와 한 박사를 모시고 한국을 떠날 거요. 밤 11시 비행기로 인천공항을 떠나 미국으로 갑니다."

정세찬의 말이 끝나자 소피아가 수원을 바라보며 턱으로 자기 앞에 있는 의자를 가리켰다. 거기 앉으라는 명령이었다.

수원은 잠시 상황을 침착하게 분석해 보았다. 우선 이들의 지시를 따르는 것이 좋겠다는 판단이 섰다. 수원은 명령대로 소피아 곁에 있는 의자에 조심스럽게 앉았다.

"한 시간 뒤에 우리는 이 호텔을 나갑니다. 배 박사 곁에는 조명진이 붙어 보호할 것이고 한수원 박사 곁에는 소피아가 다정하게 붙어서 갈 것이오. 자연스럽게 호텔을 나가야지 허튼짓 하면 당장 옆구리에 구멍을 내겠소."

수원은 성민을 건너다보았다. 조명진의 총구가 성민을 향하고 있었다. 성민은 안타까운 눈으로 수원을 바라보았다.

수원은 다시 고유미에게 눈길을 돌렸다. 시선이 마주치자 고유미는 외면을 했다. 그리고는 옆에 놓인 커다란 카메라 가방만 만지작거렸다.

수원은 무엇보다 친구의 배신이 가슴 아팠다. 한국에 돌아와 우연히 마주친 유미, 학창시절처럼 스스럼없이 지내온 두 사람. 우정을 가장한 계산된 접근이었단 말인가.

"자, 한 박사. 핸드폰과 여권을 내놓으시오."

"누가 여권을 평상시 가지고 다녀."

순간 수원이 핸드백을 열고 핸드폰을 꺼내 들었다.

"뺏어!"

정세찬이 소리치자 곁에 앉은 소피아가 핸드폰을 쥔 수원의 팔을 낚아챘다. 수원은 죽을힘을 다해 소피아의 팔을 뿌리치면서 핸드폰을 열린 창밖으로 집어던졌다. 던지기 직전, 수원은 핸드폰의 SOS버튼을 눌렀다. 15층에서 땅에 떨어질 때까지 몇 초의 시간에 SOS 발신이 될 것이다.

주영준의 핸드폰이 요란하게 울렸다. SOS 긴급 메시지 전송음이었다.

SOS. 한수원이 구원을 요청합니다.

"뭐하는 짓이야?"

정세찬의 눈에서 시퍼런 불꽃이 튀었다.

소피아가 어찌나 세게 팔을 비트는지 수원의 입에서는 저절로 신음이 새어 나왔다.

"저 여자 가방을 조사해 봐."

정세찬의 명령이 떨어지자 소피아가 수원의 팔을 놓고 핸드백을 빼앗아 거꾸로 쏟았다. 화장품 몇 가지와 지갑, 손수건, 수첩, 여권이 나왔다.

"패스포트."

소피아가 수원의 여권을 집어 정세찬에게 던져주었다.

"이런, 거짓말을 하면 안 되지."

정세찬이 수원의 여권을 손에 쥐고 흔들면서 말했다.

"앞으로 긴 세월을 우리와 함께 지내야 할 텐데 그런 속임수를 쓰면 되나? 한 번 더 이런 일이 있으면 인생이 얼마나 괴로운 건지 알게 될 거야. 나는 두 번은 안 봐주는 사람이거든."

정세찬이 수원에게 낮은 목소리로 주의를 주었다. 주의라기보다는 협박이었다.

"너희들 뜻대로 될 것 같으냐?"

보고 있던 성민이 소리를 질렀다. 정세찬이 험악한 표정으로 성민을 노려보았다.

"그렇게 하면 열등감이 좀 보상되나?"

성민이 입가에 비웃음을 흘렸다.

"열등감? 내가?"

정세찬은 기가 차다는 듯 헛웃음을 지었다.

"아무리 발버둥 쳐도 너는 상류사회에 끼어들 수 없어. 한탕 했다고 단번에 신분 상승이 되나?"

"뭐야?"

정세찬의 얼굴이 시뻘게졌다. 그러나 곧 평정을 되찾고 성민의 곁으로 다가섰다.

"그러는 배 박사는? 부모가 누군지도 모르는 입양아 주제에."

정세찬이 들고 있던 권총으로 성민의 이마를 거세게 내리쳤다. 입양아라는 말에 수원은 깜짝 놀라 성민을 바라보았다. 수원의 시선을 느낀 성민이 자조적인 웃음을 지었다.

'그래서 뿌리 이야기를 하며 내게 부럽다고 했구나.'

수원은 가슴이 아려왔다. 성민이 조국에 대해 아무런 애정도 못 느끼고 국제 고아처럼 쓸쓸해 한 이유를 이제야 알 수 있었다.

성민의 이마 한가운데서 피가 흘러내렸다. 수원이 손수건을 들고 다가가 이마의 피를 닦아주었다.

"이거 써."

정세찬이 곁에 걸려 있는 모자를 배성민에게 던졌다.

"푹 눌러 쓰고 상처 안 보이게 해."

정세찬은 시계를 몇 번이나 들여다보았다.

"호텔과 공항에서는 자연스럽게 행동해야 해. 만약 두 사람이 허튼 짓하면 그대로 쏴버리고 튀어. 어찌됐든 우리는 살아남아야 해. 마지막 접선 장소 잊지 말고."

정세찬은 허튼짓하면 쏘라는 말에 특히 힘을 주었다. 배성민과 한수원이 알아듣고 행동하라는 뜻이었다.

정세찬의 말이 끝나자 소피아가 핸드백에서 권총을 꺼냈다. 장난감처럼 작은 은빛 권총이었다. 너무 작아 손에 쥐고 있으면 권총을 들고 있는지도 모를 정도였다.

"잠깐 화장실에 좀 다녀오게 해주세요. 바지에 실례를 해버리면 지나가던 사람들도 이상하게 생각하지 않겠어요?"

시간을 끌 요량으로 수원이 말했다.

"빨리 다녀와."

정세찬이 소피아를 보고 눈짓을 했다. 소피아는 권총을 든 채 수원을 뒤따라 화장실로 들어갔다. VIP룸이어서 넓은 거실에 침실이 두 개, 화장실이 두 개, 부속실이 한 개, 부엌까지 딸려 있었다.

수원은 소변을 보는 척하면서 손잡이 곁에 붙어 있는 비상벨을 잽싸게 눌렀다. 거실 쪽에서 부저가 다급하게 울렸다.

"뭐야?"

정세찬이 고함을 질렀다. 화가 난 소피아가 수원의 머리채를 잡아끌고 화장실에서 나왔다.

"무슨 짓이야. 놓아줘!"

성민이 소리치며 벌떡 일어섰다. 그러자 조명진이 앞을 막아섰다.

곧 이어 전화벨이 요란하게 울렸다. 정세찬이 수화기를 들었다.

"아무 일 없어요. 실수로 잘못 누른 거요."

"곧 확인하러 올라가겠습니다."

프론트 직원의 목소리가 수화기를 통해 밖으로 새어나왔다.

"올 것 없어요."

정세찬이 침착하게 또박또박 말했다.

"곧 가겠습니다."

직원은 올라가서 확인하겠다고 말하고 전화를 끊었다.

"그냥 죽여버릴까?"

수원을 바라보는 정세찬의 얼굴에 살기가 등등했다.

"닥터 정, 밖을 봐."

창문을 내다보고 있던 소피아가 소리쳤다. 정세찬은 권총을 배성민에게 겨눈 채 창 쪽으로 가서 밖을 내다보았다.

경찰차 수십 대가 호텔을 에워싸고 있었다. 그 사이로 방탄 무장을 한 특공대원들이 민첩하게 움직였다.

"저자들이 어떻게 알고!"

정세찬의 얼굴이 하얗게 변했다.

"계획이 실패한 것 같은데 이제 우리를 풀어주고 항복하시지? 정상참작이라는 게 있잖아."

배성민이 느긋하게 말했다.

"흥. 내가 고이 물러날 것 같아?"

정세찬은 고유미 옆에 털썩 주저앉으며 이를 갈았다.

"이럴 것에 대비해서 장치를 다 해뒀지. 내가 버튼 하나만 누르면 호텔 전체가 날아가, 알겠어?"

성민은 아무 대꾸도 못하고 주먹만 불끈 쥐었다.

그때였다. 전화벨이 다시 울렸다.

정세찬은 수화기를 들고 모두 들을 수 있도록 온후크 스위치를 눌렀다.

"경찰이다. 정세찬 거기 있지?"

수원은 내심 놀랐다. 주영준이 핸드폰의 SOS 구조 요청을 받았더라도 시간이 한참 걸린 뒤에야 나타날 줄 알았다. 주영준이 아니라 경찰 특공대가 달려온 것도 놀라웠다. 게다가 경찰이 정세찬의 이름을 먼저 부른 것도 뜻밖이었다.

"내가 정세찬이다."

전화기에서 잡음이 들리다가 다시 목소리가 흘러나왔다.

"나는 수사팀장 문동언 경위요. 당신들의 행위에 대해서는 잘 알고 있소. 당신들은 지금 완전 포위되었으니 항복하시오. 한수원 박사와 배성민 박사를 풀어주고 자수하면 최대한 정상을 참작해주겠소."

그러나 정세찬은 전혀 흥분하지 않고 대응했다.

"괜히 시간 낭비하지 맙시다. 옥상에 헬리콥터를 대기시켜. 20분의 여유를 주겠다. 만약 1초라도 어기면 이 호텔에 장치된 폭발물을 터뜨리겠다. 호텔 투숙객이 아마 2백 명이라지?"

"헛소리 그만 해!"

"내가 헛소리하는 것 같아? 고리 원전에 장치했던 폭발물을 기억해. 지금 즉시 모든 엘리베이터 가동을 중지하고 비상계단은 2층부터 차단해. 눈앞에서 무고한 사람들이 죽는 걸 보지 않으려면."

"그런 거짓말에 속을 것 같나?"

"음, 맛을 봐야 믿겠다 이거군."

정세찬은 핸드폰을 꺼내들었다. 그리고 버튼을 하나씩 느릿느릿 눌렀다.

—쾅.

호텔 아래쪽에서 폭발음이 들려왔다. 경찰과 연결된 전화기를 통해 사람들의 비명이 함께 들려왔다. 곧이어 앰뷸런스 소리가 요란하게 울렸다.

"알겠다. 요구를 들어주겠다."

문동언 경위가 다급하게 대답했다.

"그건 맛보기다. 작은 양을 지하 맨홀에 설치했으니 별 피해는 없었으리라 믿는다."

정세찬은 마치 큰 배려라도 해주는 것처럼 말했다.

"알았다. 헬리콥터를 준비할 시간을 달라. 한 시간 정도 필요하다."

"30분이다."

정세찬의 입가에 싸늘한 웃음이 흘렀다. 수원은 정세찬의 얼굴에서 차가운 죽음의 그림자를 보는 것 같았다.

"좋다. 30분 뒤에 옥상에 헬리콥터를 대겠다. 단 인질은 다 돌려보내야 한다."

"29분 50초 남았다."

정세찬이 전화를 끊었다.

수원은 최소 29분은 살아있을 수 있다고 생각했다. 성민은 예리한 눈빛으로 사태를 지켜보았다.

"만약 경찰이 쳐들어오면 저 두 사람을 먼저 없애고 우리도 깨끗이 가는 거다. 소피아, 탄환이 몇 발이나 있지?"

정세찬은 가장 비극적인 결말까지 생각하고 있었다.

"소피아 권총에는 탄환이 8발, 장전된 한 발까지 모두 9발이지. 베르타 M20, 이탈리아 제품, 길이 12센티, 0.25구경."

배성민이 대신 대답했다. 수원은 권총의 사양을 줄줄 말하는 성민을 깜짝 놀라 쳐다보았다.

"구경이 작아도 맞으면 죽어. 최후의 청소는 소피아가 한다!"

수원은 곧 펼쳐질지 모르는 피바다를 머릿속에 떠올리며 몸서리를 쳤다.

지옥 같은 침묵이 흘렀다.

"수원아, 아버지도 못 보고 가는 것이 안타깝구나."

배성민이 침통한 목소리로 말했다.

"무슨 말이에요?"

"네가 그렇게 그리워하던 아버지인데."

수원은 침실로 가는 도어 앞에 서 있는 배성민한테 재빨리 달려갔다. 성민은 수원을 자신의 등 뒤에 숨겼다.

"무슨 수작이야. 기왕 죽을 거 시간을 앞당겨줄 수도 있어."

정세찬이 성민의 머리에 권총을 들이댔다.

그때였다.

"정 박사, 이제 다 끝났어. 권총 내려놓으시지."

정세찬 옆자리에 앉아 있던 고유미가 갑자기 일어서면서 카메라 가방에서 권총을 꺼내 들었다. 소피아가 가진 장난감과는 비교도 안 되게 컸다. 월터38이었다.

고유미는 정세찬의 귀밑에 총구를 콱 박았다.

"아니!"

수원과 성민은 놀라 입을 벌렸다. 누구보다 당황한 사람은 정세찬이었다.

"유미, 왜, 왜 이래?"

정세찬이 고개를 돌리지도 못한 채 더듬거렸다. 권총을 손에 든 그대로였다.

조명진은 어느 쪽에 총을 겨누어야 할지 몰라 엉거주춤했다. 소피아만이 재빨리 고유미 쪽으로 총을 겨누었다.

"정 박사를 쏘면 당신과 배성민도 무사하지 못할 걸."

일촉즉발의 긴박한 순간이 전개되었다. 고유미의 총이 정세찬을 겨누고 있고, 정세찬의 총은 배성민을 향하고, 소피아의 총은 고유미를 노리고 있었다. 누가 첫발을 쏘든 연쇄적으로 발사해 세 명이 동시에 죽게 될 판이었다.

수원은 너무 놀라 말이 밖으로 나오지 않았다. 앞으로 나오려는 수원을 성민이 제지했다. 자신의 몸으로 수원의 방패 역할을 하고 있었다.

"난 너의 친구야."

"친구? 폭발 경고를 게시판에 올린 그 친구?"

수원은 그제야 유미의 정체를 알아차렸다.

"그래. 나는 미국 중앙정보국의 해외 작전본부 오리엔트 앤티테러반 소속이다. 정세찬의 테러 행각을 2년 동안 따라다니며 감시해 왔다. 정세찬, 이제 미합중국과 대한민국의 이름으로 너를 체포한다."

"너, 너!"

정세찬은 말을 잇지 못한 채 고유미를 노려보았다.

"정세찬, 핸드폰 이리 던지시지."

고유미는 폭발물 뇌관 역할을 할 정세찬의 핸드폰부터 압수하려 했다.

"웃기는 소리. 그럼 이제 슬슬 호텔 투숙객들과 함께 천국 여행이나 떠나볼까?"

"멍청하긴. 우리가 함께 움직였다는 사실을 잊은 거야? 폭탄이 어디 설치돼 있는지 나도 알고 있잖아. 후후. 벌써 폭탄 처리반이 다 해체해 놓았을 거야."

고유미가 회심의 웃음을 지었다.

"고유미, 왜 이래? 이마추어같이."

정세찬은 조금도 기세가 꺾이지 않았다.

"내가 그렇게 허술한 사람으로 보였나? 이럴 줄 알고 네가 모르는 곳에도 설치해 두었어. 세 개나 더."

정세찬은 킬킬 웃음까지 흘렸다.

그 순간 성민이 침실 문을 열고 재빨리 수원을 침실 안으로 밀어 넣었다. 눈 깜짝할 사이에 일어난 일이었다.

수원은 얼른 문을 잠그고 침대 머리맡에 있는 수화기를 집어 들었다. 떨리는 손으로 영준의 핸드폰 번호를 눌렀다. 신호가 갔다.

'얼른 받아요. 제발.'

그러나 영준은 전화를 받지 않았다.

수원은 수화기를 귀에 댄 채 바깥 상황에 온 신경을 집중했다. 아직 총소리는 들리지 않았다.

“주영준입니다.”

마침내 영준이 핸드폰을 받았다.

“지금 어디 있어요?”

수원이 다급하게 물었다.

“호텔 앞에 와 있습니다. 한 차장님이 보내준 SOS를 받자마자 경찰에 연락했습니다.”

“핸드폰이 부서졌을 텐데 용케 위치 추적이 되었나 보군요?”

“한 차장님이 샹그리라 호텔에 있다고 문자 보냈잖아요. 지금 그쪽 상태는 어떻습니까?”

수원은 목소리를 낮추고 또록또록하게 말했다.

“저들이 폭탄을 설치했답니다. 한두 군데가 아닌 것 같아요.”

“그래요?”

“제 말 잘 들으세요. 빨리 수사팀에 연락해서 핸드폰 전화 중에 팔찌사오리, 아니87452, 아니, 010-888-7452의 통화를 차단시키도록 하세요. 그 번호 말고도 장 안토니오 명의의 핸드폰을 모두 차단해주세요. 저들이 지난번과 같이 핸드폰을 폭발 리모컨으로 사용하는 것 같아요.”

그때 누군가가 거칠게 문을 열려고 했다. 방문이 곧 부서질 것 같았다.

수원은 전화를 끊고 초조하게 주변을 둘러봤다. 창쪽에 완강기가 있었다. 화재가 나면 비상 탈출용으로 쓰는 것이었다. 15층이긴 하지만 잘만 타고 내려가면 탈출할 수도 있겠다는 생각이 들었다. 수원이 창문을 열어

밖을 확인하려고 하는 순간 누군가가 불쑥 모습을 드러냈다.

"어머나!"

옥상에서부터 줄을 타고 내려온 특공대원이 방을 향해 총을 겨누고 있었다.

수원은 뒤로 물러서며 얼른 들어오라는 손짓을 했다. 적이 아니라는 것을 알아챈 특공대원이 유리창을 깨고 날렵하게 방안으로 들어섰다. 헬멧과 방탄복 차림이었다.

"거실에 있어요. 모두 다섯 명이에요. 그 중 세 명은 서로 총을 겨누고 있어요. 두 명은 우리 쪽이에요."

수원은 목소리를 낮추고 거실 상황을 설명했다. 창밖에서 특공대원 한 사람이 또 나타났다. 그 외에도 특공대원 여러 명이 거미처럼 줄을 타고 내려와 15층 창밖에 주렁주렁 매날려 있었다.

먼저 들어온 특공대원이 워키토키로 상황을 보고했다.

"15층 침실 잠입 성공. 침실에 아측 인원 여자 1명. 거실에 아측 인원 2명, 적 3명, 서로 총을 겨누고 있음. 핸드폰 열고 폭파장치 누를 태세임. 사태 긴박!"

"알았다. 침실의 아측 인원은 내려 보낼 수 있는가?"

"가능합니다."

옆에서 숨죽여 말소리를 듣고 있던 수원이 끼어들었다.

"가지 않겠어요."

수원은 총 앞에서 온몸으로 자신을 지켜주던 성민을 두고 달아날 수는 없다고 생각했다. 게다가 친구 고유미도 위태롭지 않은가.

특공대원 두 명은 난감한 얼굴로 수원을 바라보았다.

"협조해주십시오. 인질이 한 명이라도 줄어드는 쪽이 작전 수행에 도움이 됩니다."

특공대원의 말에 수원은 고개를 흔들었다. 그리고 다시 수화기를 들어 주영준에게 전화를 걸었다.

"장 안토니오 핸드폰 어떻게 되었어요?"

"모두 불통 조치 완료했습니다. 이제 폭탄은 터뜨릴 수 없을 겁니다."

그때 다시 누군가 방문을 거칠게 두드렸다.

"이봐, 한수원. 밖으로 나오지 못해?"

조명진의 목소리였다. 수원은 길게 숨을 들이쉰 다음 특공대원들에게 말했다.

"제가 거실로 도로 나갈게요. 이 방문 앞에 적이 있어요. 방문을 열고 나가면서 시선을 집중시킬게요. 방문 앞에 바로 적이 있으니 방패막이가 되어줄 거예요."

특공대원들은 고개를 끄덕이며 수원의 말을 들었다.

"거실 상황은 이래요. 문을 열면 바로 맞은편 창가에 외국인 여자가 소파 쪽을 향해 권총을 들고 서 있고, 그 소파 쪽에서는 다른 여자가 자신의 오른쪽을 향해 권총을 겨누고 있을 거예요. 여자가 권총을 겨누고 있는 남자가 바로 폭파범 정세찬이에요. 폭파범을 겨누고 있는 여자는 CIA 요원이고요. 그리고 폭파범은 다시 다른 남자를 겨누고 있을 거예요. 그 사람이 인질 배성민 박사예요."

특공대원들은 서로를 쳐다보며 눈빛을 교환했다.

"서로 총을 겨누고 있는 일촉즉발의 상황이에요. 정확한 타이밍에 적을 제압해야 합니다."

수원은 소리가 나지 않게 자물쇠를 풀었다. 그리고 있는 힘껏 몸으로 문을 밀었다.

"억."

그 순간 방문 앞에 서 있던 조명진이 뒤로 밀려나며 쓰러졌다. 서로에게 총을 겨누고 있던 세 사람이 동시에 수원을 돌아보았다.

"수원아!"

성민은 낭패스런 얼굴이 되었다.

"함께 죽겠다는 뜻인가? 이제 4분 남았어."

정세찬의 얼굴에는 살기가 넘치고 있었다.

"그 핸드폰은 내려놓으시지."

수원이 여유 있게 정세찬의 왼손에 들려 있는 핸드폰을 가리켰다.

"고리 원전 폭파 시도 때처럼 단축 번호를 눌러 폭약을 터뜨리려는 거지? 지금 010-888-7452를 비롯해 안토니오 클럽 핸드폰 번호 3개가 모두 통화 정지되었어. 아무리 번호를 눌러도 절대 폭탄이 터지지 않을걸."

"뭐야?"

수원의 말에 정세찬이 악을 쓰면서 벌떡 일어섰다.

그때였다. 수원이 침실 문을 확 잡아당겼다. 성민은 재빨리 상황을 알아차리고 정세찬을 덮쳤다.

"탕!"

동시에 정세찬의 권총이 불을 뿜었다. 배성민의 무릎에서 피가 솟구쳤다.

"탕!"

소피아도 총을 발사했다. 수원의 팔에서 불에 덴 것 같은 통증이 느껴졌다. 침실에서 특공대원 두 명이 쏜살같이 뛰어나왔다.

"탕! 탕!"

소피아가 특공대원을 향해 총을 발사했다. 소피아의 0.25구경 권총은 방탄조끼를 뚫을 수 없었다. 총을 맞은 특공대원은 끄떡도 않고 소피아에게 응사했다. 총을 맞은 소피아는 그 자리에 쓰러졌다. 다른 특공대원은 조명진을 제압했다. 그 사이 배성민은 총상을 입은 채로 정세찬을 제압해 권총을 빼앗아 들었다.

순식간에 일어난 일이었다.

정세찬은 배성민의 몸 밑에 깔려 있는 채로 휴대폰 폴더를 열었다.

'8, 7, 4, 5, –.'

마지막 번호를 누르려는 순간 배성민이 권총으로 정세찬의 손을 후려쳤다. 휴대폰이 멀리 나가 떨어졌다. 거의 동시에 다른 특공대원 두 명이 유리창을 깨고 총알처럼 안으로 들어와 정세찬과 조명진을 제압했다.

잠시 후 출입문을 통해 수사 요원들이 우르르 밀고 들어왔다.

"성민 씨!"

수원이 피를 흘리고 있는 성민에게 다가갔다. 수원의 팔에서도 피가 계속 흘러내렸다.

성민이 수원을 와락 껴안았다. 수원의 눈에서 눈물이 주르륵 쏟아졌다.

"두 사람 모습, 보기 좋은데?"

유미의 말에 두 사람은 포옹을 풀었다.

구급대원이 달려와 성민의 다친 곳을 들여다보았다.

"이 사람 먼저 치료해주세요."

성민이 자신의 상처 부위를 눌러 지혈을 하며 수원을 가리켰다. 대원은 수원 쪽으로 몸을 돌려 치료를 시작했다.

"유미야. 고마워. 그런데 어쩌면 그렇게 감쪽같이 속일 수 있니?"

"너무 그러지 마. 너희 오피스텔 침입에 실패한 것도 다 내 덕분이야. 번호 키를 고장 나게 해서 못 들어가게 했지."

"그럼 내 파일을 빼낸 것도……."

"그래, 그런 경고를 받았으면 집이 안전하지 않다는 걸 알아채고 중요 파일은 없애든지 조치를 했어야지. 너희가 빈에 갔을 때, 정세찬이 하드디스크를 복사했어."

"세상에."

수원은 현기증이 났다.

"터빈실 폭발을 막아준 것도 나야. 친구 이름으로 경고문을 올려서……."

"아, 그랬구나. 발전소 견학 때 몰래 사진을 찍은 건 왜 그런 거야?"

"정세찬의 하수인 노릇을 해야 하는 처지니 명령대로 할 수밖에. 폭발물 설치한 장소에 전파 차단이 되는 것을 알면서도 모르는 척했지. 그것도 모르고 정세찬은 통신 칩이 고장 나서 폭발이 안 되는 줄 알고 약이 올라 펄펄 뛰더군."

수원의 팔에 응급조치를 끝낸 구급대원이 계속 피를 흘리는 성민의 치료에 나섰다.

"그런데 어떻게 여기 다들 모이게 됐어?"

"배 박사가 늘 나를 감시하고 다녔지. 내가 저들과 한패인 걸로 믿었던 거야. 그러다 거꾸로 정세찬의 함정에 빠진 거지."

"성민 씨가 널 감시해?"

수원이 놀라 배성민을 돌아보았다.

"배성민 박사, 이제 말하시지요."

유미가 배성민을 쳐다보며 싱긋 웃었다.

"수원아, 미안하다."

"뭐가요?"

"내 정체를 숨겨서. 난 연구원으로 한국에 파견된 게 아니야. 실은 IAEA가 미국의 협조로 한국에 보낸 비밀 감시원이지. 한국이 핵무기를 몰래 만든다는 첩보가 있었거든."

배성민의 말에 수원은 기절할 듯이 놀랐다.

"맙소사. 뭐 이런 일이 있어. 내가 한수원인 건 맞나?"

"하하하. 한수원 맞아. 아버지 돌아가시고 3년 만에 태어난 기적 같은 아이 한수원."

성민은 수원의 손을 꼭 쥐었다.

구급대원들은 총알이 박혀 있는 성민의 다리를 제대로 치료하기 위해 앰뷸런스에 태웠다. 수원의 상처도 응급 지혈만 한 상태라 둘이 병원으로 함께 가야 했다. 유미도 함께 탔다.

"그런데 고유미 씨. 정 박사는 도대체 얼마 받고 그 짓을 한 거요?"

구급차가 출발하자 침대에 비스듬히 누운 성민이 물었다. 다리에 통증이 오는지 미간을 약간 찌푸렸다.

"미국, 프랑스, 캐나다의 3대 메이저 회사가 정세찬과 교섭해 5백만 달러로 한국 원전 테러 계약을 체결했어요. 2백만 달러는 선금으로 받고 3백만 달러는 성공 사례비로 받기로 했는데 일이 실패로 돌아갔지요. 그래서 외려 저들이 위기에 처하게 된 거예요."

"저들의 최종 목적이 뭔데?"

수원이 물었다.

"소피아와 스미스, 빅토르 등 중간 진행자들은 한국형 원전에 흠집을 내는 게 목표였지. 아프리카와 중동에서 진행 중인 치열한 입찰 경쟁에서 한국을 배제시키려는 음모야. 나는 거기에는 관심이 없고 아나톨리라는 테러 조직을 캐려고 쫓아다닌 거야."

"그런 싸움에 나는 왜 끌어들였을까?"

"정세찬은 너를 납치해서 사업 실패의 희생물로 바치려고 했어. 지난번에 보고서를 빼내 폭로했듯 한국형 원자로의 허구성을 강제 조작해서 발표하게 하려고 했을 거야."

"세상에……."

"정세찬은 보기와 달리 야망이 큰 사람이야. 꾸준한 노력으로 달성하기보다 한 쾌에 이루려는 스타일이지. 그래서 아나톨리 조직에 접근해 거대한 국제 음모를 하청 받은 거야."

"어떻게 접근한 거지?"

수원이 물었다.

"캐나다에 있는 아나톨리 비행학교에 들어가 비행 훈련을 받으면서 은밀히 접촉했나봐."

"한국에서 계획을 성공시키려면 한국인이라야 했겠군. 한국인 중에서도 전혀 의심받지 않는 인물로 대학 교수가 적격이었을 거고."

성민이 고개를 끄덕였다.

"성민 씨도 정 박사의 정체를 알고 있었어요?"

"나도 처음에는 몰랐어. 나중에는 정체를 알고 유미 씨를 끌어들이려고 선물 공세를 폈지."

"팔찌 말하는 거죠? 역시 성민 씨가 선물한 거 맞구나. 샌프란시스코 티파니 제품."

"기억하고 있었네. 그때 네가 탐내기에 나중에 가서 샀지. 깜짝 선물로 주려 했는데 네가 연락을 끊는 바람에 그냥 갖고 있었는데 이번에 스파이 작전에 활용한 거지."

설명을 하는 성민의 얼굴이 붉어졌다.

"그런데 소피아 빌리에와는 어떤 사이에요? 성민 씨와 가까워 보였는데, 정세찬과 공범이라니……."

수원은 망설이던 것을 물어보았다.

"그렇게 보였어? 처음 만난 것은 샌프란시스코 세미나에서였지. 이상하게 소피아가 매우 적극적으로 접근해 오더군. 지금 와서 생각해 보니 그때 나를 포섭 대상으로 삼았던 것 같아. 그 여자가 뭔가 수상쩍어서 나 역시 끈을 놓지 않고 있었지."

"음, 그렇다면 그들이 나도 포섭 대상으로 삼았었나? 빈에 출장 갔을 때 한밤중에 제라르 빅토르라는 남자한테 납치당할 뻔했어요."

"그래서?"

"전기 충격기로 퇴치했죠."

"어휴, 하마터면 우리 한수원 박사도 마수에 걸려들 뻔했군."

성민은 수원의 손을 꼭 잡았다.

아! 아버지

"그런데 아까 아버지 얘기는 뭐예요?"

수원은 배성민이 한 말이 기억나 물었다.

"아버지도 못 보고 가는 것이 안타깝다고 했잖아요."

수원이 묻자 배성민이 비스듬히 누웠던 몸을 일으켰다.

"놀라지 말고 잘 들어. 아버님이 살아계셔. 지금쯤 미국 망명 승인이 떨어졌을 거야."

"네?"

수원은 놀라 아무 말도 하지 못했다.

"성민 씨가 그걸 어떻게 알았어요?"

"네가 평소 아버지를 애타게 그리는 것을 보고 가만히 있을 수 있어야지. 그래서 내 직업적 전문성을 살려 정보를 수집했어. 그랬더니 뜻밖에 아버지의 죽음에 많은 국제적 음모가 깔려 있더군. 게다가 아버지가 살아 있을 수도 있다는 단서가 하나씩 발견되었지. 아나톨리 비행학교의 전설적인 교관 세르게이 한이라는 인물에 대한 소문을 듣고 나는 그 사람이 네 아버지라고 확신했지. 하지만 공연히 불가능한 희망을 부풀렸다가 실망시키게 될까 봐 말하지 않았어. 그래도 간혹 믿을 만한 정보를 알아내면 너에게 알려줬지."

"언제?"

수원이 고개를 갸웃했다.

"마리아 바르톨로뮤라는 이름 기억하지? 그게 바로 나야."

인터넷으로 아버지 한용국에 대해 많은 정보를 제공해주었던 프랑스 여자.

"그렇다면 메일 내용이 사실이란 말야? 세르게이 한이 북한에 감금되었다가 탈출해 미국에 망명 요청을 했다는 것. 그 세르게이 한이 우리 아버지 한용국 씨라는 것."

성민은 대답 대신 고개를 끄덕였다.

워싱턴 DC에서 40여 킬로 떨어진 덜레스 국제공항. 수원은 16시간이나 걸린 항로의 종점에 다다랐다.

"여기야, 여기."

출구를 나서자 키가 큰 아버지의 친구 박정무 아저씨의 모습이 제일 먼저 눈에 띄었다. 그 옆에 어머니와 이모도 있었다.

그때였다. 박정무 아저씨의 뒤에 서 있던 백발의 신사가 앞으로 나왔다.

"수원아, 아버지다. 인사 드려라."

박정무가 백발의 신사 쪽을 가리켰다.

"얘가 나하고 김윤실 여사가 같이 만든 아이, 수원일세."

박정무의 말에 눈물이 그렁그렁하던 김윤실의 입가에 웃음이 감돌았다.

백발의 신사는 박정무 아저씨 못지않게 키가 컸다. 주름지고 야윈 얼굴에 눈동자가 형형하게 빛났다.

"수원아!"

"아버지!"

수원은 아버지를 바라보며 얼음처럼 굳어 꼼짝하지 못했다. 얼마나 사무치게 그리워하던 아버지인가. 그런데 막상 아버지 앞에 서니 말이 막혔다. 가슴에서 꿈틀거리던 감정의 불덩이가 갑자기 눈물로 폭발했다.

"미안하다. 아비 없이도 훌륭하게 자랐구나."

아버지가 수원을 끌어안으며 말했다.

"아버지, 이제 한국에 가셔도 되는 거예요?"

"망명 수속이 끝나는 대로 어서 고국에 가야지."

아버지는 눈을 지그시 감았다. 꿈에도 그리던 고국산천을 떠올리고 있는 듯했다.

자동차는 공항을 빠져나가 고속도로를 달리기 시작했다. 이모가 사는 버지니아 주 페어팩스 시티로 가기 위해서였다. 수원과 어머니가 전에 살던 곳이기도 했다.

"이쪽 이야기는 내가 대강 해서 아버지가 알고 있어. 이제 아버지가 따님께 그동안 지내온 이야기를 하지 그래."

박정무가 뒷좌석을 돌아보면서 말했다.

"나는 지난주에 북경에서 워싱턴으로 왔다. 북경에 오기 전에는 북한에 있었는데 지난겨울 두만강이 얼었을 때 강을 넘어 중국으로 탈출했지. 중국에서 스미스라는 퀘이커교 미국 목사를 만나 미국 대사관에 망명 요청을 했어."

"왜 한국 대사관에 가지 않으셨어요?"

수원이 중간에 질문을 했다.

"한국 대사관은 보이지 않는 감시가 있어서 들어가기가 쉽지 않다고 하더라."

수원이 고개를 끄덕였다.

"1978년 4월 20일 이야기부터 좀 해주세요."

수원의 말을 듣자 한용국은 놀라서 물었다.

"네가 태어나지도 않았을 때의 일을 어떻게 아느냐?"

"얘가 아버지 죽음의 미스터리를 캐려고 얼마나 애를 썼는데요. 대한항공 902편 강제착륙 사건에 대해서는 우리 수원이가 박사랍니다."

어머니가 설명했다.

"그 이야기를 하자면 기니까 집에 가서 하기로 하자. 그런 그렇고, 너희 회사가 아나톨리의 폭격을 당했다면서?"

"예. 아버지도 아나톨리와 관계가 있으시다면서요?"

"응. 소련의 아나톨리 비행학교에 20년을 붙잡혀 있었으니까."

"아버지가 아나톨리 비행학교 교관이었다는 말이 정말이군요. 그러면 대한항공 902편을 탄 것도, 무르만스크에서 소련 장교에게 끌려간 것도 아버지가 맞군요."

"정말 놀랍다. 그것까지 다 알아냈다니. 나는 공식 승객 명단에 없었고, 소련 당국이 나를 빼돌려서 이 세상에서 영원히 없어진 존재인 줄 알았는데."

일행은 버지니아의 이모 집에 도착했다. 수원은 어머니가 시키는 대로 아버지한테 큰절을 올렸다. 딸로서 아버지께 올리는 첫 절이었다.

저녁을 먹고 나서 아버지는 지나온 세월을 세세히 이야기해 주었다.

한용국은 무르만스크에서 소련 군부에 끌려간 6개월 동안 온갖 조사를 다 받은 뒤 정치범 수용소에서 평생을 보내도록 처분을 받았다. 그리고 수용소로 가기 직전 KGB에서 찾아와 정보원 교육을 하지 않겠느냐고 했다. 서방에 내보낼 스파이 교육에는 서방 정보세계를 잘 아는 한용국이 제격이고, 더구나 영어와 프랑스어를 할 줄 아니까 쓸모가 있다고 판단한 것 같았다. 한용국으로서는 선택의 여지가 없었다.

몇 년 뒤 한용국은 세르게이 한으로 통하는 명강사가 되었다. 아무리 유명해도 한용국은 소련의 영구 죄수에 불과했다. 인신의 자유가 전혀 없었다.

아나톨리 비행학교는 처음에는 조종 기술을 가르치는 게 주업이었으나 명성을 얻게 되자 국제적인 테러 교육의 중심지가 되었다. 교육을 받고 나간 공산권 각국 요원들이 아랍권이나 남미 등지에서 자체적인 테러 조직을 만들고 아나톨리라는 이름을 사용했다.

1990년대 들어서 소련 공산당이 무너지고 러시아 정권이 등장하면서 한용국의 운명도 달라졌다. 한용국은 어떤 연유인지 모르지만 북한으로 강제 송환되었다. 조국으로 돌려보낸다는 명분이 잘못된 것 같았다.

한용국은 함경북도 북한 정치범 수용소에서 10여 년 동안 감금 생활을 했다. 반드시 고국으로 돌아가겠다는 꿈을 끝까지 버리지 않은 한용국은 마침내 작년 겨울 목숨을 걸고 수용소를 탈출했다.

중국 국경 마을에 도착한 한용국은 미국 퀘이커교 목사 스미스를 만나게 되었다. 영어를 잘 하는 덕분에 사정이 잘 통했다. 한용국은 스미스 목사의 보호로 북경까지 올 수 있었고 미국 대사관에 가서 망명을 요청하게 된 것이었다.

기구한 아버지의 운명에 손에 땀을 쥐던 수원이 물었다.

"대한항공 902편은 대체 무슨 비밀을 가지고 있었어요? 정말 핵무기와 관련되었나요?"

"그것까지 어떻게 알았느냐?"

한용국은 대견한 눈으로 수원을 바라보고 대답했다.

"그게 사실이다. 박정희 대통령은 프랑스의 비밀 조직과 접촉하여 핵폭탄 원료를 확보하고 대한항공 902편으로 들여오려고 했어. 내가 그 일의 중요한 역할을 맡게 되었단다."

"핵폭탄 원료라면?"

"95퍼센트 농도의 플루토늄이었다."

"양은 얼마나 되었어요?"

"12킬로그램이었어. 왜 12킬로그램이냐 하면, 비행기에 실을 수 있는 개인 하물 무게 제한이 20킬로였는데 납으로 된 밀폐용기의 무게가 8킬로였기 때문이야."

"12킬로그램이면 핵폭탄을 몇 개나 만들 수 있냐?"

듣고만 있던 어머니가 물었다.

"유도탄에 장착할 수 있는 중형급 핵폭탄 두 개는 충분히 만들 수 있지요. 지금 북한이 폐연료봉 전량을 재처리하여 폭탄을 만들 수 있는 양을 8

내지 12킬로그램으로 보거든요."

수원의 설명을 들으며 어머니는 고개를 끄덕였다.

"개인 하물이라고 했는데 아버지의 이름으로 그것을 실었나요?"

"아니야. 어느 일본인의 이름을 도용했지. 본인은 자기 하물인 줄 몰랐을 거야. 하물 티켓은 내가 가지고 있었고 내용물은 중석 원광으로 위장되어 있었으니까. 그 일본인은 뒤에 소련 KGB가 암살했다고 들었어."

"그 일본인 이름이 스즈키 아닌가요? 스즈키 마사오."

"맞아. 그것도 알고 있었구나."

한용국이 감탄했다.

"그분의 딸을 만나서 들었어요."

"딸을 만났다고? 만나서 사죄해야 돼. 내가 그 사람 이름을 빌렸기 때문에 일어난 비극이야. 그 사람이 하물로 부친 짐이 없어서 선택했을 뿐이고 KGB는 흔적을 지우기 위해 암살했을 거야."

한용국은 괴로운 듯 잠시 눈을 감았다.

"그런데 김형욱 씨는 왜 만나셨어요?"

"김형욱 씨는 박정희가 몰래 보낸 사람이었지. 미국의 눈을 속이기 위해 망명을 가장했고. 김형욱은 스위스 은행에서 프랑스 비밀 조직에 지불할 플루토늄 대금과 비밀공작 자금을 가지고 왔었지. 그러나 미국이나 소련 정보원들이 우리가 하는 일을 모두 알고 있는 줄은 전혀 몰랐어."

"만약 그때 아버지의 임무가 성공했다면 우리나라는 핵 보유국이 되었고 오늘의 국가적 위상이 사뭇 달라졌을 수도 있군요."

"그렇지."

"그런데 김형욱 부장은 CIA가 암살한 것이 맞나요?"

"CIA? 아니야. 스즈키와 마찬가지로 KGB가 암살한 것이 확실해."

"그래요?"

"미소 정보당국끼리 짠 음모가 세상에 알려지면 문제가 심각해지지. 그래서 흔적을 완전히 지우기 위해 한 작업이야."

수원은 아버지의 이야기를 들으면서 무슨 요술 상자를 연 기분이 들었다.

그때 수원의 핸드폰 벨이 울렸다.

"아버지, 만나 뵈었어?"

배성민이었다.

"네. 상상했던 전설의 세르게이 한의 모습 그대로예요."

"하하, 그래? 난 미국 본사에 복귀 신청을 했어."

"한국에 더 머물지 않고요? 할아버지 땅 찾는 재판도 아직 끝나지 않았잖아요."

"그 일이 좀 그러네. 한국에 와서 보니 수원이가 땅 재판에 대해 왜 그렇게 찜찜해했는지 알겠더라고. 진짜 내 조상도 아닌 분들의 땅을 찾겠다고 나서는 것도 좀 그렇고……."

정세찬의 말대로 성민은 배 씨 가문에 입양된 것이 맞는 듯했다.

"나 같은 덕위드(duckweed)야 세상을 떠돌아다니며 사는 게 제 격 아니겠어? 타고난 운명대로 살아야지."

떠 있는 풀. 성민은 부평초의 삶을 자처하고 있었다.

"너는 아버지를 찾았으니 고국에서 튼튼히 뿌리 내리고 살아."

성민의 목소리는 한없이 쓸쓸했다.

에필로그

북한이 장거리 미사일을 여러 발 쏘고 제3차 지하핵실험을 한 뒤 90분 만에 국가안보회의가 소집되었다.

"북한이 저렇게 나올 줄 알았어요. 지금 우물쭈물할 때가 아닙니다."

제일 먼저 회의에 도착한 김운동 위원이 뒤따라 들어온 통일부 장관을 보고 특유의 다혈질 열변을 토하기 시작했다. 통일부 장관은 고개만 끄덕일 뿐 아무 대꾸도 하지 않았다.

이어 국방장관, 외교부 장관, 국정원장과 두 전문위원이 들어왔다. 정규 멤버는 아니지만 산업통상자원부 장관도 들어왔다.

모두 침통한 표정이었다.

마지막으로 의장인 대통령이 들어왔다.

국방 장관이 북한의 핵실험 규모에 대해 설명했다.

"폐연료봉 재처리로 얻은 것으로 추측되는 플루토늄 중급 규모의 실험이었습니다. 지난번 2차 때보다 2배 이상 강력한 것으로 보입니다."

“문제는 폐연료봉 재처리 방식이 아닌 우라늄 농축 방식이라는 것이 종전과 다른 점입니다. 아시다시피 북한에는 우라늄 원광 광산이 있지 않습니까.”

통일부 장관의 말이었다.

“우리도 이제는 핵무기 만드는 것이 당연한 일입니다.”

김운동 장군이 목에 힘을 주며 말했다.

“한미연합사에서는 어떤 견해를 가지고 있던가요?”

대통령이 물었다.

“예상된 일이라고만 할 뿐 별다른 논평이 없었습니다.”

“유엔 안보리에서 이번에는 진짜 강경책을 내놓을 겁니다.”

외교통상부 장관이 말했다.

“그거 기대할 것 없어요. 우리는 우리대로 살아야 합니다. 안보리가 우리 목숨 보장해 줍니까?”

김운동 장군이 다시 불평을 토했다.

“우리가 한국형 대용량 원자로의 아랍에미리트 수출에 성공하니까 북한이 더 발끈해서 저러는 것 아닐까요?”

외교부 장관이 말했다.

“보고를 들어서 알고 있습니다. 한국전력과 한국수력원자력의 노고가 컸지요.”

대통령이 고개를 끄덕였다.

그때 출장 갔던 국무총리가 황급히 회의에 합류했다.

“여당에서 두 번째 핵 주권 촉구안을 내놓았습니다. 한미원자력협정에 규정된 핵연료 재처리 금지를 개정해야 한다는 것으로 지난 1차 때보다

문구가 더 강경합니다."

총리가 들어오자마자 보고했다.

"핵연료 재처리 금지는 주권 포기라는 강경한 주장도 나오고 있습니다."

외교부장관이 부연 설명을 했다.

"협상이란 주장만 내세운다고 되는 것이 아닙니다. 미국의 시각을 잘 살펴야 합니다. 미국인지 IAEA인지에서 우리의 원자력 사용 실태를 감시하러 비밀 정보원을 보냈다는 정보는 사실로 확인됐습니까?"

통일부 장관이 국정원장에게 물었다.

"아직까지는 별다른 단서를 포착하지 못했습니다."

국정원장의 답변이었다.

"중요한 것은 원자력을 아무리 평화적으로 이용한다고 해도 의심의 눈초리를 풀지 않는 것이 강대국이라는 점입니다. 그러나 핵 농축과 재처리 문제는 무기를 만들든 평화적으로 사용하든 필요한 우리의 권한이기도 합니다."

"20개 원자력발전소에 쌓여가는 폐연료봉의 처리 문제도 점점 우리를 압박해 오고 있습니다. 폐연료봉을 재처리해서 다시 원자력발전의 연료로 쓴다면 이런 문제는 거의 해결되는 것이지요. 문제는 무기를 만들지 않는다는 확신을 주는 거국적 홍보에 있습니다."

지식산업부 장관의 설명이었다.

"각 부처에서는 24시간 내에 북한의 3차 핵실험에 대한 대비책을 세우기 바랍니다. 내일 다시 회의를 열기로 하고 오늘은 산회합니다."

의장인 대통령이 의사봉을 세 번 두드렸다. 장관들과 위원들은 뿔뿔이 흩어져 회의장을 빠져 나갔다.

모두 나가고 김운동 장군이 마지막으로 나가려고 할 때였다. 대통령이 다시 들어왔다.

"김 장군!"

혼자 남은 김운동 위원을 대통령이 불렀다.

"예. 각하!"

김운동 위원이 돌아서서 부동자세로 대통령을 바라보았다.

"허허허. 각하라니 그 무슨 망발이시오? 그런 용어 사라진 지 20년도 넘은 것 같은데."

"죄송합니다. 각하."

"쯧쯧쯧. 또."

대통령은 말버릇 고치기를 포기한 듯 웃으면서 물었다.

"신의 불꽃 프로젝트는 진척이 있나요?"

"이제 30퍼센트 정도 진척되었습니다. 곧 세상이 놀랄 날이 올 것입니다. 우리도 열강이……."

"됐습니다. 그만 나가 보시오. 그리고 언행을 각별히 조심하세요."

김운동 위원은 자신만만한 얼굴로 안보회의장 계단을 바쁘게 내려가면서 핸드폰을 꺼내 들었다.

"주차장? 음, 거기서 보세. 한 박사 하고는 연락이 됐지?"

〈끝〉